Heinrich Seidel

Leberecht Hühnchen

Prosa-Idyllen

Heinrich Seidel: Leberecht Hühnchen. Prosa-Idyllen

Neuausgabe
Herausgegeben von Karl-Maria Guth
Berlin 2017

Umschlaggestaltung von Thomas Schultz-Overhage unter Verwendung
des Bildes: Carl Spitzweg, Im Dachstübchen, 1849

Gesetzt aus der Minion Pro, 11 pt

Die Sammlung Hofenberg erscheint im
Verlag der Contumax GmbH & Co. KG, Berlin
Herstellung: BoD – Books on Demand, Norderstedt

ISBN 978-3-7437-1791-6

Bibliografische Information der Deutschen Nationalbibliothek

Die Deutsche Nationalbibliothek verzeichnet diese Publikation in der
Deutschen Nationalbibliografie; detaillierte bibliografische Daten sind
im Internet über www.dnb.de abrufbar.

Inhalt

Leberecht Hühnchen

Ich hatte zufällig erfahren, daß mein guter Freund und Studiengenosse Leberecht Hühnchen schon seit einiger Zeit in Berlin ansässig sei und in einer der großen Maschinenfabriken vor dem Oranienburger Tor eine Stellung einnehme. Wie das wohl zu geschehen pflegt, ein anfangs lebhafter Briefwechsel war allmählich eingeschlafen, und schließlich hatten wir uns ganz aus den Augen verloren; das letzte Lebenszeichen war die Anzeige seiner Verheiratung gewesen, die vor etwa sieben Jahren in einer kleinen westfälischen Stadt erfolgt war. Mit dem Namen dieses Freundes war die Erinnerung an eine heitere Studienzeit auf das engste verknüpft, und ich beschloß sofort, ihn aufzusuchen, um den vortrefflichen Menschen wiederzusehen und die Erinnerung an die gute alte Zeit aufzufrischen.

Leberecht Hühnchen gehörte zu den Bevorzugten, denen eine gütige Fee das beste Geschenk, die Kunst glücklich zu sein, auf die Wiege legte; er besaß die Gabe, aus allen Blumen, selbst aus den giftigen, Honig zu saugen. Ich erinnere mich nicht, daß ich ihn länger als fünf Minuten lang verstimmt gesehen hätte, dann brach der unverwüstliche Sonnenschein seines Innern siegreich wieder hervor, und er wußte auch die schlimmste Sache so zu drehen und zu wenden, daß ein Rosenschimmer von ihr ausging. Er hatte in Hannover, wo wir zusammen das Polytechnikum besuchten, eine ganz geringe Unterstützung von Hause und erwarb sich das Notdürftige durch schlecht bezahlte Privatstunden; dabei schloß er sich aber von keiner studentischen Zusammenkunft aus und, was für mich das Rätselhafteste war, er hatte fast immer Geld, so daß er anderen etwas zu borgen vermochte. Eines Winterabends befand ich mich in der, ich muß es gestehen, nicht allzu seltenen Lage, daß meine sämtlichen Hilfsquellen versiegt waren, während mein Wechsel erst in einigen Tagen eintreffen konnte. Nach sorgfältigem Umdrehen aller Taschen und Aufziehen sämtlicher Schubladen hatte ich noch dreißig Pfennig zusammengebracht und mit diesem Besitztum; das einsam in meiner Tasche klimperte, schlenderte ich durch die Straßen, in eifriges Nachdenken über die vorteilhafteste Anlage dieses Kapitals versunken. In dieser Gedankenarbeit unterbrach mich Hühnchen, der plötzlich mit dem fröhlichsten Gesicht von der Welt vor mir stand und mich fragte, ob ich ihm nicht drei Taler leihen könnte. Da ich mich nun mit der Absicht getragen hatte, ein ähnliches Ansinnen an ihn zu stellen, so konnte ich mich des Lachens nicht enthalten und machte ihm die Sache klar. »Famos«, sagte er, »also dreißig Pfennig hast du noch? Wenn wir beide zusammenlegen, haben wir auch nicht mehr. Ich habe soeben alles fortgegeben an unseren Landsmann Braun, der einen großen Stiftungskommers mitmachen muß und das Geld natürlich notwendig braucht. Also dreißig Pfennig hast du noch? Dafür wollen wir uns einen fidelen Abend machen!«

Ich sah ihn verwundert an.

»Gib mir nur das Geld«, sagte er, »ich will einkaufen – zu Hause habe ich auch noch allerlei – wir wollen lukullisch leben heute abend – lukullisch, sage ich.«

Wir gingen durch einige enge Gassen der Ägidienvorstadt zu seiner Wohnung. Unterwegs verschwand er in einem kleinen, kümmerlichen Laden, der sich durch ein paar gekreuzte Kalkpfeifen, einige verstaubte Zichorien- und Tabakspakete, Wichskruken und Senftöpfe kennzeichnete, und kam nach kurzer Zeit mit zwei Tüten wieder zum Vorschein.

Leberecht Hühnchen wohnte in dem Giebel eines lächerlich kleinen und niedrigen Häuschens, das in einem ebenso winzigen Garten gelegen war. In seinem Wohnzimmer war eben so viel Platz, daß zwei anspruchslose Menschen die Beine darin ausstrecken konnten, und nebenan befand sich eine Dachkammer, die fast vollständig von seinem Bette ausgefüllt wurde, so daß Hühnchen, wenn er auf dem Bette sitzend die Stiefel anziehen wollte, zuvor die Tür öffnen mußte. Dieser kleine Vogelkäfig hatte aber etwas eigentümlich Behagliches; etwas von dem sonnigen Wesen seines Bewohners war auf ihn übergegangen.

»Nun vor allen Dingen einheizen«, sagte Hühnchen, »setze dich nur auf das Sofa, aber suche dir ein Tal aus. Das Sofa ist etwas gebirgig; man muß sehen, daß man in ein Tal zu sitzen kommt.«

Das Feuer in dem kleinen eisernen Kanonenofen, der sich der Größe nach zu anderen gewöhnlichen Öfen etwa verhielt wie der Teckel zum Neufundländer, geriet bei dem angestrengten Blasen meines Freundes bald in Brand, und er betrachtete wohlgefällig die züngelnde Flamme. Dieser Ofen war für ihn ein steter Gegenstand des Entzückens.

»Ich begreife nicht«, sagte er, »was die Menschen gegen eiserne Öfen haben. In einer Viertelstunde haben wir es nun warm. Und daß man nach dem Feuer sehen und es schüren muß, das ist die angenehmste Unterhaltung, die ich kenne. Und wenn es so recht Stein und Bein friert, da ist er herrlich, wenn er so rot und trotzig in seiner Ecke steht und gegen die Kälte anglüht.«

Hiernach holte er einen kleinen rostigen Blechtopf, füllte ihn mit Wasser und setzte ihn auf den Ofen. Dann bereitete er den Tisch für das Abendessen vor. In einem kleinen Holzschränkchen befanden sich seine Wirtschaftsgegenstände. Da waren zwei Tassen, eine schmale hohe, mit blauen Vergißmeinnicht und einem Untersatz, der nicht zu ihr paßte, und eine ganz breite flache, die den Henkel verloren hatte. Dann kam eine kleine schiefe Butterdose zum Vorschein, eine Blechbüchse mit Tee und eine runde Pappschachtel, die ehemals Hemdenkragen beherbergt hatte und jetzt zu dem Rang einer Zuckerdose aufgestiegen war. Das köstlichste Stück war aber eine kleine runde Teekanne von braunem Ton, die er stets mit besonderer Vorsicht und Schonung behandelte, denn sie war ein Familienerbstück und ein besonderes Heiligtum. Drei Teller und zwei Messer, die sich so unähnlich waren, wie das für zwei Tischmesser nur irgend erreichbar ist, eine Gabel mit nur noch zwei Zinken und einer fatalen Neigung, ihren Stiel zu verlassen, sowie zwei verbogene Neusilberteelöffel vollendeten den Vorrat.

Als er alle diese Dinge mit einem gewissen Geschick aufgebaut hatte, ließ er einen zärtlichen Blick der Befriedigung über das Ganze schweifen und sagte: »Alles mein Eigentum. Es ist doch schon ein kleiner Anfang zu einer Häuslichkeit.«

Unterdes war das Wasser ins Sieden geraten, und Hühnchen brachte aus der größeren Tüte fünf Eier zum Vorschein, die zu kochen er nun mit großem Geschick unter Beihilfe seiner Taschenuhr unternahm. Nachdem er sodann frisches Wasser für den Tee aufgesetzt und ein mächtiges Brot herbeigeholt hatte, setzte er sich mit dem Ausdruck der höchsten Befriedigung zu mir in ein benachbartes Tal des Sofas und die Abendmahlzeit begann.

Als mein Freund das erste Ei verzehrt hatte, nahm er ein zweites und betrachtete es nachdenklich. »Sieh mal, so ein Ei«, sagte er, »es enthält ein ganzes Huhn, es braucht nur ausgebrütet zu werden. Und wenn dies groß ist, da legt es wieder Eier, aus denen nochmals Hühner werden und so fort, Generationen über Generationen. Ich sehe sie vor mir, zahllose Scharen, die den Erdball bevölkern. Nun nehme ich dies Ei und mit einem Schluck sind sie vernichtet! Sieh mal, das nenne ich schlampampen!«

Und so schlampampten wir und tranken Tee dazu. Ein kleines, sonderbares, gelbes Ei blieb übrig, denn zwei in fünf geht nicht auf, und wir beschlossen, es zu teilen. »Es kommt vor«, sagte mein Freund, indem er das Ei geschickt mit der Messerschneide ringsum anklopfte, um es durchzuschneiden, »es kommt vor, daß zuweilen ganz seltene Exemplare unter die gewöhnlichen Eier geraten. Die Fasanen legen so kleine gelbe; ich glaube wahrhaftig, dies ist ein Fasanenei, ich hatte früher eins in meiner Sammlung, das sah gerade so aus.«

Er löste seine Hälfte sorgfältig aus der Schale und schlurfte sie bedächtig hinunter. Dann lehnte er sich zurück und mit halb geschlossenen Augen flüsterte er unter gastronomischem Schmunzeln: »Fasan! Lukullisch!«

Nach dem Essen stellte sich eine Fatalität heraus. Es war zwar Tabak vorhanden, denn die spitze blaue Tüte, die Hühnchen vorhin eingekauft hatte, enthielt für zehn Pfennig dieses köstlichen Krautes, aber mein guter Freund besaß nur eine einzige invalide Pfeife, deren Mundstück bereits bis auf den letzten Knopf weggebracht war, und deren Kopf, weil er sich viel zu klein für die Schwammdose erwies, die unverbesserliche Unart besaß, plötzlich herumzuschießen und die Beinkleider mit einem Funkenregen zu bestreuen.

»Diese Schwierigkeit ist leicht zu lösen«, sagte Hühnchen, »hier habe ich den Don Quijote«, der, nebenbei gesagt, außer einer Bibel und einigen fachwissenschaftlichen Werken, seine ganze Bibliothek ausmachte und den er unermüdlich immer wieder las, »der eine raucht, der andere liest vor, ein Kapitel ums andere. Du als Gast bekommst die Pfeife zuerst, so ist alles in Ordnung.«

Dann, während ich die Pfeife stopfte und er nachdenklich den Rest seines Tees schlürfte, kam ihm ein neuer Gedanke.

»Es ist etwas Großes«, sagte er, »wenn man bedenkt, daß, damit ich hier in aller Ruhe meinen Tee schlürfen und du deine Pfeife rauchen kannst, der fleißige Chinese in jenem fernen Lande für uns pflanzt und der Neger für uns unter der Tropensonne arbeitet. Ja, das nicht allein, die großen Dampfer durchbrausen für uns in Sturm und Wogenschwall den mächtigen Ozean und die Karawanen ziehen durch die brennende Wüste. Der stolze millionenreiche Handelskönig, der in Hamburg in einem Palast wohnt und am Ufer der Elbe einen fürstlichen Landsitz sein nennt, muß uns einen Teil seiner Sorge zuwenden, und wenn ihm Handelskonjunkturen schlaflose Nächte machen, so liegen wir behaglich hingestreckt und träumen von schönen Dingen, und lassen ihn sich quälen, damit wir zu unserem Tee und unserem Tabak gelangen. Es schmeckt mir noch einmal so gut, wenn ich daran denke.«

Ach, er bedachte nicht, daß wohl der größere Teil dieses Tees an dem Ufer eines träge dahinfließenden Baches auf einem heimatlichen Weidenbaum gewachsen war, und daß dieser Tabak im besten Falle die Uckermark sein Vaterland nannte, wenn er nicht gar in Magdeburgs fruchtbaren Gefilden von derselben Rübe seinen Ursprung nahm, die die Mutter des Zuckers war, mit dem wir uns den Tee versüßt hatten.

Danach vertieften wir uns in den alten, ewigen Don Quijote und so ging dieser Abend heiter und friedlich zu Ende.

Auf dem Heimweg zu der jetzigen Wohnung meines Freundes hatte ich mir diese und ähnliche harmlose Erlebnisse aus jener fröhlichen Zeit wieder ins Gedächtnis gerufen, und eine Sehnsucht hatte mich befallen nach jenen Tagen, die nicht wiederkehren. Wohin war er entschwunden, der goldene Schimmer, der damals die Welt verklärte? Und wie würde ich meinen Freund wiederfinden? Vielleicht hatte die rauhe Welt auch von seinem Gemüt den sonnigen Duft abgestreift, und es war nichts übriggeblieben als eine spekulierende, rechnende Maschine, wie ich das schon an so manchen erlebt hatte.

Er sollte in der Gartenstraße wohnen, allein über die Hausnummer war ich nicht im klaren. Schon wollte ich in ein Haus gehen, das ich für das richtige hielt, und mich erkundigen, als ich auf zwei nette, reinliche Kinder von etwa fünf und sechs Jahren aufmerksam wurde, die sich vor der benachbarten Haustür auf eine für sie scheinbar köstliche Art vergnügten. Es war ein trüber Sommertag gewesen und nun gegen Abend fing es ganz sanft an zu regnen. Da hatte der Knabe als der ältere den herrlichen Spaß entdeckt, das Gesicht gegen den Himmel zu richten und es sich in den offenen Mund regnen zu lassen. Mit jener Begeisterung, die Kinder solchen neuen Erfindungen entgegenbringen, hatte das Mädchen dies sofort nachgeahmt, und nun standen sie beide dort, von Zeit zu Zeit mit ihren fröhlichen Kinderstimmen in hellen Jubel ausbrechend über dieses unbekannte und kostenlose Vergnügen. Mich durchzuckte es wie ein Blitz: »Das sind Hühnchens Kinder!« Dies war ganz in seinem Geiste gehandelt.

Ich fragte den Jungen: »Wie heißt dein Vater?«

»Unser Vater heißt Hühnchen«, war die Antwort.

»Wo wohnt er?«

»Er wohnt in diesem Haus drei Treppen hoch.« –

»Ich möchte ihn besuchen«, sagte ich, indem ich dem Knaben den reinlichen Blondkopf streichelte.

»Ja, er ist zu Hause«, war die Antwort, und nun liefen beide Kinder eilfertig mir voran und klasperten mit ihren kleinen Beinchen hastig die Treppen hinauf, um meine Ankunft zu vermelden. Ich folgte langsam, und als ich oben ankam, fand ich die Tür bereits geöffnet und Hühnchen meiner wartend. Es war dunkel auf dem Flur und er erkannte mich nicht. »Bitte, treten Sie ein«, sagte er, indem er eine zweite Tür aufstieß, »mit wem habe ich die Ehre?«

Ich antwortete nicht, sondern trat in das Zimmer und sah ihn an. Er war noch ganz derselbe, nur der Bart war größer geworden und die Haare etwas von der Stirn zurückgewichen. In den Augen lag noch der alte unverwüstliche Sonnenschein. Im helleren Licht erkannte er mich sofort. Seine Freude war unbeschreiblich. Wir umarmten uns und dann schob er mich zurück und betrachtete mich.

»Weißt du, was ich tun möchte?« sagte er dann, »was wir früher taten, wenn unsere Freude anderweitig nicht zu bändigen war; einen Indianertanz möchte ich tanzen, weißt du wohl noch wie damals, als deine Schwester sich mit deinem Lieblingslehrer verlobt hatte, und du vor lauter Wonne diesen Tanz erfandest und ich immer mithopste, aus Mitgefühl.« Und er schwenkte seine Beine und machte einige Sprünge, deren er sich in seinen jüngsten Jahren nicht hätte zu schämen brauchen. Dann umarmte er mich noch einmal und wurde plötzlich ernsthaft.

»Meine Frau wird sich freuen«, sagte er, »sie kennt dich und liebt dich durch meine Erzählungen, aber eins muß ich dir sagen; ich glaube, du weißt es nicht: Meine Frau ist nämlich« – hierbei klopfte er sich mit der rechten Hand auf die linke Schulter – »sie ist nämlich nicht ganz gerade. Ich sehe das nicht mehr und habe es eigentlich nie gesehen, denn ich habe mich in ihre Augen verliebt – und in ihr Herz – und in ihre Güte – und in ihre Sanftmut – kurz, ich liebe sie, weil sie ein Engel ist. Und warum ich dir das jetzt sage? Sieh mal, wenn du es nicht weißt, so möchtest du befremdet sein, wenn du meine Frau siehst, und sie möchte das in deinen Augen lesen. Nicht wahr, du wirst nichts sehen?«

Ich drückte ihm gerührt die Hand und er lief an eine andere Tür, öffnete sie und rief: »Lore, hier ist ein lieber Besuch, mein alter Freund aus Hannover, du kennst ihn schon!«

Sie trat ein und hinter ihr wieder die beiden freundlichen Kinder mit den rosigen Apfelgesichtern. Meines Freundes Warnung war nicht umsonst gewesen, und ich weiß nicht, ob ich in der Überraschung des ersten Augenblicks mein Befremden hätte verbergen können. Allein in den dunklen Augen dieser Frau schimmerte es wie ein unversieglicher Born von Liebe und Sanftmut, und schweres gewelltes Haar von seltener Fülle umgab das blasse Antlitz, das nicht schön, aber von dem Widerschein innerer Güte anmutig durchleuchtet war.

Nach der ersten Begrüßung meinte Hühnchen: »Heute abend bleibst du hier, das ist selbstverständlich. Lore, du wirst für eine fürstliche Bewirtung sorgen müssen. Tische auf, was das Haus vermag. Das Haus vermag freilich gar nichts!« sagte er dann zu mir gewendet, »Berliner Wirtschaft kennt keine Vorräte. Aber es ist doch eine wunderbare Einrichtung. Die Frau nimmt sich ein Tuch um und ein Körbchen in die Hand und läuft quer über die Straße. Dort wohnt ein Mann hinter Spiegelscheiben, ein rosiger, behäbiger Mann, der in einer weißen Schürze hinter einem Marmortisch steht. Und neben ihm befindet sich eine rosige, behäbige Frau und ein rosiges, behäbiges Ladenmädchen, ebenfalls mit weißen Schürzen angetan. Meine kleine Frau tritt nun in den Laden und in der Hand trägt sie ein Zaubertäschchen – gewöhnliche Menschen nennen es Portemonnaie. Auf den Zauber dieses Täschchens setzen sich nun die fleißigen Messer in Bewegung und säbeln von den köstlichen Vorräten, die der Marmortisch beherbergt, herab, was das Herz begehrt und der Säckel bezahlen kann. Meine kleine Frau läuft wieder über die Straße, und nach zehn Minuten ist der Tisch fertig und bedeckt mit allem, was man nur verlangen kann – wie durch Zauber.«

Seine Frau war unterdes mit den Kindern lächelnd hinausgegangen, und da Hühnchen bemerkte, daß ich die ärmliche, aber freundliche Einrichtung des Zimmers gemustert hatte, so fuhr er fort: »Purpur und köstliche Leinwand findest du nicht bei mir, und die Schätze Indiens sind mir noch immer fern geblieben, aber das sage ich dir, wer gesund ist« – hierbei reckte er seine Arme in der Manier eines Zirkusathleten, »wer gesund ist und eine so herrliche Frau hat, wie ich, und zwei so prächtige Kinder – ich bin stolz darauf, dies sagen zu dürfen, obgleich ich der Vater bin – wer alles dieses besitzt und doch nicht glücklich ist, dem wäre es besser, daß ihm ein Mühlstein um den Hals gehängt und er versenkt würde in das Meer, da es am tiefsten ist!« Er schwieg eine Weile, schaute mich mit glücklichen Augen an und fuhr dann fort: »In der Zeit, da der Knabe erwartet wurde, ward meine Frau oft von bösen Gedanken gequält, denn die Furcht verließ sie nicht, ihr – nun daß sie nicht ganz gerade ist – möchte sich auf das Kind vererben und des Nachts, wenn sie dachte, ich schliefe, hörte ich sie manchmal leise weinen. Als dann aber der große Augenblick gekommen war und die weise Frau ihr das Kind zum erstenmal in die Arme geben wollte, da glitten ihre Augen mit einer ängstlichen Hast darüber hin und ein plötzlicher Freudenblitz zuckte über ihr Gesicht und sie rief: ›Er ist gerade! Nicht wahr, er ist gerade! O Gott, ich danke dir – ich bin so glücklich!‹ Damit sank sie zurück in die Kissen und schloß die Augen, aber auf ihren Zügen lag es wie stiller Sonnenschein. Ja, und was habe ich gemacht? Ich bin leise hinausgegangen in das andere Zimmer und habe die Tür abgeriegelt und habe mir die Stiefel ausgezogen, daß es keinen Lärm machen sollte und habe einen Indianertanz losgelassen, wie noch nie. Ein besonderes Glück ist, daß es niemand gesehen hat, man hätte mich ohne Zweifel direkt ins Irrenhaus gesperrt.«

Frau Lore war unterdes von ihrem Ausgang zurückgekehrt und bereitete nun in hausmütterlicher Geschäftigkeit den Tisch, während die beiden Kinder mit großer Wichtigkeit ihr dabei zur Hand gingen. Plötzlich sah Hühnchen seine Frau leuchtend an, hob den Finger empor und sagte: »Lore, ich glaube, heute abend ist es Zeit!« Die kleine Frau lächelte veständnisinnig und brachte dann eine Weinflasche herein und Gläser, die sie auf dem Tische ordnete. Hühnchen nickte mir zu: »Es ist Tokaier«, sagte er, »kürzlich, als ich das Geld für eine Privatarbeit erhalten hatte und es so wohlhabend in meiner Tasche klimperte, da bekam ich opulente Gelüste und ging hin und kaufte mir eine Flasche Tokaier, aber vom besten. Abends jedoch, als ich sie öffnen wollte, da tat es mir leid und ich sagte: ›Lore, stelle sie weg, vielleicht kommt bald eine bessere Gelegenheit.‹ Ich glaube, es gibt

Ahnungen, denn eine plötzliche Erinnerung an dich ging mir dabei durch den Sinn.«

Wie heiter und fröhlich verlief dies kleine Abendessen. Es war, als sei der Sonnenschein, der einst in Ungarns Bergen diesen feurigen Wein gereift hatte, wieder lebendig geworden und fülle das ganze Zimmer mit seinem heiteren Schimmer. Die beiden Kinder bekamen von dem ungewohnten Getränk einen kleinen Spitz und konnten, als sie zu Bett gebracht waren, vor Lachen nicht einschlafen, bis sie plötzlich mit einem Ruck weg waren. Auf die blassen Wangen der kleinen Frau zauberte der ungarische Sonnenschein einen sanften Rosenschimmer. Sie setzte sich nachher an ein kleines dünnstimmiges, heiseres Klavier und sang mit anmutigem Ausdruck Volkslieder, wie zum Beispiel: »Verstohlen geht der Mond auf ...« oder »Wär’ ich ein wilder Falke ...« Nachher saßen wir behaglich um den Tisch und plauderten bei einer Zigarre. Ich fragte Hühnchen nach seinen geschäftlichen Verhältnissen. Ich erfuhr, daß sein Gehalt bewunderungswürdig klein war, und daß er dafür ebenso bewunderungswürdig viel zu tun hatte. »Ja, früher, in der sogenannten Gründerzeit«, sagte er, »da war’s besser, da gab’s auch mancherlei Nebenverdienst. Wir gehen alle Jahre zweimal ins Opernhaus in eine recht schöne Oper, und damals haben wir uns gar bis in den zweiten Rang verstiegen, wo wir ganz stolz und preislich saßen und vornehme Gesichter machten und dachten, es käme wohl noch mal eine Zeit, da wir noch tiefer sinken würden, bis unten ins Parkett, von wo die glänzenden Vollmonde wohlsituierter, behäbiger Rentiers zu uns emporleuchteten. Es kamen aber die sogenannten schlechten Zeiten und endlich ereignete es sich, daß unser Chef einen Teil seiner Beamten entlassen und das Gehalt der anderen sehr bedeutend reduzieren mußte. Ja, da sind wir wieder ins Amphitheater emporgestiegen. Im Grunde ist es ja auch ganz gleich, ich finde sogar, die Illusion wird gefördert durch die weitere Entfernung von der Bühne. Und glaube nur nicht, daß dort oben keine gute Gesellschaft vorhanden ist. Dort habe ich schon Professoren und tüchtige Künstler gesehen. Dort sitzen oft Leute, die mehr von Musik verstehen, als die ganze übrige Zuhörerschaft zusammengenommen, dort sitzen Leute mit Partituren in der Hand, die dem Kapellmeister Note für Note auf die Finger gucken und ihm nichts schenken.«

Es war elf Uhr, als ich mich verabschiedete. Zuvor wurde ich in die Schlafkammer geführt, um die Kinder zu sehen, die in einem Bettchen lagen in gesundem, rosigem Kinderschlaf. Hühnchen strich leise mit der Hand über den Rand der Bettstelle: »Dies ist meine Schatzkiste«, sagte er mit leuchtenden Augen, »hier bewahre ich meine Kostbarkeiten – alle Reichtümer Indiens können das nicht erkaufen!«

Als ich einsam durch die warme Sommernacht nach Hause zurückkehrte, war mein Herz gerührt, und in meinem Gemüt bewegte ich mancherlei herzliche Wünsche für die Zukunft dieser guten und glücklichen Menschen. Aber was sollte ich ihnen wünschen? Würde Reichtum ihr Glück befördern? Würde Ruhm und Ehre ihnen gedeihlich sein, wonach sie gar nicht trachteten? »Gütige Vorsehung«, dachte ich zuletzt, »gib ihnen Brot und gib ihnen Gesundheit bis ans Ende – für das übrige werden sie schon selber sorgen. Denn wer das Glück in sich trägt in still zufriedener Brust, der wandelt sonnigen Herzens dahin durch die Welt, und der goldige Schimmer verlockt ihn nicht, dem die anderen gierig nachjagen, denn das Köstlichste nennt er bereits sein eigen.«

Die silberne Verlobung

Vor einigen zwanzig Jahren sah die Chausseestraße in Berlin anders aus als jetzt. Vom Oranienburger Tore aus reihte sich an ihrer rechten Seite eine große Maschinenfabrik an die andere in fast ununterbrochener Reihenfolge. Den Reigen eröffnete die weltberühmte Lokomotivenfabrik von Borsig mit den von Strack erbauten schönen Säulengängen, dann folgten Egells, Pflug, Schwartzkopff, Wöhlert und viele andere von geringerem Umfang. In den Straßenlärm hinein tönte überall schallendes Geräusch und das dumpfe Pochen mächtiger Dampfhämmer erschütterte weithin den Boden, daß in den Wohnhäusern gegenüber die Fußböden zitterten, die Gläser klirrten und die Lampenkuppeln klapperten. Zu gewissen Stunden war die Straße ein Flußbett mächtiger Ströme von schwärzlichen Arbeitern, die aus all den Fabriktoren in sie einmündeten, und es gab eine Zeit, da in ihr jährlich mehr Lokomotiven gebaut wurden, als im ganzen übrigen Deutschland zusammengenommen. Diese Zeit ist längst vorüber und fast alle diese mächtigen Fabriken sind verschwunden; das ungeheure Steigen des Bodenwertes und die notwendig hohen Arbeitslöhne in einer Stadt, in der das Leben immer teurer wurde, haben ihnen den Garaus gemacht. Teils wurden sie nach auswärts verlegt in billigere Gegenden, wo der große Raum, den solche Fabriken beanspruchen, nicht Millionen, sondern nur Hunderte wert war, teils gingen sie auch zugrunde. Die Gebäude wurden abgebrochen, und die großen Plätze, auf denen sich damals eine mächtige Tätigkeit regte, sind jetzt bedeckt mit Straßen und jenen zellenreichen, himmelhohen Bienenstöcken, die man Mietskasernen nennt.

Ich lernte diese Gegend in jener früheren Zeit gut kennen, denn ich wohnte dort und habe auf dem technischen Büro einer jener großen Fabriken einundeinhalbes Jahr gearbeitet. Es war meine erste Stellung in Berlin. Der große Zeichensaal, in dem ich mit vielen anderen damals hauste, ist nun auch schon längst verschwunden, aber wie deutlich steht er mir noch vor Augen. Er lag an der Straße und erhielt seine Beleuchtung an beiden Langseiten durch eine stattliche Reihe von Fenstern, die ihr Licht auf viele große Zeichentische warfen. An jedem dieser Tische klapperte ein etwas stubenfarbiger Jüngling gar eifrig mit Reißschiene und Dreieck, und unablässig vernahm man das leise scharrende Geräusch der Bleistifte und Reißfedern. Von einem dieser Tische zu dem anderen begaben sich die Vorstände der verschiedenen Abteilungen, des Maschinenbaues, des Brückenbaues und des Lokomotivenbaues, und führten weise und erläuternde Gespräche mit ihren Untergebenen, tadelten gern und lobten selten. Fast nie ließ sich der Fabrikbesitzer in dem Zeichensaal sehen, denn diese ganze Art von Arbeit war dem rein praktischen Mann, der sich vom Schlossergesellen emporgearbeitet hatte, unsympathisch und erschien ihm, da es ja ohne das leider nicht ging, mehr als ein notwendiges Übel. Nur zuweilen, wenn er einen guten Bekannten oder einen großen Kunden persönlich in der Fabrik herumführte, tauchte der kleine, rundliche, stets grau gekleidete Mann mit diesem in der Tür des Saales auf und sagte mit einer zusammenfassenden Armbewegung: »Det sind nu meine Malersch.« Dann verschwand er wieder.

Die ganze Mitte dieses Saales wurde durch einen ungeheuren Tisch eingenommen, der zugleich als Schrank für die vielen Zeichnungen diente, die sich in einer großen Fabrik ansammeln. Aus seinen Seiten konnte man bis zum Boden herunter unzählige Fächer herausziehen, die angefüllt waren mit ölfleckigen und von Arbeiterfingern schwarz betupften Blättern aller Art und Größe, und auf der mächtigen Fläche dieses Tisches konnte man sie ausbreiten und besichtigen. Zuweilen hockte auch auf ihm ein besonders langbeiniger Zeichner, dem die Aufgabe zugefallen war, das Triebrad einer Schnellzugmaschine oder ein Schwungrad in natürlicher Größe zu entwerfen, für welches Zeichnungsmonstrum natürlich ein gewöhnlicher Tisch zu klein war. Er arbeitete daran mit einem Stangenzirkel von unabsehbarer Länge, einer überlebensgroßen Reißschiene und entsprechendem Dreieck. Bald kniete er auf dem Blatte, daß sein spitzes Hinterteil wie ein Gebirgsgipfel in die Luft ragte, bald lag er mit dem Bauch darauf wie ein Krokodil, das sich sonnt, bald auf der Seite gleich einem Seehund und schien sich bei dieser Art von Arbeit ganz besonders wohl zu fühlen.

Die drei Abteilungsvorstände nebst dem über dem Ganzen schwebenden Oberingenieur hausten für gewöhnlich in zwei seitwärts gelegenen, ineinandergehenden Zimmern und bildeten dort den Generalstab. Außerdem aber war in einem dieser Zimmer noch ein Mann untergebracht, der weder zu den gewöhnlichen Zeichnern und Konstrukteuren noch zu den befehlenden Geistern gehörte, sondern gleichsam eine Mittelstellung zwischen beiden einnahm. Er hieß Johannes Gram, und obwohl er eben siebenundvierzig Jahre alt war, so sprach von ihm jedermann doch nie anders als von dem »alten Gram«. Es gibt eben Menschen, die als alte Männer geboren werden. Ruchlose Spötter nannten ihn auch wohl, wenn er nicht dabei war, »das Neunauge«, denn es ging ein Gerücht, daß er außer seinen zwei gewöhnlichen noch sieben Hühneraugen besitze. Dieser Meinung entsprach auch der vorsichtig schleichende Gang, mit dem er den ganzen Tag in dem großen Büro herumschurrte und bald an diesem, bald an jenem Tisch weise und lehrreiche Gespräche führte, die sich nicht immer auf die vorliegende Arbeit, sondern auf alle möglichen Gegenstände bezogen, denn Herr Johannes Gram war ein Mann von allerlei Interessen. Nur für die Arbeit war er nicht allzusehr eingenommen, und sehr selten kam ein Blatt von seinem Zeichentisch hinaus in die Werkstatt. Jedoch, hatte er bald hier bald dort den ganzen Tag mit angenehmen Gesprächen zugebracht, auch bisweilen wohl einen Gang in das Kontor oder in die Werkstatt unternommen, so war es ganz sicher, daß sich so gegen dreiviertel sieben Uhr mit einemmal sein Gewissen regte. Dann unterbrach er sich plötzlich in der anregendsten Unterhaltung, sah nach der Uhr, schwenkte einigemal wie in großer Verwunderung über die eilige Flucht der Zeit seine Hand auf und nieder und ging so eilig wie er konnte in sein Zimmer an den Zeichentisch. Dann flog die Reißschiene, dann klapperte das Dreieck, dann fuhren in verspätetem Eifer die Linien über das Blatt, und wenn ihn dann um sieben Uhr jemand aufforderte, mit nach Hause zu gehen, hatte er nur eine abwehrende Handbewegung für ihn. So wütete er noch zehn bis fünfzehn Minuten weiter, bis sich das ganze Büro geleert hatte, und schlich dann ebenfalls in sein einsames Junggesellenheim.

Man wird sich fragen, wie bei der straffen Einrichtung eines solchen technischen Büros, wo von jedem einzelnen eine angestrengte Tätigkeit gefordert wird, eine solche Erscheinung möglich war. Ja, der alte Gram bildete eben eine Ausnahme. Er gehörte sozusagen zum Inventar des Büros und war von Anfang an dort gewesen, länger als irgendein anderer. Er hatte manche Herrscher und viele Beherrschte kommen und gehen sehen, er aber war geblieben, und ohne den alten Gram konnte man sich das Büro gar nicht vorstellen. Der Oberingenieur schalt zuweilen halb scherzhaft auf das »alte Fossil«, allein ihn wegen seiner Bummelei zur Rede zu stellen oder ihn gar zu entlassen, fiel ihm nicht ein. Er wußte wohl, daß dieser Mann in seiner Art unentbehrlich war. Denn in ihm vereinigte sich die ganze Geschichte der Fabrik, und von allem, was die Vergangenheit betraf, wußte er Bescheid zu geben. Fragte man nach irgendeiner Zeichnung, der alte Gram hatte sie auf den ersten Griff. Wollte man von einem Laufkran, einer Wasserhaltungsmaschine, einer Ölpresse etwas wissen, die vor Jahren gebaut waren, so kannte er alle ihre Eigentümlichkeiten und wußte, wie sie sich bewährt und welche Fehler und Vorzüge sie gezeigt hatten. Er nahm teil an den Beratungen des Generalstabs und sprach öfter dabei ein entscheidendes Wort, er war stets bereit, jedem der jüngeren Leute bei seiner Arbeit mit Rat und Tat beizustehen, und so verzieh man ihm, daß er in das Alter gekommen war, wo man nicht gern mehr den ganzen Tag mit dem Bauch auf dem Zeichentisch liegt.

Johannes Gram war mein Landsmann. Ich hatte ihn schon vor Jahren in Güstrow kennengelernt, wo er auf einer Reise kurze Zeit verweilte und das technische Büro, in dem ich beschäftigt war, besuchte. Er imponierte mir damals sehr. Denn er kam doch aus einer großen berühmten Fabrik der großen Stadt Berlin und war, was ich einst werden wollte, ein alter, erfahrener Ingenieur. Zudem zeichnete er sich dadurch aus, daß um seinen Mund fast stets ein ironisch-sarkastisches Lächeln spielte. Ich hielt ihn deshalb für einen weltüberlegenen Geist, vor dessen Augen die Menschheit nur ein Mückenschwarm ist, der im Sonnenschein spielt. Ich dachte es mir köstlich, seines Umganges gewürdigt zu werden und von seiner Weisheit Vorteil zu ziehen. Wenn er mit seinen wasserblauen Augen über die Brille hinweg mich mit diesem vernichtenden Lächeln anblickte, so kam ich mir außerordentlich gering und kleinstädtisch vor und sagte mir, daß ich noch viel an mir zu arbeiten hätte, um auf eine solche Höhe zu gelangen. Ach, ich wußte damals nicht, daß dies überlegene Lächeln weiter nichts war als eine leere Maske, hinter der sich eine abgrundtiefe, wehrlose Gutmütigkeit zu verbergen trachtete, und daß der Inhaber dieser künstlichen Grimasse kaum eine Ahnung von Ironie und Sarkasmus besaß. Ich dachte mir damals, dieser Mann müsse ungemein witzig sein, wenn er nur wolle, allein auch dies war eine gewaltige Täuschung, denn ich habe nie mehr als einen einzigen Witz von ihm gehört, den er noch dazu alljährlich an einem bestimmten Tag wiederholte. Am 22. Dezember nämlich, wenn eben der kürzeste Tag gewesen war, ging er in der Abenddämmerung im Büro herum und knüpfte überall ein kleines Gespräch an. Am Schluß dieses begann er sanft die Hände umeinander zu reiben, sah mit listigem Blick in den Abendhimmel und sagte mit einem Ausdruck unendlicher Schlauheit: »Ja, ja, man merkt doch schon, wie die Tage länger werden.«

Dem Umstand der Landsmannschaft verdankte ich es, daß mein alter Wunsch in Erfüllung ging und ich seines Umganges besonders gewürdigt wurde, allerdings, ohne daß ich die geträumten Vorteile daraus zog. Er unterhielt sich mit mir gern über Mecklenburg, ein Land, das nach seiner Meinung ein Eldorado war, ein Ort, wo Milch und Honig fließt, wo es die größten Beefsteaks, die köstlichsten Schinken, die dicksten Mettwürste, die längsten Spickaale, die fettesten Gänse und die besten Äpfel gab, welche letzte Tatsache allerdings auf Wahrheit beruht. Eine Lieblingsgeschichte von dem übrigens gänzlich bedürfnislosen und für die eigene Person mit dem magersten Futter zufriedenen Mann war, wie er auf der vorhin erwähnten Reise in eine kleine Stadt gekommen sei und sich in seinem Gasthause ein kaltes Abendbrot bestellt habe. »Ich dachte mir natürlich«, sagte er, »es würde so 'n Teller voll Aufschnitt geben wie in Berlin, aber als ich in das Speisezimmer kam, da war da ein Tisch gedeckt wie für ein Dutzend ausgehungerte Kürassiere. Da lag ein Spickaal drauf, so lang wie mein Arm und auch so dick, und kalte junge Brathühner und 'n Tönnchen mit Neunaugen und eins mit Anchovis und kalter Hammelbraten und Koteletts und Ölsardinen und marinierte Heringe und Schinken und Wurst und Rauchfleisch und vier Sorten Käse, darunter Schafskäse, wofür ich mein Leben lasse, und noch mehr Sachen – ich konnte nicht alles auswendig lernen. Und das alles für mich allein, weil ich zufällig an dem Tag der einzige Gast in dem Hotel war. Es überwältigte mich ordentlich, als ich mich an den Tisch setzte, und ich hätte beinah weinen mögen, daß ich kein Esser bin. Ja, Mecklenburg ist ein schönes Land.«

Als er mir diese Geschichte zum drittenmal erzählt hatte, denn er gehörte zu den Leuten, die sparsam mit ihren Geschichten sind und möglichst oft von ihnen Gebrauch machen, da sah er eine Weile ganz verklärt vor sich hin und dann schien sich allmählich ein Gedanke in ihm auszubilden. Er begann nach seiner Gewohnheit die Hände umeinander zu reiben, sah mich über die Brille hinweg an, wozu er unbeschreiblich ironisch lächelte, und sagte mit einer gewissen vorsichtigen Schüchternheit:

»Möchten Sie wohl heute einmal bei mir echt mecklenburgisch zu Abend essen?«

Ich muß gestehen, daß ich erschrak, wie man immer erschrickt, wenn etwas ganz Unerwartetes geschieht. Sollten diese üppigen mecklenburgischen Tage schlemmerische Gewohnheiten in ihm erzeugt haben? Doch das stimmte ja gar nicht zu seiner sonstigen mehr als einfachen Lebensweise, zu seinem Frühstück, bestehend aus zwei trockenen Semmeln und einem Scheibchen Wurst und seinem Mittagstisch zu sechs Silbergroschen mit Schwarzbrot nach Belieben. Außerdem war es, soviel ich wußte, noch niemals vorgekommen, daß er jemanden eingeladen hatte; er galt allgemein für sehr knauserig und wurde gern mit seinen ersparten Schätzen geneckt, was er übrigens durchaus nicht mochte. Doch zerstreute er bald meine Besorgnisse, indem er fortfuhr:

»Natürlich so üppig geht es bei mir nicht her, ›so fett fiedelt Lux nich‹, nein, bei mir gibt es Pellkartoffeln mit Hering und Speckstippe, was für jeden guten Mecklenburger ein feines Gericht ist, und wo auch andere Nationen was für über haben. Wollen Sie?«

Ich fühlte mich natürlich sehr geehrt und sagte selbstverständlich zu. In diesem Augenblick sah der alte Gram nach der Uhr und bemerkte, daß es halb sieben war. Da er nun wegen dieser Einladung nicht wie gewöhnlich seine zehn bis fünfzehn Minuten nachsitzen konnte, so erwachte sein Gewissen heute ein wenig früher als sonst, er eilte unter den gewöhnlichen Ausdrücken hoher Verwunderung über die Flüchtigkeit der Zeit in sein Zimmer, und bald hörte ich an einem starken Schurren seiner Reißschiene und dem Klappern des Dreiecks, daß er mächtig an der Arbeit war.

Als ich um sieben Uhr kam, ihn abzuholen, hatte er sich bereits fertiggemacht, und wir begaben uns gemeinschaftlich zu seiner Wohnung, die in der Gartenstraße gelegen war. Unterwegs machte er einige Einkäufe, erstand in einem Keller nach sorgfältiger Auswahl zwei silberblanke Heringe und holte sich aus einem Gemüseladen eine Handvoll Zwiebeln. Er zeigte sie mir und sagte: »Als ich das erstemal in Berlin Zwiebeln kaufte, bekam ich nicht so viele. Ich war damals noch nicht lange hier und ging in den Keller und forderte etwas zaghaft für sechs Pfennige Zwiebeln. Die Frau sah eine Weile nachdenklich aus, dann nickte sie, weil sie wohl dahinterkam, was ich eigentlich wollte, und hatte unterdes auch wohl festgestellt, daß ich nicht von hier wäre. Ich bekam zwei kleine Dingerchen, die kaum zu sehen waren. Im Lauf der Zeit bin ich nun dahinter gekommen, wie man Zwiebeln kaufen muß. Jetzt gehe ich kühn und zuversichtlich in den Keller und fordere mit starker Stimme: ›Forn Sechser Bollen!‹ Sehen Sie, dann gibt's so viele!« schloß er und schaute mit wahrhaft mephistophelischem Grinsen auf seine gefüllte Hand.

Er wohnte in der Gartenstraße in einem häßlichen Haus. Die schmutzige Treppe und der Geruch nach aufgewärmtem Kohl, der dort herrschte, erweckten keine besonderen Erwartungen, um desto größer war meine Überraschung, als ich in sein sauberes und freundliches Wohnzimmer trat, das zwar einfach, aber nett und sehr reichlich mit Möbeln ausgestattet war. An den Fenstern standen schöne Blumen; es sah bei ihm so ordentlich und sauber aus wie bei einer alten Jungfer. Die Wohnung bestand aus zwei Zimmern, einem Kämmerchen und einer vollständig eingerichteten Küche, in die wir uns jetzt begaben. Meine Überraschung wuchs, denn ich hatte ihm nie mehr als das gewohnte etwas unwirtliche Chambregarniezimmer zugetraut. Und in dieser Küche fehlte nichts, was in eine zwar einfach, aber ordentlich eingerichtete Küche gehört. Das nötige Geschirr hing an den Wänden oder blinkte durch die Glasfenster des Küchenschrankes, und alles war sauber und ordentlich gehalten.

Der alte Gram zog sich seinen Hausrock an und band eine mächtige Küchenschürze vor. Sodann machte er sehr geschickt Feuer auf dem Herd, und ehe er begann die Kartoffeln zu waschen, von denen ein kleiner Vorrat vorhanden war, holte er ein weißgescheuertes Brett von der Wand, aus dem Küchenschrank ein Messer und aus der Speisekammer ein Stück Speck, legte alles auf den Küchentisch zu den Zwiebeln und fragte: »Würden Sie sich wohl getrauen, diesen Speck in viertelzöllige Würfel und diese Zwiebeln in feine Löckchen zu zerschneiden?«

»O natürlich«, sagte ich sehr zuversichtlich, »ich koche selbst und mache mir fast jeden Abend meine Karbonade oder mein Beefsteak.«

»Ei, ei, sehr interessant«, sagte er, »wie machen Sie denn das Beefsteak? Vielleicht kann man da noch etwas lernen. Es gibt verschiedene Methoden.«

»Zunächst«, antwortete ich, »kaufe ich mir ein halbes Pfund Schabefleisch.«

»Üppig, üppig!«, meinte er, »anderthalb Viertel ist schon sehr reichlich.«

»Sodann lege ich dies Fleisch zu Hause auf ein Blatt weißes, starkes Papier und halte es gegen den Ofen.«

»Warum gegen den Ofen?« fragte er höchst verwundert.

»Nun, auf dem Tische bauzt es so, daß man es im ganzen Hause hören kann, denn nun nehme ich meinen Stiefelknecht und wamse das Fleisch so furchtbar durch, daß es nur noch in den Fetzen zusammenhängt. Das schadet nichts, denn in der Pfanne zieht sich alles wieder zusammen.«

»Das stimmt«, sagte er befriedigt, »aber was den Stiefelknecht betrifft – Stiefelknecht ist gut!« Und er grinste vor Vergnügen wahrhaft teuflisch.

»Ich benutze ihn nur zu diesem Zwecke«, sagte ich entschuldigend; »zum Stiefelausziehen habe ich einen anderen. Sodann salze ich das Fleisch und mache auf meinem Spiritusschnellkocher in einer kleinen Weißblechpfanne wenig Butter braun, so braun, daß sie nicht im geringsten mehr schreit, sondern ganz mausestill ist. Denn das Beefsteak soll nicht schmoren, sondern braten, und so muß erst alles Wasser heraus aus der Butter. Dann bekommt nämlich das Fleisch einen so mordsmäßigen Schreck, wenn ich es nun plötzlich in das heiße Fett lege, daß es sich sofort mit einer Haut überzieht, die den Saft nicht auslaufen läßt.«

Der alte Gram nickte sehr wohlwollend zu der Fülle meiner Kenntnisse.

Ich aber fuhr fort: »Ist es nun auf der einen Seite gut, dann hebe ich es eine Weile heraus, bis die Butter zum zweitenmal still wird, und nun kommt die andere Seite dran. Ist auch diese gut, lege ich das Beefsteak auf einen Teller, und nun mache ich etwas mehr Butter braun als das erstemal. Da hinein kommen die Zwiebeln, die ich schön braun brate. Diese Sauce muß so heiß werden, daß das Beefsteak schreit, wenn sie drüber gegossen wird. Dieses sieht dann, mit krausen Zwiebellöckchen bedeckt, schön dunkel, glänzend und appetitlich aus und nicht blaß und hellgrau, in ausgetretenem Safte schwimmend, wie Dilettanten es zurechtzuschmoren pflegen.«

»Alle Achtung«, sagte der alte Gram und legte die Hand militärisch an seine Schläfe, »Sie dürfen heute Speckstippe machen.«

Unterdes war er nicht müßig gewesen, hatte seine Kartoffeln gewaschen und aufgesetzt, und nun machte er sich im Wohnzimmer zu schaffen, während ich mich meiner angewiesenen Arbeit mit großer Hingebung widmete und wahrhaft ideale Speckwürfel und Zwiebellöckchen zustande brachte. Als er nun seine Kartoffeln gekocht, das Wasser abgegossen und sie zum Abdampfen auf den warmen Herd gestellt hatte, brachte ich dann auch eine Speckstippe zustande, die die Küche mit einem wahrhaft bezaubernden Duft erfüllte und den alten Gram, der gerade wieder aus dem Wohnzimmer kam, zu lüsternem Schnuppern verführte.

Wir trugen auf. Der alte Gram hatte sauber den Tisch gedeckt und es sah wirklich nicht aus wie in einer Junggesellenwirtschaft. Als nun von den Kartoffeln nur noch ein Haufen Pellen, von den Heringen ein paar traurige Gräten und von der bewundernswürdigen Speckstippe gar nichts mehr da war, sagte der Gastgeber: »Ich könnte nun wohl von der Tochter meiner Aufwärterin, die hier auf demselben Flur wohnt, ein paar Flaschen Bier herumholen lassen, aber es war heut' ein kühler Tag und der Regen klatscht schon wieder an die Fenster. Ich denke, wir machen uns ein Grögchen!«

Ich hatte nichts dagegen, obwohl wir Anfang Juli hatten, denn ich stammte aus einer Gegend in der Nähe des Seestrandes, wo man den »ostpreußischen Maitrank« auch im Sommer fleißig genießt, und wo man die Geschichte erzählt, daß ein bei solchem Anblick erstaunter Fremdling auf seine Frage: »Aber Leute, was trinkt ihr denn im Winter?« die Antwort erhalten habe: »Viel Grog!«

Das erwärmende und belebende Getränk machte meinen Wirt noch mitteilsamer, als er heute schon war. Beim zweiten Glas merkte ich, daß er sich mit dem Gedanken trug, mir etwas anzuvertrauen, allein er kam nicht hinaus über die Anfänge und Andeutungen, die ich nicht verstand. Endlich schien er Mut zu fassen, sah mich eine Weile forschend an und sagte dann: »Ist es Ihnen nicht aufgefallen, wie vollständig eingerichtet ich bin?«

»Jawohl«, antwortete ich, »eine förmliche kleine Aussteuer.«

»Ja, Aussteuer, das ist das richtige Wort, und Sie haben noch nicht alles gesehen.« Damit öffnete er die Tür zu seinem geräumigen Schlafzimmer und ließ mich hineinschauen. Ich sah dort in der beginnenden Abenddämmerung eine gute und vollständige Einrichtung für zwei Personen. Das andere Bett stand an der Wand dem seinen gegenüber, war hoch mit überzähligen Kissen bepackt und mit einem Laken zugedeckt, das sorgfältig an den Seiten eingestopft war.

»Wohl für Logierbesuch«, sagte ich, indem ich auf das zweite Bett deutete.

»Logierbesuch?« fragte er verwundert. »Ich habe nie Logierbesuch. Sie wissen übrigens doch, daß ich verlobt bin?«

Ich hatte allerdings gehört, daß er damit geneckt wurde. Es gab öde Spötter, die behaupteten, er heirate nur nicht, weil es zu teuer sei, nach dem Muster jenes Geizhalses, der aus Angst vor den Begräbniskosten nicht sterben konnte und uralt wurde.

»Ah so«, sagte ich, »dann steht die Hochzeit wohl bald bevor und dies ist die Aussteuer Ihrer Braut?«

»Es ist **meine** Aussteuer«, sagte er fast mit etwas stolzer Betonung, »und wann die Hochzeit sein wird, das weiß Gott. Es ist ein Hindernis da. – Der Alte will nicht. – Wir warten –«, schloß er resigniert.

»Ihre Braut ist doch mündig?« fragte ich.

Er mußte unwillkürlich lächeln. »Ja mündig ist sie wohl, aber wo denken Sie hin. Ohne den Willen des Vaters? Dabei ist kein Segen.«

Wir waren in das Wohnzimmer zurückgekehrt und setzten uns wieder. Es dunkelte, der Regen prickelte ans Fenster und auf dem Tisch sang leise der Wasserkessel über einer kleinen Spiritusflamme. Die Dämmerung schien ihm Mut zu machen, er rückte ein paarmal auf seinem Stuhl hin und her und begann dann:

»Sie sind mein Landsmann. Sie sind nicht wie die anderen und lachen nicht immer über Dinge, die einem gar nicht lächerlich sind. Es mag wohl sein, daß den Leuten manches an mir schnurrig erscheint. Aber ich bin von Jugend auf allein meinen Weg gegangen und niemand hat mir beigestanden. Andere können sich wehren, aber das ist mir nicht gegeben. Wenn ich harte Worte höre oder häßliches Gelächter, so macht es mich stumm und traurig, und ich habe ein Gefühl, als ob ich mich verkriechen möchte. Aber wenn man auch jahrelang in der Einsamkeit hinlebt und sich daran gewöhnt, als ob es nicht anders sein könnte, so bleibt einem doch immer die Sehnsucht, sich einmal auszusprechen mit einem, der Anteil nimmt und nicht mit anderen sein Gespött darüber treibt. Sie wundern sich vielleicht, daß ich von Einsamkeit rede, da ich doch den ganzen Tag mit

Menschen verkehre und mich den ganzen Tag mit ihnen unterhalte – ach, dabei kann man doch sehr einsam sein.«

Er machte eine Pause, rührte ein wenig in seinem Glas, trank ein Schlückchen und fuhr dann fort:

»Ich bin jetzt achtunzwanzig Jahre in Berlin. Zuerst besuchte ich das Gewerbeinstitut und als ich dies verlassen hatte, fand ich gleich eine Stelle in der Fabrik, wo ich noch bin. Ich war damals zweiundzwanzig Jahre alt und ein bißchen lebenslustiger als jetzt und verkehrte in einer Familie, deren einer Sohn mein Kollege war. Eines Tages im Juli war unter mehreren bekannten Familien eine Landpartie nach der alten Fischerhütte am Schlachtensee im Grunewald verabredet, und ich war auch eingeladen. Wir fuhren in einem Kremser, der natürlich, wie das immer ist bei solchen Gelegenheiten, gepreßt voll war. Als ich endlich Platz gefunden hatte und mich umsah, da durchfuhr es mich wie ein Schreck und gab mir einen Schlag auf das Herz, denn mir schräg gegenüber saß ein Mädchen, das ich wohl kannte, hier aber nicht erwartet hatte. Zwar hatte ich sie nie gesprochen, desto öfter aber gesehen, denn solange ich in Berlin war, seit drei Jahren, wohnte ich ihr gegenüber. Als ich zuerst auf sie aufmerksam wurde, war sie vierzehn Jahre alt und noch ein Kind, das kurze Kleider trug. Trotzdem besorgte sie die ganze Wirtschaft des Vaters, der, obwohl ihm das ganze Haus gehörte, nur eine kleine Wohnung inne hatte und sich kein Mädchen hielt. Wenn ich an meinem Schreibtisch am Fenster bei der Arbeit saß, konnte ich, da die Straße nicht breit war, einen Teil der gegenüberliegenden Wohnung übersehen und hatte meine Freude daran, mit welchem Fleiß und Ernst und welcher hausmütterlichen Verständigkeit das Kind bei der Arbeit war. Auch auf der Straße sah ich sie zuweilen, wenn sie mit wichtiger Miene und einem großen Korb auf den Markt ging, wo sie trotz ihrer Jugend geschickt einzukaufen wußte und mächtig zu handeln verstand wie eine Alte. Niemals sah ich sie müßig, denn wenn alle andere Arbeit, wie Reinemachen, Fegen, Scheuern, Einholen und Kochen besorgt war, saß sie am Fenster und nähte oder strickte mächtige graue Strümpfe für den Alten oder zarte weiße für sich. Ich dachte mir, das müsse einmal eine ganz ausgezeichnete Hausfrau geben, und stellte mir vor, so müsse meine Mutter als Kind gewesen sein. Auch sie sah öfter zu mir herüber, und wenn ich ihr auf der Straße begegnete, da merkte ich, daß sie mich kannte. So waren drei Jahre vergangen, sie war siebzehn Jahre alt geworden, und nun saß sie mir mit einemmal ganz unerwartet gegenüber und wir wurden beide rot, ohne recht zu wissen warum. Ich muß nur gleich sagen, daß sie nicht hübsch war, aber doch mochte man sie gerne ansehen, weil so eine angenehme Güte in ihrem Gesicht war. Sie schien sich nicht behaglich zu fühlen, da sie ganz gegen ihre Gewohnheit nichts zu tun hatte, aber es dauerte nicht lange, da hatte sie sich ein zweijähriges Kind geholt, das mit bei der Partie war und immer schrie, obwohl, oder vielmehr weil es von seiner unverständigen Mutter fleißig zur Ruhe geknufft und geschüttelt wurde. Bei ihr war es gleich still, sah sie mit großen Augen von unten auf an und benahm sich sehr gnädig. Sie behielt es den ganzen Weg lang und machte ihm was vor und benahm sich sehr niedlich und mütterlich. Auf der alten Fischerhütte wurde natürlich zunächst mächtig viel Kaffee gekocht und der mitgebrachte Kuchen ausgepackt. Als man damit fertig war, beschloß man, im Walde gesellschaftliche Spiele zu spielen. Ich war dazwischen an den See gegangen und hatte mich dort ein wenig umgesehen. Denn meine Vaterstadt liegt an einem großen See, und darum habe ich so gern den kräuterigen Geruch am Seeufer und höre gern, wie die kleinen Wellen ans Land plätschern und das Rohr dazu raschelt. Als ich wieder zurückkam, war die Gesellschaft schon weg. Einer mußte aber doch bei den Sachen bleiben und dazu hatte sich das junge Mädchen, mein Gegenüber, erboten, was ihr natürlich wieder ähnlich sah. Das kleine Kind hatten sie auch bei ihr gelassen. Es saß auf der Erde, hatte in der einen Hand ein Stück Kuchen, in der anderen einen alten Blechlöffel und spielte ganz stillvergnügt mit Sand. Ich weiß nicht, woher ich den Mut nahm, aber ich fragte sie, ob ich ihr ein wenig Gesellschaft leisten dürfe. Und dann haben wir uns allerlei erzählt, daß wir uns eigentlich schon drei Jahre kennen und was für ein Geschäft ich hätte und wie eigen ihr Vater wäre, und wo ich her wäre, und ob ich auch noch Eltern hätte. Dabei strickte sie emsig einen weißen Strumpf und ich sah zu, denn wenn Mädchen oder Frauen stricken, das habe ich immer gern gesehen. Für mich ist der Strumpf ein fast unbegreifliches Kunstwerk und ich denke mir, die Frau, die den ersten Strumpf erfunden hat, muß ganz unglaublich klug und geschickt gewesen sein. Wie dem Mädchen die Finger gingen! Zwar sehr zart waren diese natürlich nicht, dazu mußten sie zu viel arbeiten, aber fix und zierlich sah es doch aus, wie sie die blanken Stricknadeln so emsig tanzen ließ. Dann aber wurde die Unterhaltung spärlicher, denn sie war an den Hacken gekommen und mußte aufpassen. Da durfte ich sie nicht stören und sah ruhig zu, wie sie zählte und strickte.

Nachher kam die Gesellschaft aus dem Walde zurück und es ging wieder laut und lärmend her, die Herren tranken Weißbier mit Luft[1] und die Damen mit Himbeer; es wurde gekegelt, geschaukelt und mit Ringen nach dem Ziel geworfen und was solcher Vergnügungen mehr sind. Bei der Nachhausefahrt gelang es mir, den Platz neben ihr zu erhalten, worüber ich sehr glücklich war und mir wünschte, daß die Fahrt recht lange dauern möge. Es war schon dunkel, und da es ein wenig regnete, hatte der Kutscher auch die Außenleder heruntergelassen, so daß es niemand sah, daß ich ihre kleine arbeitsharte Hand in der meinen hielt. Darüber war sie gar nicht böse, nur einmal sagte sie leise: ›Lassen Sie nur die Handschuhe nicht fallen.‹ Denn diese hielt sie in derselben Hand. Nachher hatten wir noch einen weiten Weg, und da wir in derselben Gegend wohnten, brachte ich sie nach Hause. Ich begreife noch heute nicht, woher ich die Kühnheit nahm, aber es war so einsam auf der Straße und vor ihrer Haustür lag so ein tiefer Schatten, und es kam so ganz von selbst, daß wir uns beim Abschied küßten. Nachher konnte ich vor Glück lange nicht einschlafen.

Seit diesem Tage betrachteten wir uns als miteinander verlobt, obwohl es noch niemand wissen durfte, da an eine Heirat noch lange nicht zu denken war. Denn ich hatte damals nur zwanzig Taler monatlich. Aber wir waren beide noch sehr jung und konnten warten. Es war das Beispiel Jakobs, was mich veranlaßte, mir gleich sieben Jahre vorzunehmen. So lange hatte dieser gedient um Rahel und dann noch nicht einmal die Rechte bekommen. So war ich denn fleißig und sparte, soviel es bei dem knappen Gehalt möglich war. Doch dieses stieg allmählich und ich konnte bald mehr zurücklegen. Nach sieben Jahren hatte ich eine Einnahme von fünfhundert Talern jährlich und über tausend hatte ich zurückgelegt. Wie das möglich war bei der knappen Einnahme, werden Sie kaum begreifen, aber ich brachte es fertig, indem ich jede unnütze Ausgabe vermied. Nun dachte ich, dürfte ich es wagen, denn ich konnte nötigenfalls sogar auf eine Aussteuer verzichten. Ich war jetzt neunundzwanzig Jahre alt und

1   Pfefferminzschnaps

meine Braut vierundzwanzig, das war ein gutes Alter zum Heiraten. Wir trafen uns jeden Sonnabend, wenn der Vater regelmäßig seinen Kegelklub besuchte und nicht vor elf Uhr nach Hause kam. Wir gingen dann spazieren, in der guten Jahreszeit vor dem Schönhauser Tor, wo die Windmühlen stehen und noch Kornfelder sind, im Winter aber in der Stadt und unterhielten uns von der Zukunft. Als ich ihr nun bei solcher Gelegenheit sagte, daß ich nächstens kommen und mit ihrem Vater sprechen wolle, da erschrak sie doch sehr. ›Wenn es nur gut abläuft‹, meinte sie, ›er hat solchen Stolz als Hausbesitzer‹. Das war nun eigentlich gar nicht nötig, denn er gehörte damals noch zu der Sorte, denen jede leerstehende Wohnung schlaflose Nächte macht und die von dem geringen Überschuß, der ihnen nach Auszahlung der Hypothekenzinsen bleibt, sich mühsam durchbringen. Er hatte einen einträglichen kleinen Grünkramhandel betrieben und machte es wie viele in Berlin. Als er ebensoviel erworben hatte, daß er die notwendige Anzahlung leisten konnte, kaufte er ein Haus und setzte sich damit zur Ruhe, ging in einem blau flanellenen Schlafrock, einer gestickten Hausmütze und auf Filzparisern mit einer langen Pfeife herum und dachte Tag und Nacht darüber nach, wie er seine Mieten höherschrauben könne.

Ich faßte aber dennoch Mut, ging mit großem Herzklopfen zu ihm und trug ihm mein Anliegen vor, was mir nicht leicht wurde, denn er betrachtete mich die ganze Zeit über mit schrecklichen Blicken und wurde immer röter vor Wut und paffte fürchterlich aus seiner langen Pfeife. Dann brach er los und gab es mir: Wenn er seine Töchter jemandem geben wolle, dann wäre die Aussteuer seine Sache. Mit meinen sechs Dreiern die einzige Tochter von einem Hausbesitzer zu angeln, das könnte mir wohl passen. Was ich denn weiter wäre als so 'n studierter Schlossergesell, der sich Wunder was einbilde, wenn er sich Ingenieur schimpfen ließe. Und brauchte viele harte Worte, worauf ich nicht antworten konnte, wodurch seine Wut noch immer größer wurde. Vielleicht, wenn ich ihm in derselben Weise hätte antworten können, wäre die Sache noch zurechtgekommen, da mir das aber versagt ist, so redete er sich schließlich so in Zorn, daß er mich sozusagen hinauswarf. Das gute Mädchen hatte im Nebenzimmer alles gehört; sie drückte mir auf dem Korridor im Vorübergehen schnell die Hand und sagte: ›Ich warte, ich warte auf dich und wenn es zwanzig Jahre dauert.‹

Den Mut, noch einmal um sie anzuhalten, habe ich seitdem nicht wieder gefunden und wir warten noch immer. Am Sonnabend werden es nun fünfundzwanzig Jahre, seit wir uns an der alten Fischerhütte getroffen haben. Wir kommen noch immer jeden Sonnabend zusammen und gehen miteinander die alten Wege. Zu sagen haben wir uns nicht viel mehr, aber wir freuen uns doch, daß wir beieinander sind. Da mein Gehalt in dieser Zeit immer ein wenig stieg, so habe ich mir jetzt über zehntausend Taler erspart und die Aussteuer steht fix und fertig da, so daß wir jeden Augenblick heiraten könnten.«

Der alte Gram schwieg, rührte wieder in seinem Glas und trank den Rest des kalt gewordenen Grogs aus. Der Regen prickelte einförmig auf dem Fensterblech, es war ganz dunkel geworden und nur die kleine Spiritusflamme unter dem leise singenden Kessel verbreitete einen matten Schein.

Ich dachte ihn zu ermutigen, wenn ich sagte: »Aber lieber Herr Gram, jetzt steht denn doch die Sache ganz anders. Sie haben ein sehr nettes kleines Vermögen und wenn Sie jetzt kommen würden ... Ihre Braut ist doch auch schon ziemlich alt – zweiundvierzig Jahre – da wird es doch am Ende hohe Zeit, wenn ...«

Obwohl ich es wegen der Dunkelheit nicht sehen konnte, so fühlte ich doch sozusagen das unbeschreibliche Grinsen, das ihm um die Lippen spielte.

»O ne, ne, ne!« sagte er, während er die Hand abwehrend in der Nähe seines Ohres schwenkte, »O ne, ne, ne! Bei dem Alten haben sich die Zeiten auch verändert. Sein Haus ist mächtig im Preise gestiegen, er hat es mit großem Vorteil verkauft und hat nun ein neues, sehr schönes Haus in guter Gegend und ist ein gemachter Mann mit 'ner dicken, goldenen Uhrkette und trinkt jeden Mittag seine Flasche Rotspon. Wir sind noch ebensoweit auseinander wie früher. Ne, ne, ne, wir warten, wir sind daran gewöhnt. Der Alte kann ja auch nicht ewig ... doch sowas soll man ja nicht einmal denken.«

Diese bemerkenswerten Geständnisse machte mir der alte Gram gerade um die Zeit, als ich meinen alten Freund Leberecht Hühnchen, der damals ebenfalls in der Gartenstraße wohnte, zum erstenmal wieder aufgesucht hatte. Als ich am folgenden Tage zufällig mit ihm zusammentraf, konnte ich nicht umhin, ihm die Geschichte dieser fünfundzwanzigjährigen Verlobung zu erzählen, da ich wußte, daß sie seiner Teilnahme gewiß sei.

»Die armen einsamen Menschen«, sagte er, »sie haben alles in sich verschlossen und niemanden gefunden, der sich ihrer angenommen hätte. Solche Menschen müssen einen Freund haben, der für sie handelt. Ich will nicht Hühnchen heißen, wenn dieser Freund nicht jetzt gefunden ist. Aber was nun zunächst zu geschehen hat, das ist dir hoffentlich ebenso klar als mir, Teuerster! Was?« Dabei sah er mich an und leuchtete mit den Augen, wie nur er es konnte.

Da ich nicht ahnte, welchen kühnen Sprung sein findiger Geist wieder gemacht hatte und wo er hinaus wollte, so sagte ich gar nichts und blickte ihn nur verwundert an.

»Du weißt, was auf der Hülse meines Bürobleistiftes eingegraben ist«, sagte er dann, »mein Wahlspruch: ›Man muß die Feste feiern, wie sie fallen!‹ Denkst du denn, ich werde mir die Feier einer silbernen Verlobung entgehen lassen? Ein Fest von ganz unbeschreiblicher Seltenheit, gegen das eine diamantene Hochzeit einfach verschwindet. Denke nur, welche Treue und Ausdauer dazu gehört – Gummielastikum ist ja gar nichts dagegen. Soll dieser seltene Tag unbeachtet in den Orkus sinken? Nein, das sei ferne von mir.«

»Ja«, sagte ich sehr zweifelhaft, »aber wie und wo? Und wenn der alte Gram und seine Braut nicht wollen?«

»Das Wie laß meine Sorge sein«, rief Leberecht Hühnchen, »und wo? Natürlich bei mir. Mir schwebt schon so was vor wie Engel mit goldenen Flügeln, italienische Nacht und Erdbeerbowle. Großartige Pläne durchkreuzen mein Gehirn. Und wenn sie nicht wollen, da müssen sie breitgeschlagen werden. Du mußt dem alten Gram mit Sirenengesang so lange in den Ohren liegen, bis er mürbe ist. Denke doch nur, wie günstig die Sache liegt. Der bemerkenswerte Tag fällt gerade auf einen Sonnabend, wo das väterliche Ungetüm dem Gambrinus und dem Gott des Spieles (wie heißt er doch eigentlich?) opfert. Sollen die beide guten Leute an diesem seltenen Festtag etwa wieder vor dem Schönhauser Tore zwischen prosaischen Kornfeldern und herzlosen Windmühlen herumspazieren? Nein, sie sollen diesen Abend verbringen unter freundlicher Teilnahme mitfühlender Seelen, sie sollen an diesem Abend wissen, daß sie nicht allein sind, und daß die innigsten Wünsche ihrer neuen Freunde gerichtet sind auf eine nahe Erfüllung ihres späten Glücks. Siehst du, so denk' ich mir das.«

Obwohl ich sehr wohl die Schwierigkeit erkannte, den alten Einsiedler zu diesem Besuch bei völlig unbekannten Leuten zu bewegen, so wußte ich doch, daß Hühnchen, wie man in Süddeutschland sagt, mich nicht auslassen würde, und machte mich, allerdings mit wenig Hoffnung, an die Arbeit. Ich fing die Sache mit der möglichsten Vorsicht an und umkroch das feste Lager seiner Vorurteile mit diplomatischer Schlauheit, wie ein Indianer auf dem Kriegspfade. Als ich ihn so weit hatte, daß er in der Theorie zugab, eine Feier dieser fünfundzwanzigjährigen Verlobung in befreundetem Kreise würde keine üble Sache sein, da änderte ich meine Taktik, als er meinte, dieser befreundete Kreis fehle leider, denn seine Braut und ich seien die einzigen Menschen, die nicht über ihn lachten. Da begann ich listig das Lob meines Freundes Hühnchen zu singen, von dem ich ihm schon vorher manches erzählt hatte. Ich schilderte ihm den Abend in Hannover, wo wir auf dem gebirgigen Sofa Tee tranken und uns für dreißig Pfennig einen vergnügten Abend machten, und weckte mit der Darstellung dieser freudigen Genügsamkeit einen Widerhall in seiner eigenen, bedürfnislosen Seele. Ich sprach von dem menschenfreundlichen Sinn der Familie Hühnchen und von dem ständigen Sonnenschein, der in ihr herrschte, ich schlug die Harfe zu ihrem Ruhm, so gut ich konnte, und schließlich rückte ich mit meinem Vorschlag heraus. Da fing aber der alte Gram an, sich mächtig zu wehren. Drei Tage lang kämpften wir miteinander und wohl hundertmal hörte ich in dieser Zeit sein abwehrendes: »O ne, ne, ne!«

Schließlich mußte ich doch Hühnchen zur Hilfe rufen. Wir spannen ein Komplott. Der alte Gram wurde von mir auf das berühmte Stiefelknechtbeefsteak eingeladen, und als wir gerade im besten Schmausen waren, kam Hühnchen »ganz zufällig« drüber zu und war sehr erfreut, die werte Bekanntschaft zu machen. Ihm persönlich widerstand der alte Einsiedler keine Viertelstunde lang, vor diesem Sonnenschein schmolzen seine Bedenken wie Butter dahin, und nach kurzer Zeit erklärte er sich unter einem Grinsen, um das ihn der alte Luzifer selber hätte beneiden können, zu allem bereit.

Ich war der erste, der am Abend des fünfzehnten Juli, etwas vor der festgesetzten Zeit, acht Uhr, in Hühnchens Wohnung eintraf. Ich fand ihn allein, eifrig beschäftigt mit der Herstellung von Erdbeerbowle in einem mächtigen Glaspokal, der mir sonderbar bekannt vorkam, obwohl ich wußte, daß er als Bowlengefäß mir bis dahin noch nicht begegnet war. Er war hergestellt aus rot überfangenem Kristallglas. Nach einem bestimmten Muster waren in diesen roten Überzug Kreise eingeschliffen, die in dem darunterliegenden durchsichtigen Glas konkave Vertiefungen bildeten und alles, was sich ringsum befand, unzähligemal in komischer Verkleinerung widerspiegelten. »Setze dich, Teuerster!« sagte Hühnchen, »du mußt einstweilen mit mir allein vorlieb nehmen. Frau Lore ist in ihrem Atelier und dichtet Butterbrote. Keine derben Berlinischen Schinkenstullen, wofür Mutter Gräbert im Vorstädtischen Theater berühmt ist, nein, zarte mecklenburgische Laubblätter, mit viel drauf und von einer Abwechslung, die nicht ohne Studium erreicht worden ist. Zwölf verschiedene Arten hat sie herausgebracht. Die Kinder sind aus geheimnisvollen Gründen überhaupt nicht sichtbar.«

Ich grübelte immer noch über den sonderbaren Glaspokal nach – das Ding kannte ich doch. Mit einemmal wurde ich auf ein Plätschern aufmerksam, das aus einer dunklen Ecke tönte. Ich trat näher und fand dort eine Waschschüssel, in der zwei Goldfische schwammen, und in demselben Augenblick brach ich in ein schallendes Gelächter aus. Hühnchen erkannte sofort den Grund und machte eines von seinen allerpfiffigsten Gesichtern. »Allzeit erfindungsreich zu sein«, sagte er, »ist die Haupteigenschaft eines guten Ingenieurs. Ein solch opulentes Gerät wie eine Bowle befindet sich nicht bei unserer einfachen Aussteuer. Jedoch besitzen wir dies köstliche Goldfischglas – die gute Tante Julchen vermachte es uns, es dient unseren Goldfischen zur pomphaften Wohnung. Ich denke, die bescheidenen und einfachen Tiere treten es uns für diesen feierlichen Zweck gerne ab. Sie sind zwar stumm, aber könnten sie sprechen, so würden sie, denke ich, sagen: O bitte, Herr Hühnchen, es soll uns eine Ehre und ein Vergnügen sein.«

Ich war unterdes auf den Balkon hinausgetreten, auf dessen winzigem Raum Hühnchen seine Blumenzucht betrieb. An den Gitterstäben rankten Winden empor und rechts und links stand ein blühender Oleander. An der Handleiste des Geländers waren durch Drähte eine Reihe von Töpfen mit Linaria cymbalaria angebracht, deren blühende Ranken weit herniederhingen. Daß diese genügsame Felsenpflanze Hühnchens Liebling war, konnte man sich wohl erklären; sie, die aus der kümmerlichsten Mauerritze mit einer Fülle von zierlichen Ranken und niedlichen Blüten hervorquillt, war ein Bild seines eigensten Wesens. Jedoch dies alles war mir bekannt und fiel mir nicht auf, aber neu waren mir zwei kleine, bunte Papierlaternen, die an den Oleandern hingen. Hühnchen stand plötzlich hinter mir: »Vorbereitungen zur italienischen Nacht!« sagte er. Er wollte noch mehr Erklärungen geben, wurde aber unterbrochen, da Frau Lore mit einer mächtigen Schüssel aus der Küche kam, auf der eine gewaltige Kuppel der verschiedenartigsten Butterbrote prangte, während zugleich die Türglocke ging und den alten Gram mit seiner Jubelbraut ankündigte. Mit rührender Herzlichkeit wurden sie von den beiden guten Leuten empfangen, so daß die erste Befangenheit sich bald verlor. Der alte Gram war in einen etwas fadenscheinigen, aber wohlgebürsteten, schwarzen Anzug gekleidet, der schon vor zehn Jahren nicht mehr modern war, und grinste ungemein; seine Braut, ein schüchternes, ältliches, unscheinbares Wesen, trug ihr »Schwarzseidenes«, dem man ansah, daß es schon wer weiß wie oft durch irgendeine kleine, geschickte Änderung in bescheidener Weise den Ansprüchen der Mode gefolgt war. Mit großer Mühe wurde das Brautpaar auf den Ehrenplatz genötigt; Hühnchen war unterdes verschwunden. Nach kurzer Zeit kam er zurück und ließ die Tür zum Nebenzimmer hinter sich auf. Frau Lore hatte sich ans Klavier gesetzt und spielte etwas Feierliches, das Brautpaar sah ängstlich und erwartungsvoll aus. Dann traten Hühnchens Kinder ein. Hans und Frieda, im Alter von sechs und fünf Jahren. Sie trugen lange, weiße Gewänder und goldene Flügel, die der erfindungsreiche Hühnchen sehr kunstvoll aus Pappe und Goldbronze angefertigt hatte, und stellten, wie sie nachher selbst verkündigten, die Liebe und die Treue dar. Die Liebe trug einen roten Gürtel und einen Rosenkranz, die Treue einen blauen und einen Kranz von Vergißmeinnicht. Sie sprachen mit ihren frischen Kinderstimmen einige wohlgemeinte Verse von Liebe und Treue, die immer beieinander sein müßten und die sich hier bewährt hätten durch fünfundzwanzig Jahre. Sie wären gekommen auf goldenen Flügeln von ihren himmlischen Höhen, um diesen guten Menschen selber zu danken und ihnen den baldigen Lohn zu wünschen für geduldiges Ausharren in Liebe und Treue, und brächten als ein Zeichen ihrer höchsten Gunst der Braut den Kranz und dem Bräutigam den Strauß von Immergrün. Möge er sich bald in zartblühende Myrten verwandeln und dereinst nach weiteren fünfundzwanzig Jahren in echtem Silberglanze schimmern.

So zählten die beiden Kinder ihre Verse gewissenhaft ab und blieben nicht einmal stecken, was Hühnchen sichtlich mit großem Stolze erfüllte. Der alte Gram aber bot einen wunderlichen Anblick dar, denn diese kleine Huldigung hatte ihn überrumpelt und er war ihr sichtlich nicht gewachsen. Während er die Hand seiner Braut unausgesetzt streichelte, starrte er krampfhaft vor sich hin, und unter seiner Brille hervor rannen wie kleine, runde Perlen, eine hinter der anderen, die Tränen über seine Wangen, und dazu lächelte er so fürchterlich ironisch, wie noch nie in seinem ganzen Leben.

Nachher war es hübsch zu sehen, wie die beiden verkümmerten, ältlichen Leute jeder eins der hübschen Engelskinder auf den Schoß nahmen und mit welken Lippen die festen Rosenmündchen küßten und lieb mit ihnen waren, so gut sie es vermochten.

Dann aber, nachdem der innere Mensch sein Teil erhalten hatte, kam der äußere an die Reihe, und dem Inhalt des Goldfischglases und den von Frau Lore köstlich »gedichteten« Butterbroten ward alle Ehre angetan. Als es dunkelte, zündete Hühnchen heimlich seine beiden Papierlaternen an, und wir genossen die Reize der italienischen Nacht. Dabei kam noch ein von Hühnchen gemaltes Transparent zum Vorschein, zwei Herzen an einen höchst dauerhaften Pfeil gespießt, darüber eine große 25 und darunter das mathematische Zeichen der Unendlichkeit ~. »Sehr sinnreich! Was?« meinte Hühnchen zu mir.

Der alte Gram wurde ganz ausgelassen und gesprächig. Zum erstenmal in seinem Leben war er mit seiner alten Liebe unter freundlichen, teilnehmenden Menschen, und sein einsames, verschüchtertes Gemüt schwelgte in der für ihn so seltenen Empfindung, die durch das Goethesche Wort ausgedrückt wird: »Hier bin ich Mensch, hier darf ich's sein.« Unausgesetzt rieb er leise seine knochigen Hände umeinander, und sein ständiges ironisches Lächeln bekam einen deutlichen Stich ins Liebenswürdige. Als Hühnchen eine kleine komische Rede hielt, lachte er sich fast um Verstand und Besinnung und in der Freude seines Herzens trank er, um doch etwas zu tun, vielleicht öfter, als er es gewohnt war, sein Glas leer. Er brachte sogar eine ganz manierliche kleine Rede auf die Familie Hühnchen zustande, wobei er sich zum Schluß allerdings ein wenig verhedderte, sich aber durch einen kühnen Sprung in ein plötzliches dreimaliges Hoch glücklich rettete.

Zuletzt, als der Pegelstand in dem Goldfischglas sich sehr bedenklich dem Nullpunkt näherte, wurde er gerührt, und dann übermannte es ihn. Plötzlich legte er den Kopf auf den Tisch und fing an, ganz erbärmlich zu schluchzen. Die erschrockene Braut fragte verwundert: »Johannes, was ist dir?« Hühnchen sprach zu ihm und versuchte ihn zu begütigen, allein anfangs war nichts aus ihm herauszubringen. Endlich schluchzte er mühsam hervor: »Daß es – daß es – so gute – so gute – Menschen gibt.«

Es gelang uns, ihn allmählich zu beruhigen, doch fand er seine Heiterkeit nicht wieder, er blieb ein Gemisch aus Wehmut und Scham, und selbst das stereotype Lächeln, das ihn, wie ich glaube, sonst auch im Schlaf nicht verließ, war verschwunden.

Jedoch die Zeit war abgelaufen, die der Jubelbraut zur Verfügung stand, und unter gerührtem Dank und vielen Händedrücken entfernte sie sich mit ihrem leidlich getrösteten, aber noch sehr weich gestimmten Johannes.

»So, das war der erste Streich und der zweite folgt sogleich!« sagte Hühnchen und rieb sich befriedigt die Hände. »Ich denke, ehe acht Tage vergehen, werden wir schon ein Stück weiter sein. Ich plane große Dinge und kühne Taten. Doch das ist einstweilen noch Geheimnis. Zunächst wollen wir den Goldfischen wieder zu ihrem Rechte verhelfen.«

Somit tranken wir unter heiteren Gesprächen und in behaglicher Wiederholung der Hauptmomente dieses seltenen Festes den Rest der Bowle aus, und nachdem wir den freudig plätschernden Goldfischen ihre rechtmäßige Wohnung wieder eingeräumt hatten, begab ich mich sehr befriedigt von diesem Abend durch die warme Sommernacht nach Hause.

Es war an einem Sonntagnachmittag, acht Tage später, als Hühnchen plötzlich in meine Wohnung gestürmt kam, ganz rot vor freudiger Aufregung. »Weißt du, wie mir zumute ist?« sagte er. »Seid umschlungen, Millionen, diesen Kuß der ganzen Welt! Ja, wenn ich nicht wüßte, daß solches dir entsetzlich ist, würde ich dir einen furchtbaren Kuß geben. Sie haben sich! Sie kriegen sich! Und ich allein habe es gemacht. Ich komme soeben her. In den Armen liegen sich beide, und weinen vor Schmerzen und Freude. Und selbst das alte Ungetüm von Vater schnuckte ganz gerührt. Er ist übrigens gar nicht so schlimm, wie der alte Hasenfuß ihn sich immer gedacht hat. Ich glaube, wäre er ihm nur früher ordentlich zuleibe gegangen, so säße er längst im warmen Nest und hätte sieben Kinder oder mehr. Doch ich will nach der Reihe erzählen. Ich kenne nämlich einen von den alten Hechten aus dem bewußten Kegelklub. Von dem ließ ich mich für gestern abend einschmuggeln mit der Absicht, mich an den widerborstigen Hausbesitzer und Brautvater heranzuschlängeln. Das gelang mir auch. Ich hatte mich auf eine Anzahl von meinen besten und lustigsten Geschichten eingeübt, die gab ich ihm so nach und nach zum besten und gewann seine Gunst dadurch. Er lachte darüber, daß er beinah den Schlag kriegte, und hatte die Gnade, zu bemerken, ich sei die ›putzigste Kruke‹, die ihm jemals vorgekommen sei. Ja, ich zog meine gemeinsten Saiten auf und bewunderte den Verstand und die Umsicht, mit der er es zum Hausbesitzer in einer so vornehmen Gegend gebracht habe. Ich ließ zart durchblicken, daß Hausbesitzer in meinen Augen ungefähr so etwas wie Halbgott bedeute. Er fing an, mich für einen sehr verständigen Menschen zu halten und schenkte mir immer mehr sein Vertrauen. Ich mußte mit von seiner Weißen trinken, und er bestellte mir eine Strippe[1] dazu. Zuletzt hatten wir uns so angefreundet, daß ich ihn nach Hause begleitete. Das war es, was ich erreichen wollte, denn ich wußte, er hatte einen ziemlich weiten Weg, auf dem sich manches sagen ließ. Er stützte sich auf meinen Arm und schurrte langsam auf seinen Zeugschuhen neben mir her. ›Sie haben noch junge Beene‹, sagte er, ›mit meine ollen Stelzen will et ooch nich mehr recht‹. Dies brachte mich auf körperliche Pflege, und ich fragte nach seiner Familie: ›Meine Olle is schon seit neinundzwanzig Jahre dot – ick habe bloß eene Dochter, die wart't mir uff.‹ – ›Nicht verheiratet?‹ fragte ich. ›Nee‹, sagte er, ›se is wohl nich for de Mannsleute. Anträge hat se ja gehatt, aber se wollte ja nich. Vor lange Jahre war mal eener bei mir, so'n Inschenjör, den mochte se, aber er hatte nischt. Schien mir 'ne olle Nulpe zu sind, denn als ick 'n bißken Deutsch mit ihn redete, da tat er 't Maul nich mehr uff und lief weg und kam nich mehr wieder. Und nu is meine Dochter schon in 't olle Register.‹ – ›Wie hieß der Mann?‹ fragte ich.

1   einen Schnaps

›Nu, et war so wat wie Kummer.‹ – ›Vielleicht Gram?‹ fragte ich. ›Richtig, Jram!‹ sagte er, ›nu det is ja Hose wie Jacke‹. ›Den Mann kenn' ich‹, erwiderte ich, ›ein sehr ordentlicher und sparsamer Mann, hat sich von seinem Gehalt seit jener Zeit über zehntausend Taler gespart‹. ›Zehndausend Daler is nich ville‹, meinte er, ›aber et is wat.‹ Ich ließ nun einstweilen den alten Gram fallen und sprach mein höchstes Bedauern darüber aus, daß seine Tochter nicht verheiratet sei, verbreitete mich mit wahrhaft glänzender Beredsamkeit über die Bestimmung des Weibes und schilderte Großvaterfreuden in dem glänzendsten Licht. Der Alte knurrte bloß. Endlich sagte er, als ich gar nicht nachließ: ›Ja, det is nu allens janz scheen, aber wat nich is, det is nich.‹ – ›Aber es kann noch werden!‹ rief ich begeistert, nahm einen mächtigen Anlauf und ging mit Hurra vor. Mit übernatürlicher Geschicklichkeit, die mich heute noch mit Staunen füllt, brachte ich ihm alles bei und ließ ihn gar nicht zu Wort kommen, so hageldicht fielen meine Beweisgründe. Ich traf mindestens zwanzig Nägel auf zwanzig Köpfe. Dann merkte ich, wie es bei ihm mit Grundeis ging. Endlich knurrte er: ›Zehndausend Daler sind nich ville, aber et is wat. Un de Betty hat schonst det vierte Mal jenullt. – 'ne olle Nulpe ist er aber doch!‹

Das war die weiße Fahne, und ich zögerte nicht, die Kapitulationsbedingungen festzustellen. Erst wollte er sich noch lange besinnen und Bedenkzeit haben, aber damit kam er nicht durch. ›Fünfundzwanzig Jahre und eine Woche haben die jungen Leute gewartet‹, sagte ich, ›das ist genug‹. Und so haben wir denn heute vormittag alles abgemacht. In vier Wochen ist Hochzeit! Hurra!«

Und in vier Wochen war wirklich Hochzeit, wir sind beide dabei gewesen. Und jetzt, da ich dies schreibe, ist der »alte Gram« wirklich der alte Gram und durch seine Tochter schon Großvater, und sein Sohn besucht das Polytechnikum. Und nächstes Jahr wollen wir seine silberne Hochzeit feiern. Ich denke, wir wollen dann ebenso lustig sein, wie bei der silbernen Verlobung.

Die Weinlese

Unterdes ist es Leberecht Hühnchen recht gut gegangen. Er hat seine Stellung in der Fabrik vor dem Oranienburger Tor mit einer solchen an einer Eisenbahn vertauscht und bei dieser Gelegenheit eine Verbesserung seines Gehaltes erfahren. Zudem ist ihm ganz unerwartet eine kleine Erbschaft zugefallen, welchen Umstand er sofort benutzt hat, einen langjährigen Lieblingsplan auszuführen, nämlich sich ein eigenes Haus mit einem Gärtchen dabei anzuschaffen. Im letzten März kam er eines Tages zu mir und ging nach der ersten Begrüßung, ohne weiter etwas zu sagen, die Daumen in die Ärmellöcher seiner Weste gesteckt, im Zimmer auf und ab, indem er sich sichtlich ein gespreiztes und geschwollenes Ansehen zu geben suchte. Nachdem ich eine Weile mit Verwunderung diesem Treiben zugesehen hatte, stellte er sich breitspurig vor mich hin und fragte, indem er mit leuchtenden Augen mich triumphierend anblickte: »Bemerkst du gar nichts an mir?«

»Es scheint mir«, sagte ich, »daß du sehr gut gefrühstückt hast.«

»Nicht im geringsten«, sagte er, »aber bemerkst du nicht etwas Wohlhabendes, ja fast Protzenhaftes an mir? Sieht man mir nicht auf hundert Schritte an, daß ich Grundeigentümer und Hausbesitzer bin?«

Ich war ganz erstaunt über diese unerwartete Tatsache.

»Ja, es ereignen sich wunderliche Dinge«, sagte er, stellte sich vor den Spiegel und nickte seinem Bild wohlwollend zu: »So sieht man also aus?« fuhr er fort. »Hier unterhalb fehlt's noch. Eine gewisse wohlhabende Rundung des Bäuchleins scheint mir das zu sein, wonach ich zunächst zu streben habe. Auf dieser Grundlage würde dann eine goldene Uhrkette von hinreißender Wirkung sein.«

»Vor allen Dingen befriedige meine Neugier«, sagte ich, »was hat dies zu bedeuten?«

»Weiter nichts«, war die Antwort, »als daß ich mir gestern in Steglitz ein Haus gekauft habe mit einem Garten. Ein reizendes Häuschen. Es ist zwar nur klein, aber sehr niedlich. Du mußt nicht denken, daß es eine sogenannte Villa ist – Säulen und Karyatiden und ornamentales Gemüse sind gar nicht daran. Ich hab's von einem Schuster gekauft, der nach Amerika geht. Es riecht darin ziemlich nach Leder und Pech, aber das gibt sich, wenn ich es erst tapeziert habe. Der Garten ist entzückend, das heißt wie ich ihn mir denke, wenn ich ihn erst bepflanzt habe; denn augenblicklich ist gar nichts drin als ein kleiner Nußbaum und ein Birnbaum. Der Schuster schwört, es seien Bergamotten. Am Hause ist ein junger Weinstock, der im vorigen Jahre, wie mir derselbe Mann unter Flüchen beteuerte, bereits sieben Trauben ›von eine jute, süße Sorte‹ getragen hat. Denke dir, das wächst alles und vermehrt sich. Stelle dir vor, was ich an Obst dazu pflanzen werde, natürlich nur die edelsten Arten, denn der Platz ist kostbar. Was meinst du zu einem Mistbeet? Würdest du es für einen unverantwortlichen Luxus halten, wenn ich Melonen züchtete?

An die Schattenseite des Hauses wird Efeu gepflanzt, an die Westseite Rankrosen. Schließlich soll es ganz besponnen und berankt sein, wie es immer in den Geschichten vorkommt, wenn die Dichter ein idyllisches Glück schildern wollen. Oben liegt eine Giebelstube mit der Aussicht auf den Garten, wunderbar geeignet für eine alte Dame, die Blumen malt, oder einen Junggesellen, der Verse macht. Dieses Zimmer wollen wir vermieten. Es soll uns einen nicht unbedeutenden Beitrag zur Verzinsung des hineingesteckten Kapitals liefern. Am ersten April wird eingezogen. Lore und die Kinder sind fast außer sich vor Entzücken. Siehst du, das ist die große Neuigkeit.«

Ich suchte, so gut ich es vermochte, an dem Entzücken des lieben Freundes teilzunehmen und gab das Versprechen ab, nach geschehener Einrichtung dies gepriesene Idyll zu besichtigen. Eines Sonntags am Ende des Aprils fuhr ich zu diesem Zwecke nach Steglitz und ward mit großer Freude von der Familie Hühnchen begrüßt. Wie ich mir schon gedacht hatte – es war ein kleines erbärmliches Häuschen, aber, was die Leute draus gemacht hatten, das war wunderbar. Unten enthielt es außer einem kleinen Vorraum eine winzige Küche und drei Zimmer, deren eines aber so eng wie ein Vogelbauer war und lebhaft an Hühnchens Schlafzimmer in Hannover erinnerte, woselbst er sich die Stiefel nicht anziehen konnte, ohne die Tür zum Nebenzimmer zu öffnen. In dieses Stübchen führte mich Hühnchen zuerst, und zwar mit besonderer Wonne.

»Siehst du, lieber Freund«, sagte er, »alle Früchte reifen allmählich an dem Baum der Erfüllung und fallen einem lieblich in den Schoß. Mein langjähriger Wunsch, seit ich verheiratet bin, ein Stübchen ganz für mich zu haben, ist nun auch erfüllt.«

Ich schaute in dem kleinen Raum umher. Vor dem Fenster stand ein Tisch mit grünem Stoff bis zum Fußboden behangen und füllte die ganze Breite des Zimmers aus. Zwei Stühle und ein Bücherbrett waren sämtliche übrigen Möbel – mehr war auch nicht gut unterzubringen. An der Wand, dem Bücherbrett gegenüber, hingen, »anmutig gruppiert«, wie Hühnchen sich ausdrückte, die Photographien einer Lokomotive, die Bilder seiner Eltern und vieler Freunde. Das technische Museum, den Ahnensaal und den Freundschaftstempel nannte er das. Jetzt deutete er mit einer listigen Verschlagenheit in Blick und Wesen auf den grün behangenen Tisch, der mit Schreibutensilien und Büchern bedeckt war, und sagte:

»Sieht dieses Möbel nicht merkwürdig opulent und fast prunkvoll aus – nicht wahr? Eine gewisse erhabene Großartigkeit kommt darin zum Ausdruck?«

Ich bestätigte dies lächelnd.

»Blendwerk der Hölle!« sagte Hühnchen, hob die Decke empor und sah mich triumphierend an. Es zeigte sich, daß dieser Tisch weiter nichts war, als eine große Kiste, mit der Öffnung nach vorn auf die Seite gelegt.

Wir besichtigten dann die anderen Räume der Wohnung, und ich fand alles so behaglich, freundlich und sauber, wie es mit den einfachen Möbeln nur erzielt werden konnte. Dann ging's in den Garten. Es war unglaublich, was auf diesem kleinen Raum alles gesät und gepflanzt war. Dort befand sich ein Kartoffelfeld in der Größe von vier Quadratmetern und außerdem alle nur denkbaren Küchengewächse auf Beeten von den winzigsten Dimensionen.

»Ich habe vor allen Dingen eine große Reichhaltigkeit der Bebauung angestrebt«, sagte Hühnchen, »in dieser Hinsicht soll der Garten ein Glanzpunkt dieser Besitzung werden.«

Er zog ein Papier aus der Tasche und breitete es vor mir aus: »Der Bebauungsplan!« sagte er wichtig. »Wird alljährlich angefertigt, um einen rationellen Fruchtwechsel beobachten zu können.«

In verschiedenen zarten Farben waren dort alle Beete verzeichnet und mit zierlicher Rundschrift bei jedem die Art der Bepflanzung angemerkt. Bei dem Nußbaum, der durch einen kleinen, grünen Kreis angedeutet war, sah ich ein schwarzes Viereck mit der Überschrift: »Hänschen.«

»Was ist das?« fragte ich.

»Dort liegt Hänschen begraben«, antwortete Hühnchen, »unser guter Kanarienvogel. Er muß sich beim Umzug erkältet haben, denn gleich nachher blies er sich auf und kränkelte. Lore will gehört haben, daß er gehustet hat, allein das ist wohl ein Irrtum. Er hatte übrigens stets eine zarte Gesundheit. Kurz vor seinem Tode hat er noch einmal ganz leise gezwitschert und gesungen wie im Traum. Dann fiel er plötzlich von der Stange und war tot. Es muß Herzschlag gewesen sein oder so was. Wir haben ihn sehr feierlich begraben. Zuerst war er ausgestellt auf rosa Watte in einer Schachtel mit Schneeglöckchen. Nachher, als die Kinder ihn hinaustrugen, hat Lore einen Trauermarsch gespielt. Hier ist sein Denkmal.«

Wir waren unterdes an den Nußbaum gelangt und es zeigte sich dort ein flacher Stein mit der Inschrift: »Hänschen.« Eine kleine dünne Efeuranke war daneben gepflanzt.

Wir besichtigten den Garten weiter. Die Abteilung für Obst zeigte einen Zuwachs von sechs Stachelbeerbüschen in sechs verschiedenen Sorten; Johannisbeerbüsche waren in derselben Fülle vorhanden, während Himbeersträucher in der stattlichen Anzahl von zwölf Exemplaren sich den Blicken zeigten.

»Diese beiden neu gepflanzten Bäume betrachte mir Ehrfurcht«, sagte Hühnchen, »Gravensteiner und Napoleonsbutterbirne.« Das letzte Wort sprach er in einem gastronomischen Schmunzeln aus, als zerginge ihm schon jetzt diese saftige Frucht auf der Zunge.

Zum Schluß, nachdem ich das Gebirge, ein Etablissement aus sechs Feldsteinen, und den Teich, eine eingegrabene Tonne zum Auffangen des Regenwassers, bewundert hatte, ward ich auf ein Blechgefäß aufmerksam, das sich oben auf der bis jetzt nur aus kahlen Latten bestehenden Laube befand. Ich erkundigte mich danach.

»Bassin für die Wasserkunst«, sagte Hühnchen, »die Anlage ist noch im Werden begriffen. Wenn du uns später einmal wieder besuchst, werden wir zur Feier des Tages die großen Wasser spielen lassen. Dies wird dem Ganzen eine besondere und festliche Weihe verleihen!«

Im Laufe des Frühlings und Sommers kam ich mit Hühnchen nicht wieder zusammen. Am Ende des Septembers aber erhielt ich von ihm einen Brief folgenden Inhalts:

Steglitz, den 28. September 1881
Villa Hühnchen

Herr und Frau Hühnchen geben sich die Ehre, Sie zum Sonntag, den 2. Oktober, nachmittags 5 Uhr, zur Weinlese einzuladen.

Programm

- Begrüßung der Gäste
- Besichtigung der Gartenanlagen und der Menagerie.
- Eröffnung der Weinlese durch einen Böllerschuß
- Weinlese und Nußpflücken
- Festzug der Winzer
- Feuerwerk
- Festessen
- Musikalische Abendunterhaltung und Tanz

U.A.w.g.

Daß ich zusagte, war selbstverständlich. Außer mir war nur noch ein Gast geladen, nämlich eine würdevolle ältere Dame, die die Giebelstube gemietet hatte und dort von den Zinsen eines kleinen Vermögens und der Erinnerung an eine glanzvolle Jugend zehrte. Es war eine steife, anspruchsvolle Person, die, sobald man sich nicht genügend mit ihr beschäftigte, einen Dunst von Vernachlässigung und Kränkung um sich verbreitete.

»Sie hat bessere Zeiten gesehen«, flüsterte Hühnchen mir zu. »Sie stammt aus einer reichen Familie, die aber später verarmt ist. In ihrer Jugend hat sie von silbernen Tellern gespeist. Sie hätte sich fünfmal vorteilhaft verheiraten können – einmal sogar mit einem Grafen – aber sie hat nicht gewollt. Sie hat schwere Schicksale erlitten und ist dadurch etwas muffig und säuerlich geworden, aber wir behandeln sie mit Schonung – natürlich – wie du dir wohl denken kannst.«

Den Garten zeigte mir Hühnchen mit großem Stolz. Die Wasserkunst war fertig und erwies sich als ein kleiner fadendünner Springbrunnen von fast ein Meter Höhe, der sein Gewässer in eine mit bunten Steinchen ausgelegte Schale ergoß.

»Leider ist er ein wenig asthmatisch«, sagte Hühnchen, »denn sein Bassin ist nur klein und muß jede halbe Stunde gefüllt werden. Aber es sieht doch opulent und festlich aus.«

Am Weinstock waren in diesem Jahr fünfzehn Trauben gewachsen, und der Nußbaum trug einundzwanzig Früchte.

»Eigentlich sind es fünfundzwanzig gewesen«, sagte Hühnchen, »allein drei sind vorher abgefallen, und eine war auf unbegreifliche Art verschwunden. Aber noch am selben Abend, als Lore den Kindern, die schon im Bett lagen, gute Nacht sagte, fingen beide an, unermeßlich zu schluchzen und gestanden unter vielen Tränen, wo die vermißte geblieben war. Hans hatte, getrieben vom Dämon der Genußsucht, sie unterschlagen und dann Frieda zur Teilnahme an dieser Untat verführt. Sie waren mit ihrem Raub auf den Boden gegangen und hatten ihn dort gemeinschaftlich verzehrt.«

Wir gelangten nun an den Birnbaum. »Hier ist eine schmähliche Täuschung zu verzeichnen«, sagte Hühnchen; »der Schuster hat sich als ein Lügenbold erwiesen, denn anstatt Bergamotten hat dieser Baum ganz gemeine Kräuterbirnen hervorgebracht. Den Kindern hat es jedoch viel Vergnügen bereitet, denn sie schätzen diese harmlose Frucht ungemein.«

Nach Besichtigung der Menagerie, in der die Säugetiere durch ein schwarzes Kaninchen, die Vogelwelt durch einen jungen Star ohne Schwanz und die Amphibien durch einen melancholischen Laubfrosch vertreten waren, führte mich Hühnchen in einen schattigen Winkel des kleinen Gärtchens, woselbst ein Hügel aus Erde, Unkraut, halb vermodertem Strauchwerk, Laub und Küchenabfällen zusammengesetzt, sich meinen Blicken zeigte.

»Diese Einrichtung bitte ich mit Ehrfurcht zu betrachten«, sagte er, »denn hier schlummert die Zukunft. Dies ist nämlich der Komposthaufen. Kraft und Milde, Süßigkeit und Würze liegen hier begraben, um in späteren Jahren glanzvoll zur Auferstehung zu gelangen und als köstliches Gemüse oder süße Frucht uns zu nähren und zu laben.«

Die Kinder kamen jetzt, jedes mit einem Körbchen und einer Schere ausgerüstet, aus dem Hause, und wir begaben uns in die Laube, woselbst auf dem Tisch eine kleine Kinderkanone aus Messing bereits geladen unser harrte. Hühnchen entzündete feierlich ein Stückchen Feuerschwamm, das an einem Stöckchen befestigt war, und feuerte mit großem Geschick diesen festlichen Böller ab. Er gab einen kleinen zimperlichen Knall von sich, und die Weinlese begann. Bei dem stürmischen Eifer der kleinen Winzer war sie in einer halben Minute beendigt. Auch das festliche Nußpflücken nahm nicht mehr Zeit in Anspruch. Hühnchen nahm nun eine kleine Blechpfeife aus der Tasche, stellte sich an die Spitze seiner Nachkommenschaft und hielt einen feierlichen Umzug durch den Garten, wozu er einen herzbewegenden Marsch in einer verkehrten Melodie nach einem falschen Tempo blies. Nachdem dieser Umzug beendet und die eingesammelten Früchte abgeliefert waren, machte sich Hühnchen an die Vorbereitungen zum Feuerwerk, da die Dunkelheit bereits hereingebrochen war. Nach einer erwartungsvollen Pause ward es durch einen der bereits bekannten Böllerschüsse eingeleitet. Der erste Teil bestand aus einem großartigen Sprühteufel, an den mindestens für fünfundzwanzig Pfennig Pulver verschwendet war.

Den größten Effekt machte aber der zweite Teil, die bengalische Beleuchtung des Springbrunnens, eine Nummer, die einstimmig da capo begehrt wurde. Diesem ehrenden Verlangen konnte aber keine Folge gegeben werden, weil das Pulver alle war. »Ohne Rakete ist die Sache eigentlich nur halb, allein das geht wegen der Nachbarschaft nicht«, sagte Hühnchen dann, »aber ich verstehe mich herrlich auf eine ganz gefahrlose Sorte.«

Damit steckte er einen Finger in den Mund und machte so täuschend das Geräusch einer steigenden und platzenden Rakete nach, daß wir in die Hände klatschten und bewundernd »Ah!« riefen, wie die Leute zu tun pflegen, wenn der bunte Sternenregen leuchtend hervorblüht. Natürlich immer mit Ausnahme der steifen alten Jungfer mit der glänzenden Vergangenheit. Diese saß wie eine feierliche alte Mumie da und sah unergründlich aus.

Das Abendessen war dem glanzvollen Verlauf dieser Festlichkeit vollkommen angemessen. An jedem Platz lag ein fein beschriebenes Kärtchen mit folgendem Inhalt:

Menü

1. Speisen

Pellkartoffeln mit Hering. Dazu Zwiebeln und Speck.
(NB. Kartoffeln und Zwiebeln eigenes Wachstum.)

Kartoffelpfannkuchen mit Johannisbeeren.
(NB. Spezialität der Frau Hühnchen.)

Butter und ganz alter Berliner Kuhkäse.

Weintrauben, Walnüsse. (Eigenes Wachstum.)

2. Getränke

Doppelkümmel von Gilka und Bier aus der weltberühmten
Brauerei des Herrn Patzenhofer in Berlin.

Gewürzt war dies köstliche Mahl durch die außerordentlichsten
Tischreden von Hühnchen und in der ersten Pause durch den gemeinschaftlichen Gesang des schönen Liedes von Matthias Claudius:

»Pasteten hin, Pasteten her,
Was kümmern uns Pasteten?« ...

Mit besonderem Nachdruck ward die letzte Strophe von Hühnchen
hervorgeschmettert:

»Schön rötlich die Kartoffeln sind
Und weiß wie Alabaster!
Sie däu'n sich lieblich und geschwind
Und sind für Mann und Weib und Kind
Ein rechtes Magenpflaster.«

Die alte Dame saß wiederum steif und unverstanden da, benutzte
aber die Ablenkung der allgemeinen Aufmerksamkeit dazu, mit

merkwürdiger Gewandtheit heimlich einen Kümmel zu trinken. Als ich danach ihre rötliche Nasenspitze, die einzige farbige Abwechslung in ihrem langen, grauweißlichen Gesicht, betrachtete, mußte ich im stillen mit dem vortrefflichen Menschenkenner Wilhelm Busch denken:

»Es ist ein Brauch von alters her:
Wer Sorgen hat, hat auch Likör!«

Wir gelangten allmählich zu den Früchten, und hier muß ich über einen Akt der Verschwendung berichten, den ich in diesem Haus nicht erwartet hatte. Hühnchen ließ sich darüber, als die letzte Traube von der Schüssel verschwunden war, in dieser Weise aus:

»Wie lange und sorgfältig hat nicht die Natur gearbeitet mit Frühlingsregen und Sommersonnenschein, um diese Trauben zu reifen. Monate gingen dahin, um diese milde Süßigkeit hervorzubringen, die nun in wenig Augenblicken verschlampampt wird. Aber das gefällt mir – es erhebt meine Seele und erfüllt mein Gemüt mit Genugtuung. Die Erde ist mein, und ich gebiete ihr. Was sie in sorglich langer Arbeit mühsam zeitigt, ist gerade gut genug, einen flüchtigen Augenblick lang meine Zunge zu ergötzen.«

Dann kam das Tanzvergnügen. Frau Lore saß am Klavier und spielte einen altertümlichen Walzer, der der Brümmerwalzer hieß und sich seit Jahren in der Familie fortgeerbt hatte. Es war der einzige Tanz, den sie konnte. Die alte Dame nahm meine Aufforderung mit einem ungeheuren Knicks entgegen und tanzte mit mir wie ein feierliches Lineal, während Hühnchen mit seinem Töchterlein erklecklich umherhopste. Als ich nach dem Tanz neben dem Fräulein saß, ward es etwas aufgeknöpfter, und während die beiden Kinder nun munter nach dem Takt des Brümmerwalzers herumsprangen, geruhte sie, mir allerlei anzuvertrauen.

»Die Hühnchens sind gute Leute«, sagte sie, »aber wenn man sich zeitlebens in der besseren Gesellschaft bewegt hat, wie ich, da muß man sagen, sie haben keine Lebensart. Ich habe mir viel Mühe gegeben mit den Kindern, ihnen ein wenig gutes Benehmen, Anstand und Grazie beizubringen; aber hopsen sie da nicht wie die Bauernkinder? Und wie laut sie lachen. Ja, das liegt im Blut, das muß angeboren sein. Meine Schwester, die Ministerialrätin Ritzebügel, hat eine Tochter in gleichem Alter; aber welch ein Unterschied! Diese Tournüre und diese feinen Manieren, die das Mädchen hat – keine Hofdame hat ein besseres Benehmen. Als das Kind noch in der Wiege lag, da bewegte es die Händchen schon so, daß man nichts Graziöseres sehen konnte. Nie werden Sie das Mädchen laufen oder sonst etwas tun sehen, das sich nicht schickt.«

In diesem Augenblick rief mich Hühnchen, um mir seinen Plan zu zeigen für die Bewirtschaftung seines Gartens im nächsten Jahr.

»Entschuldige, daß ich eure Unterhaltung störe«, sagte er; »aber das mit dem Plan ist nur ein Vorwand. Sieh mal, die alte Dame wird ewig von Zahnschmerzen gequält. Ich habe heute schon mehrfach gesehen, daß sie mit leidendem Ausdruck die Hand an die Backe legt. Nun weiß ich, daß ein wenig Alkohol ein gutes Linderungsmittel für dies Leiden ist. Im Vertrauen gesagt, sie hat oben ein Schränkchen mit einigen großen Flaschen, aus denen sie von Zeit zu Zeit einen Eßlöffel voll gegen diese häßlichen Schmerzen nimmt. Ich möchte ihr das kleine Gläschen wieder füllen, das hinter ihr steht. Da ich nun weiß, sie hätte es nicht gern, wenn du dies sehen würdest – du weißt ja, wie so alte Damen sind – so habe ich dich da weggerufen. Siehst du, darum.«

Dann schlich er sich leise hinterrücks herzu und füllte das Gläschen wieder. Als ich es nach einer Minute in Augenschein nahm, war es leer. Die Flasche stand aber in der Nähe, und ich bemerkte, daß Hühnchen sich noch öfter heimlich dort zu tun machte.

Schließlich ward die alte Dame noch ganz aufgeräumt, begab sich nach vielem Bitten an das Klavier und sang mit einem dünnen Stimmlein: »Ich grolle nicht«, wozu sie das kleine, heisere Klavier gar erbärmlich wimmern ließ. Dies schien aber die Saiten ihres Innern allzu heftig zu bewegen, denn nachher ward sie sehr melancholisch und schluchzte erklecklich. Sie sagte, sie hätte niemals dieses Lied singen sollen, an das so traurige Erinnerungen geknüpft wären. Dann seufzte sie kläglich: »O, meine Jugend!« und ward schließlich von Frau Lore hinaufgebracht.

»Sie hat viel Trauriges erlebt«, sagte Hühnchen, und fügte dann mitleidig hinzu: »Das arme, alte, einsame Geschöpf!«

Da nun das reichhaltige Programm abgewickelt und die Zeit gekommen war, da der Zug nach Berlin abging, verabschiedete ich mich ebenfalls, und somit nahm das Fest der Weinlese bei Leberecht Hühnchen ein Ende.

Das Weihnachtsfest

1. Die Einladung

Ich hatte meinen Freund Leberecht Hühnchen sehr lange nicht gesehen, da traf ich ihn eines Tages kurz vor Weihnachten in der Leipziger Straße. Er hatte Einkäufe gemacht und war ganz beladen mit Paketen und Paketchen, die an seinen Knöpfen und Fingern baumelten und überall weggestaut waren, wo sich Platz fand, so daß er in seinem Überzieher ein höchst verschwollenes und knolliges Aussehen hatte und fast allen Begegnenden ein behagliches Lächeln auf die Lippen nötigte, denn um die Weihnachtszeit sieht man gern also verzierte Leute. Er freute sich unbändig, mich zu sehen, und sagte: »Wenn du Zeit hast, so begleite mich doch zum Potsdamer Bahnhof, daß wir noch ein wenig plaudern können.« Ich tat dies, und unterwegs zog er wie gewöhnlich alle Schleusen auf. »Ungewöhnliches hat sich ereignet im vorigen Sommer«, sagte er, »ich bin unter die Bauherren gegangen, und habe an mein Häuschen noch zwei Zimmer angebaut, eins oben und eins unten. Die ältere Dame mit den Zahnschmerzen und der vornehmen Vergangenheit mußte deshalb ausziehen, aber dafür haben wir jetzt in der vergrößerten Wohnung etwas ganz Glanzvolles eingetauscht, nämlich einen wirklichen Major a.D. Dieser hat eine kleine Stellung bei der Bahn und ist mit allerlei Talenten ausgerüstet. Besonders gern erzählt er kleine Geschichten aus seiner militärischen Vergangenheit, die merkwürdig reizvoll sind dadurch, daß sie niemals eine Pointe haben. Denke dir, immer wenn man gespannt wird und gerade meint, nun kommt es, schnapp, ist die Geschichte aus. Dies ist ein ganz neuer Effekt von höchst merkwürdiger Wirksamkeit. Wir nennen ihn deshalb, wenn wir unter uns sind, den Major ohne Pointe. Für unsere Kinder malt er niedliche Bilder, auf denen sich junge, elegante Damen von honigsüßem Liebreiz befinden und tapfere Soldaten in durch und durch vorschriftsmäßigen Uniformen; und aus den blauen Augen dieser Krieger strahlt altpreußischer Heldenmut, und auf den Spitzen ihrer Schnurrbärte wohnt der Sieg. Auch die Gabe der Dichtkunst ward ihm verliehen; er hatte früher einmal ein Lustspiel bei Hülsen eingereicht, das ihm dieser aber ›mit einem sehr liebenswürdigen Briefe‹ zurückgeschickt hat. Seitdem hat er es in sein Pult verschlossen, denn mit nachahmungswürdigem Stolze äußert er sich: ›Auf einer anderen als der königlichen Bühne lasse ich meine Stücke gar nicht aufführen!‹

Wenn du nun meinst, damit wären seine Talente erschöpft, da irrst du dich; nein, wenn die Erinnerung an alte Zeiten ihn überkommt, da setzt er sich ans Klavier und singt mit einem dünnen, aber ganz angenehmen Tenörchen allerlei Arien aus Opern, die es gar nicht mehr gibt. Ja, ein angenehmer, geselliger Herr und gar nicht stolz, – den Heiligen Abend wird er bei uns verleben, weil er hier ganz allein steht. Außerdem haben wir noch die Dame mit der vornehmen Vergangenheit eingeladen als Gegenstück zum Major. Sie ergänzen sich merkwürdig, und seine unbeschreibliche Galanterie zaubert ungekannten Sonnenschein auf ihre Züge. Ja, es ist am Ende gar nicht ausgeschlossen, – sie hat ein kleines, nettes Vermögen und der Major ist für sein Alter noch recht mobil ...« Hühnchen bewegte zuerst die Linke und sodann die Rechte, gerade als ob er jemand vorstelle, schloß darauf beide Hände ineinander, wobei er ungemein pfiffig aussah und »Ja, ja!« sagte; dann fuhr er fort:

»Übrigens, da fällt mir ein, wo wirst du an diesem Abend sein?«

Ich sagte, ich würde wohl zu Hause sitzen und meine melancholischen Gedanken mit einem einsamen Punsch begießen. Da leuchteten Hühnchens Augen auf: »Natürlich kommst du zu uns!« rief er, »Lore und die Kinder werden sich unbändig freuen. Selbstverständlich gibt es Karpfen, und Punsch bekommst du bei mir auch, sogar nach einem berühmten Rezept. Keine Widerrede.« Ich sah ein, daß ich wohl kommen mußte, und sagte zu. Unterdes hatten wir den Potsdamer Bahnhof erreicht, Hühnchen kam eben noch zurecht, mit seinen unzähligen Paketen in einen Wagen zu klettern, und während er aus dem Fenster winkte und »Auf Wiedersehen!« rief, rollte er alsbald nach Steglitz davon.

2. Unterwegs

Am 24. Dezember lag der Schnee überall fußhoch, und es war bitterlich kalt. Hühnchen hatte mich gebeten, recht früh zu kommen, und so machte ich mich, nachdem ich um ein Uhr zu Mittag gegessen hatte, auf den Weg zum Bahnhof. In der Stadt herrschte um diese Zeit, wenn man so sagen darf, eine friedliche Unruhe, und fast kein Mensch wurde gesehen, der nicht irgend etwas trug. Selbst der lästigste Junggeselle und der gewissenloseste Vater sowohl, als jene bedauernswerte Klasse von Menschen, die die Bescherung für eine lästige Komödie hält, hatten sich zu guter Letzt noch in Trab gesetzt, ihren weihnachtlichen Pflichten zu genügen und aus den Spielwaren- und anderen Läden, wo an diesem Tage Greuel der Verwüstung herrschten, einiges zu entnehmen.

Die Tannenbaumhändler standen frierend, aber zufriedenen Gemütes zwischen ihren gelichteten Beständen und wurden ihre Straßenhüter an die Nachzügler los. Schaukelpferde, die vor einiger Zeit in einem traurigen Zustand der Verwahrlosung auf geheimnisvolle Weise von ihrem gewohnten Standort verschwunden waren, hatten sich auf der wunderbaren Himmelswiese des Weihnachtsmannes wieder glänzend herangefüttert, ihre Wunden waren geheilt, und mit großen blanken Augen schauten sie von den Schultern ihrer Träger in den kalten Wintertag. Puppenstuben von märchenhafter Pracht und eingewickelte große Gegenstände von phantastischen Formen schwankten vorüber, die Transportwagen der großen Geschäfte karriolten überall und hielten bald hier, bald da; die sogenannten Kremser, die die Post zur Weihnachtszeit zu mieten pflegt, rumpelten schwerfällig von Haus zu Haus, mit Schätzen reich beladen, Lastwagen donnerten auf den bereits gereinigten Straßen oder quietschten pfeifend auf dem hartgefrorenen Schnee, wo dies nicht der Fall war, – kurz, es war umgekehrt, wie sonst die gewöhnliche Redensart lautet, der Sturm vor der Stille.

Diese festliche Unruhe erstreckte sich auch bis auf den Zug, der nach Steglitz fuhr. Die Wagen waren erfüllt von verspäteten Einkäufern, die ängstlich Pakete von jeglicher Form hüteten und mächtige Tüten, denen ein süßer Kuchenduft entströmte; wahrlich, man hätte einen Preis aussetzen können für den, der heute nichts bei sich trug. Ich hätte ihn gewiß nicht gewonnen, denn außer einem Kästchen mit zarten Süßigkeiten von Thiele in der Leipziger Straße für Frau Lore führte ich für Hühnchen eine Zigarrenspitze bei mir, deren Kopf aus einem Gänseschädel gebildet war, dem durch geschickte Bemalung, ein Paar eingesetzte Glasaugen und eine Zunge von rotem Tuch das Ansehen einer abscheulichen, zackigen Teufelsfratze verliehen worden war. Ich wußte, daß dieses Kunstwerk Hühnchen in die höchste Begeisterung versetzten würde. Für Hans und Frieda, die beiden Kinder, hatte ich Robert Reinicks Märchen, Lieder und Geschichten eingekauft, ein Buch, das ich jedem Kind schenken möchte, das es noch nicht hat, und eine Puppe, die nach dem Urteil weiblicher Kennerschaft »einfach süß« war. Ich kann also wohl sagen, daß mein Weihnachtsgewissen rein war, wie draußen der frisch gefallene Schnee, und daß ich mit jener Ruhe, die uns das Bewußtsein erfüllter Pflicht erteilt, in die nächste Zukunft sah.

3. Die Reise zum Südpol

Die »Villa Hühnchen«, wie ihr Besitzer das kleine Häuschen, nicht ohne einen leisen Anflug von Selbstironie, zu nennen pflegte, war trotz ihrer Vergrößerung immer noch eine merkwürdig winzige Wohngelegenheit, aber sie zeigte sich sehr sauber und niedlich, da sie bei dieser Gelegenheit neu abgeputzt und angemalt worden war. An einem der vereisten Fenster war ein talergroßes Guckloch sichtbar, wie Kinder es mit einem erwärmten Geldstück einzuschmelzen lieben, und von diesem verschwand, als ich in Sicht kam, ein Auge, während sofort dafür ein anderes sich zeigte, das freundlich zwinkerte. Auf dem Flur, wo ein angenehmer Kaffeegeruch bemerklich war, kam Hühnchen mir vergnügt entgegen, indem er rief: »Willkommen, lieber Weihnachtsgast, tritt ein in die zwar nicht übermäßig warmen, aber dennoch behaglichen Festräume. Gegen diesen Winter können wir nicht anheizen, obgleich die Öfen heute den ganzen Tag schon bullern. Die Kinder wollten so gerne nach dir ausschauen und baten mich, ihnen ein Markstück zu leihen, um sich ein Loch in die gefrorenen Fenster zu tauen. Ich aber sagte, Weihnachten ist nur einmal im Jahr und habe ihnen für diesen Zweck einen Taler gepumpt!«

Das Fräulein mit der vornehmen Vergangenheit war bereits da und hatte die Gnade, sich meiner zu erinnern. Die gute Dame schien mir heute ganz besonders aufgezäumt zu sein, es klirrte und funkelte allerlei Schmuck an ihr, und über die ganze Gestalt war ein phantastischer Schimmer von künstlicher Jugend verbreitet. Sie sah aus, als wenn man sich Matthissons Gedichte hat neu einbinden lassen.

Als nun auch Frau Lore und die Kinder begrüßt waren, sagte Hühnchen: »Bevor wir uns an den Kaffeetisch setzen, teurer Freund, muß ich dich mit einer Merkwürdigkeit dieses außerordentlichen Hauses bekannt machen, die durch den Umbau erzielt worden ist. Wie dein baukundiges Auge sofort bemerkt haben wird, ist in dieses, früher unser größtes, Nordzimmer die neue Treppe nach oben eingebaut, wodurch es kommt, daß zur Verbindung mit dem Südzimmer nur ein breiter Gang übriggeblieben ist, in dem ein Sofa steht, wie du siehst. Nun haben wir uns noch nicht zu Doppelfenstern aufgeschwungen, – nebenbei, einfache haben den Vorzug, daß sie außerordentlich energisch ventilieren, – und da stellt sich nun an solchen kalten Wintertagen wie heute die wunderbare Tatsache heraus, daß wir uns in dem Mikrokosmos dieser beiden kleinen Zimmer sämtlicher Zonen und Klimate zu erfreuen haben. Beginnen wir unsere Wanderung hier am Nordende. Dicht am Fenster befinden wir uns in der kalten Zone und können auf das Polareis den Finger legen. Dieses Guckloch mag den Nordpol bedeuten. Nun bewegen wir uns nach Süden und gelangen hier bei diesem Großvaterstuhl bereits in die gemäßigte Zone. Ein tropischer Anhauch weht uns entgegen von jenem Ofen am Beginn des breiten Ganges. Dieser Ofen bezeichnet den Wendekreis des Krebses. Wir passieren ihn und geraten in den Durchgang, in die heiße Zone. Dieses Sofa, das hier zur Ruhe einladet, heißt Kamerun. Hier halte ich zuweilen in behaglichem Klima ein Nachmittagsschläfchen, wenn dringende Verhandlungen des ›Vereins der Zeitgenossen‹ mich noch in später Nachtstunde im Kreis meiner Freunde festhielten.« Hier sah er sich schalkhaft nach seiner Frau um, die lächelnd mit dem Finger drohte. Dann fuhr er fort: »Was du für Ritzen im Bretterfußboden hältst, sind die Breitengrade, und dieser hier, etwas stärker als die übrigen, stellt den Äquator vor. Wir befinden uns demgemäß bereits auf der südlichen Halbkugel, treten durch diese geöffnete Tür in das zweite Zimmer und finden dort wieder einen Ofen, den Wendekreis des Steinbockes. Langsam schreiten wir durch die südliche gemäßigte und kalte Zone vor, bis uns wiederum Polareis entgegenstarrt. Und sieh mal, dies alles in dem Zeitraum weniger Sekunden, und wir brauchen dazu nicht Siebenmeilenstiefel wie Peter Schlemihl, der, als ihm im Norden beim Botanisieren der Eisbär in den Weg trat, in seiner Verwirrung durch alle Klimate taumelte, bald kalt, bald heiß, wodurch er sich die monumentale Lungenentzündung zuzog. Wir können das viel bequemer in Hausschuhen machen. Aber nun, auf zum Kaffee!«

4. Der Major tritt auf

Während wir beim Kaffee saßen, brach die Dämmerung herein, und allmählich ward es dunkel zur großen Wonne der Kinder, die wußten, daß nun bald die Bescherung vor sich gehen würde. Als Frau Lore die Lampe angezündet hatte, ließ sich der Tritt knarrender Stiefel auf der Treppe vernehmen; es klopfte, und herein trat ein kleiner, untersetzter Herr, der in seinen Bewegungen etwas feierlich Gemessenes hatte. »Herr Major Puschel«, sagte Hühnchen. Der Major begrüßte die Damen mit wundervoller Galanterie, und als er dem Fräulein mit einer bezaubernden Verbeugung die Hand küßte und ihr Aussehen lobte, da ging etwas wie ein Abglanz vergangener Herrlichkeit über ihre Züge und verschönte sie sichtlich. Dann schloß er, wie aus alter Gewohnheit, die Hacken, machte auch mir eine kleine Verbeugung, und indem er nach seiner Gewohnheit die linke Spitze des semmelfarbigen, kurzen Schnurrbartes nach oben drehte, sprach er mit der schnurrenden Stimme, die so oft alten Soldaten eigen ist, zu mir: »Als ich noch Platzingenieur in Pillau war, hatte ich einen Kameraden Ihres Namens. Erst gestern wurde ich an ihn erinnert. Mir ging es nämlich am Abend recht schlecht, ich war furchtbar enrhümiert und glaubte kaum, daß ich diese kleine Fete hier würde mitmachen können. Da verfiel ich drauf, mir ein großes Glas Grog zu machen, eine innere Stimme sagte mir, Grog sei für meinen Zustand angezeigt. Und merkwürdig, heute morgen war alles wie weggeblasen, und ich fühlte mich ganz ungemein wohl. Ja.«

Damit setzte er sich und sah alle nach der Reihe mit seinen runden, wasserblauen Augen auf die Wirkung dieser Wunderkur hin forschend an.

Hühnchen fiel sofort ein: »Ja, zuweilen schlagen die wunderlichsten Dinge an bei Kranken. Als in Hannover mein Freund Knövenagel todkrank war und die Ärzte ihn aufgegeben hatten, da bekam er eine sehnsüchtige Begier nach saurer Milch. Seine Wirtin war schwach genug, ihm eine große Schüssel davon zubringen, denn sie dachte, wenn er doch sterben muß, da mag er noch vorher sein Vergnügen haben. Mein Freund Knövenagel löffelte die ganze Schüssel aus, legte sich auf die Seite, schlief ein, schwitzte wie ein Spritzenschlauch, und am anderen Morgen war die Krankheit gebrochen. Auf saure Milch war sie nicht vorbereitet.«

»Das ist es ja eben«, sagte der Major, »weshalb mir gestern mein Kamerad in Pillau einfiel. Er litt am Nervenfieber, und der Arzt schüttelte mit dem Kopf, denn es stand bedenklich. Nun war es gerade Donnerstag, und die Frau, bei der er wohnte, hatte Erbsen, Sauerkohl und Pökelfleisch gekocht. Als nun einmal die Tür des Krankenzimmers geöffnet wurde und eine Wolke Küchengeruch hereindrang, da wollte mein Kamerad mit Gewalt von diesem Gericht haben, und es half alles nichts, sie mußten ihm davon bringen. Aber das war nun wieder höchst merkwürdig; als er es zu sehen bekam, drehte er den Kopf nach der Wand und rührte es nicht an. Nein, er mochte es nicht sehen und rührte es nicht an. Ja!«

Hühnchen sah mich leuchtend an bei diesem unerwarteten Schluß, und ich konnte mich nicht enthalten, zu fragen: »Ward er denn gesund?«

»I bewahre«, sagte der Major, »starb noch in derselben Nacht.«

Unterdes waren die Kinder schon sehr unruhig geworden, und endlich kam Hans mit einer großen, perlmuttglänzenden Muschelschale, in der sich weiter nichts befand als ein Endchen Wachslicht. Dies reichte er dem Vater hin, während er ihn bittend anblickte und dabei von seiner Schwester unterstützt ward.

»Jawohl, Kinder«, sagte Hühnchen. »Zeit und Stunde sind da.« Dann nahm er das Endchen Wachslicht, zeigte es mir, indem er es mit liebevoller Feierlichkeit zwischen den Fingerspitzen hielt, und sagte: »Du weißt, teurer Freund, daß an manchen Orten noch der Gebrauch herrscht, am Weihnachtsabend den mächtigen Julblock in den Kamin zu legen, dessen unverbrannte Reste aufgehoben werden, den Block vom nächsten Jahre damit anzuzünden. Wir haben leider keinen Kamin, sie sind nicht ökonomisch und heizen die freie Natur mehr als unsere Zimmer. Da habe ich nun einen anderen Gebrauch eingeführt, den ich für nicht minder sinnreich halte. Alle die kleinen Wachslichtenden vom Tannenbaum hebe ich auf, hier in dieser Perlmuttschale, und das ganze Jahr hindurch dienen sie mir für solche Zwecke, wo man auf kurze Zeit ein Licht braucht, wie zum Siegeln und dergleichen. Fast an jedem haften einige Tannennadeln, und so geht bei uns durch das ganze Jahr eine Kette von süßem Weihrauchduft von einem Fest zum anderen, und jedesmal, wenn ein solches

Licht ausgeblasen wird, rufen die Kinder entzückt: ›Ah, das riecht aber nach Weihnachten!‹ Das letzte jedoch – hier siehst du es – wird auch im Fall der äußersten Not nicht verbraucht, sondern damit werden die Lichter des nächsten Weihnachtsbaumes angezündet. Und zu diesem feierlichen Geschäft begebe ich mich jetzt an den Ort der Geheimnisse.« Damit schritt er zur Tür hinaus, indes die Kinder vor Vergnügen und freudiger Erwartung auf den Zehen hüpften.

5. Die Bescherung

»Ein sehr amüsanter Herr, Ihr Herr Gemahl«, sagte der Major zu Frau Lore, »er erinnert mich immer an einen früheren Bekannten, der Hirsewenzel hieß und ganz merkwürdig gern Hamburger Aalsuppe aß. Er war nun allerdings mehr melancholischer Natur, und wenn er etwas im Kopf hatte und dabei Musik hörte, dann pflegte er schrecklich zu heulen. Später ist er nach Amerika ausgewandert und soll dort eine kleine neue, ganz nette Religion gestiftet haben. Ja!«

Ich muß gestehen, daß ich den Gedankensprüngen des Herrn Majors nicht immer zu folgen vermochte; seine Phantasie schien mir Haken zu schlagen, wie der Hase, wenn er zu Lager geht.

Nach einer Weile gellte plötzlich das Haus von dem fürchterlichen Sturmläuten einer Tischglocke, und die Kinder stürzten nach dem Flur, auf dessen anderer Seite sich das Weihnachtszimmer befand. Wir folgten in gemäßigterem Tempo und traten in das Heiligtum, aus dessen Tür ein glänzender Lichtschein hervorbrach. Ich muß gestehen, die Herrlichkeit war groß, und die beiden Kinder standen wie in einem Bann und wagten gar nicht näherzutreten in diese prachtvolle Sesamhöhle voller schimmernder und funkelnder Schätze. Aber schließlich gewöhnte sich das Auge an all diesen Glanz, und bald ging es ans Besichtigen und Bewundern. Hühnchen nahm mich zunächst in Anspruch für den Tannenbaum. »Liebster«, sagte er, »es ist eine bekannte Tatsache, daß jeder seinen eigenen Tannenbaum am schönsten findet und alle übrigen ein wenig verachtet, aber du mußt doch auch sagen, mein Stolz auf ihn entbehrt nicht einiger Berechtigung. Findest du nicht, daß eine Harmonie der Farben von ihm ausstrahlt wie eine sanfte Musik? Und dies ist kein Zufall, nein, das Resultat weiser Berechnung und genauer Überlegung. Alle diese Papiere und farbigen Verzierungen sind bei Licht ausgesucht, damit sie auch bei Licht wirken, und sind zusammengestellt nach dem Komplementärprinzip. Was dir natürlich und einfach reizvoll erscheint, ist ein Resultat schweren Nachdenkens und liebevoller Vertiefung in die Sache, mein Sohn. Auch eine Neuerung haben wir diesmal daran, nämlich vergoldete Erlenzäpfchen. Der Dichter Theodor Storm, dessen Werke ja auch du so hochschätzest, schmückt ebenfalls mit solchen seinen Tannenbaum. Zwar etwas schief ist die kleine Fichte und an manchen Stellen, wo ein Zweig sitzen sollte, ist merkwürdigerweise keiner da, aber gibt das nicht einen neuen Reiz? Nur der Philister schwärmt für absolute Symmetrie.«

Dann stand er eine Weile und blickte mit begeisterten Augen auf den kleinen schiefen Baum, der in seinem bunten Schmuck so aussah, wie sie alle aussehen, und setzte dazu eine Miene auf, als vertiefe er sich in die Schönheiten der Sixtinischen Madonna.

Für ihr kleines Mädchen hatten die Hühnchens gemeinsam eine Puppenstube angefertigt, die wahrlich zauberhaft war und einer zweiten Familie Hühnchen in einem Zehntel der natürlichen Größe zum Wohnsitz diente. Dieses Wunderwerk zu beschreiben, sind Worte zu schwach; es genügt zu sagen, daß in diesen Puppenräumen nichts, aber auch gar nichts fehlte von dem, was die wirklichen Räume der Hühnchenschen Wohnung enthielten, und daß alles von einer großartigen Eleganz und Zierlichkeit war. Die Schränke waren angefüllt mit den winzigsten Kleidern und Leinensachen und die Küche mit den niedlichsten Geschirren, selbst Kinderspielzeug, Bilderbücher und Schulhefte waren vorhanden in liliputanischer Größe und Porträts der Hühnchenschen Vorfahren an den Wänden, sauber in Gold gerahmt. Ja, die Naturwahrheit war fast zu weit getrieben, denn sogar jener Ort, zu dem selbst Karl der Große keinen Vertreter schicken konnte, fehlte nicht, wie mir Hühnchen unter großem Schmunzeln zeigte. Der Major hatte auch seine Künste entfaltet und für Hans aus Pappe einen Husaren angefertigt, der auf einem Pferd ritt, das offenbar arabisches Blut in seinen Adern führte, während der Reiter, aufs vorschriftsmäßigste ausgerüstet, eine so sieghafte Heldenschönheit zur Schau trug, daß niemand an seiner Macht über alle weiblichen Herzen zu zweifeln wagte.

Ein Kunstwerk zarterer Natur hatte er für Frieda gepappt und ausgemalt, nämlich Dornröschen in einer Rosenlaube, welche blaßrote

Schönheit über alle menschlichen Begriffe süß und reizvoll war. Auch der himmelblaue Ritter, der ihr soeben nahte und sich über sie beugte, hatte so wunderzierliche Hände und Füßchen, so große Mondscheinaugen und einen so bezaubernden Schnurrbart, daß man ihm auf hundert Schritte den echten Prinzen ansehen konnte. Dabei war das Kunstwerk zugleich mechanischer Art, denn zog man an einem kleinen Bändchen, dann beugte sich der schöne Ritter nieder und küßte Dornröschen, während diese den Arm erhob, genau nach der Uhlandschen Vorschrift:

›Der Königssohn, zu wissen,
Ob Leben in dem Bild,
Tät seine Lippen schließen
Auf ihren Mund so mild:
Er hat es bald empfunden
Am Odem süß und warm,
Und als sie ihn umwunden,
Noch schlummernd, mit dem Arm.‹

Es würde zu weit führen, wollte ich alle diese Überraschungen hier schildern und aufzählen, zum Beispiel die wunderbare Festung mit Wasserkunst, die Hühnchen für seinen Sohn hergestellt hatte, und alle die kleinen Dinge, womit die Eheleute selber sich erfreuten. Es war, nach Hühnchens eigenem Ausdruck, ›einfach monumental‹.

6. Beim Punsch

Die Lichter des Tannenbaumes brannten allmählich herunter und vermengten schon mit Knistern und Puffen Nadeln und kleine Zweige, so daß zuletzt ein allgemeines wetteiferndes Ausblasen begann und das ganze Zimmer sich mit Weihnachtsduft erfüllte. Während wir dann in behaglichem Geplauder beieinander saßen, und die Kinder sich eifrig mit ihren neuen Schätzen abgaben, nahte die Zeit des Abendessens heran, und Hühnchen verschwand in geheimnisvoller Weise auf eine halbe Stunde. Als er dann wieder eintrat, kam durch die geöffnete Tür eine Wolke von köstlichem Punschgeruch mit ihm; wir begaben uns in das andere Zimmer zum Essen und taten dem vortrefflichen Karpfen und dem nicht minder guten Getränk alle Ehre an.

»Das Rezept zu diesem Weinpunsch habe ich von meinem Freund Bornemann«, sagte Hühnchen. »Dieser gab in jedem Winter seinen guten Bekannten drei Punschabende, weil er selber dieses Getränk so außerordentlich liebte. Ich war gewöhnlich der erste, der kam, und fand ihn dann regelmäßig an dem gedeckten, mit allerlei guten Sachen besetzten Tisch, und vor ihm stand eine ungeheure Punschbowle. Er sah ernst und nachdenklich aus und hatte schon einen ziemlich roten Kopf. ›Lieber Freund‹, sagte er dann, ›es freut mich, daß du kommst, denn ich bedarf deines Urteils. Ich sitze nun schon seit einer Stunde und probiere ein Glas nach dem anderen, ohne zu einem anderen Resultat zu kommen, als daß der Punsch gut ist. Trotz aller Aufmerksamkeit kann ich zu keiner anderen Ansicht gelangen; was sagst du?‹ Ich trank dann und antwortete: ›Wunderbar, wie immer!‹ – ›Dies beruhigt mich sehr‹, sagte er dann, ›diese Bestätigung meines eigenen Urteils tut mir wohl‹. Dann schlürfte er bedächtig ein neues Glas leer und fuhr fort: ›Ja, du hast recht, ich habe das Meinige getan, nun tut ihr das Eure‹. Jedoch es gelang uns nie, in gemeinschaftlicher Arbeit auf den Grund dieser ungeheuren Bowle zu gelangen, aber wenn wir uns mit schweren Köpfen entfernt hatten, saß Freund Bornemann wie eine Eiche, schweigend und einsam, und rauchte und trank, bis er den Boden des Gefäßes sah. Dann schaute er melancholisch in den geleerten Abgrund, seufzte ein wenig und ging zu Bett.«

Der Major war unterdes ziemlich unruhig geworden und hatte schon mehrfach versucht, seinen etwas geschwätzigen Hauswirt in dem sanft dahinfließenden Strom seiner Rede zu unterbrechen. Hühnchen riß das Gespräch aber immer wieder an sich; jedoch als er begann von lieben Gewohnheiten zu sprechen und über die süße Macht des Herkommens und ständiger Gebräuche an gewissen Tagen sich in begeisterter Rede zu verbreiten, da räusperte der Major sich so stark und anhaltend und machte so energische Versuche, seinen Keil in eine Lücke des Gespräches zu treiben, daß Hühnchen endlich schwieg und ihn zu Wort kommen ließ.

»Ja, über die Macht der Gewohnheit«, sagte er, »habe ich eine höchst merkwürdige Erfahrung gemacht. Als ich noch Platzingenieur in Pillau war, da hatten wir da einen Baugefangenen, der Kerl war zu zwanzig Jahren verurteilt und hatte sich immer ganz gut geführt. Na, eines Tages war seine Zeit abgelaufen, da sagten wir zu ihm: ›Du bist nun frei, du kannst nun gehen.‹ Da erschrak der Kerl aber furchtbar und bat sehr: ›Ach lassen Sie mich doch hier, wo soll ich denn hin, ich kenne ja niemanden in der Welt.‹ Ja, wir hatten Mitleid mit ihm und ließen ihn sitzen in seiner alten Zelle, an die er sich gewöhnt hatte, und beschäftigten ihn so gut es ging. Da saß er denn und schnitzte Pfähle zum Befestigen der Rasenböschungen und schnitzte immerzu Pfähle und war ganz vergnügt. Das dauerte eine ganze Zeit, und ich wurde darüber versetzt in eine andere Garnison. Ja.«

Der Major sah uns eine Weile mit seinen hellen Augen freundlich an, und als er bemerkte, daß wir noch etwas zu erwarten schienen, fuhr er fort: »Als ich dann nach einigen Jahren wieder mal nach Pillau kam und mich nach dem Kerl umsehen wollte, da war er gar nicht mehr da. Da war er gar nicht mehr da. Ja.«

Eine Geschichte von höchst merkwürdiger Wirkung. Wenn man sich einbildet, man habe noch einen tüchtigen Schluck in seinem Glas und dann plötzlich findet, daß es vollkommen leer ist, so erzeugt dies ähnliche Empfindungen. Das Fräulein mit der vornehmen Vergangenheit schien aber diesen Mangel nicht zu fühlen, sondern lauschte den Erzählungen des Majors mit sichtlicher Aufmerksamkeit und verfehlte nicht, sie am Schluß regelmäßig mit einem »sehr interessant« oder »höchst geistreich« zu kritisieren. Da solches dem Major wohl selten vorzukommen pflegte, so tat es ihm besonders wohl und bestärkte ihn in der günstigen Meinung, die er von der Klugheit und ungewöhnlichen Bildung dieser Dame bereits gefaßt hatte, so daß er nicht umhin konnte, bei solcher Gelegenheit unter heftigem Drehen des linken Schnurrbartes aus seinen hellen runden Augen ungemein wohlwollende Blicke auf sie zu richten. Schließlich ward er durch solchen ungewohnten Beifall ganz entfesselt und begann Manöver- und Exerzierplatzgeschichten zu erzählen, die zuweilen weder hinten noch vorn, noch eine Mitte hatten, und fing an schrecklich zu lügen, zum Beispiel von dem Leutnant Besenried, der so ungeheuer lang war: »Wenn ich vor ihm stand, da sah ich immer bloß Knöpfe, und wollte ich ihm ins Gesicht blicken, da war es so, als wenn man nach der Kirchturmuhr sieht. Aber das kann ich Sie versichern, Sie mögen es nun glauben oder nicht, wir hatten in der Kompanie einen Kerl, der war noch länger. Der Kerl hieß Kiekebusch und war aus Dramburg. Wenn er gesessen hatte und aufstand, dauerte es immer beinahe fünf Minuten, bis er ganz oben war.«

Das regte nun Hühnchen wieder an, aus dem Schatz seiner Erfahrungen ähnliche Geschichten heraufzuholen, zum Beispiel die von dem eisernen Ofen, den er erfunden hatte, der nur des Morgens einmal aufgezogen zu werden braucht, wonach er auf Gummischuhen so lange in der Stube umherläuft, bis er warm geworden ist, sich dann in die Ecke stellt und heizt. Oder von dem Mausefallentier auf Borneo, dem die Natur einen Odem verliehen hat, der gar lieblich nach gebratenem Speck duftet, wodurch es die Mäuse, die ihm zur Speise dienen, in seinem Rachen lockt. Während nun die beiden also sich anlogen, ward es Frau Lore allmählich zu viel von dieser Sorte und sie brachte ein wenig Musik in Vorschlag. Dies wurde von allen Seiten mit Vergnügen aufgenommen, und das Fräulein mußte trotz alles Sträubens ans Klavier, nachdem es sich herausstellte, daß sie Noten mitgebracht hatte. Sie wußte das zwar nicht gewiß, aber bei näherem Nachsuchen fanden sich in ihrem Pompadour eine ganze Menge vor. Die Dame war fast verwundert darüber, sie müsse dies ganz in Gedanken getan haben, sie sei oft so hingenommen von ihren Ideen.

7. Romeo und Julia

Während das Fräulein mit Frau Lore am Klavier beschäftigt war und beide zwischen den Noten kramten, sagte der Major zu Hühnchen: »Eine sehr angenehme Dame, die bei jeder neuen Begegnung gewinnt. Man merkt ihr an, daß sie viel in guter Gesellschaft verkehrt hat. Sie führt wohl ein ganz behagliches Leben?« Hühnchen, der recht wohl wußte, worauf der Major hinauswollte, denn dieser hatte schon bei früheren Gelegenheiten über diesen Punkt allerlei versteckte Forschungen angestellt, sagte sehr harmlos: »Ja, das glaube ich wohl, besonders seit sie das Zahnweh los ist, von dem sie früher ewig geplagt wurde.«

»Zahnweh ist schlimm«, sagte der Major etwas enttäuscht, »und ich kannte jemanden, der sich glücklich schätzte, als er seinen letzten Zahn an der Uhrkette trug. War ein sehr drolliger Herr, konnte sehr schöne Kartenkunststücke machen und starb später an der Cholera. Ja.« Dann nahm er plötzlich einen leichten und gesucht gleichgültigen Ton an und sagte so oben hin: »Das Fräulein ist Rentiere?« Hühnchen verspürte endlich Teilnahme für seine Wißbegierde und sagte: »Sie hat etwas über fünfundzwanzigtausend Mark, bombensicher in Hypotheken angelegt.«

»Hm, hm«, machte der Major sichtlich angenehm überrascht und versank in tiefes Nachdenken. Das Fräulein hatte sich unterdes entschieden, präludierte und sang »Ein Fichtenbaum steht einsam ...« Während des Gesanges hatte der Major seine runden, nichtssagenden Augen starr auf die Hinterseite der Dame gerichtet und drehte beide Schnurrbartspitzen mit verzehrendem Eifer. Kaum hatte sie geendet, brach er in ein ungeheures Beifallklatschen aus, begab sich zum Klavier und erschöpfte sich unter Hackenzusammenschlagen und vielen Verbeugungen in fein gedrechselten Komplimenten, die das Fräulein mit großem Appetit verzehrte und mit huldvollem, aber vorsichtigem Lächeln belohnte. Denn die Natur hatte ihr einen etwas großen Mund verliehen, und für gewöhnlich gab sie diesem deswegen gern eine Stellung, als wollte sie »Böhnchen« sagen. Dann erblickte der Major zufällig ein Notenblatt, und seine Züge verklärten sich: »O was sehe ich, gnädiges Fräulein«, rief er, »da haben Sie ja das Duett aus Romeo und Julia. Wie oft habe ich das gesungen in meiner Leutnantszeit mit Fräulein Esmeralda von Stintenburg aus dem Hause Käselow. O mir ist noch jede Note geläufig.« Und nun fing er an, mit seinem dünnen Tenörchen erklecklich zu tirelieren, und das Ende davon war, daß sich beide Leutchen über das altmodische Duett von irgendeinem verschollenen italienischen Komponisten, dessen Namen ich vergessen habe, hermachten. Es war köstlich zu sehen, wie der Major bei den zärtlichen Worten des Textes feurig und siegreich, wie es einem Soldaten zukommt, auf die Dame hinblickte, während diese in jüngferlicher Verschämtheit die Augen niederschlug und sogar ein leidlich gearbeitetes Erröten zustande brachte. Das Pärchen vertiefte sich bald so in das Musikmachen, daß es gar nicht bemerkte, wie Frau Lore sich heimlich entfernte, um an der Schlafstube der Kinder zu horchen, ob ihr gesunder Jugendschlaf der Gewalt dieser Töne gewachsen sei. Dann, nach einer kurzen Weile, zog mich Hühnchen geheimnisvoll mit sich fort unter dem Vorwand, mir in seinem kleinen Arbeitszimmer, ich weiß nicht mehr was, zeigen zu wollen, und ich folgte gern, denn diese Art von Musik, die dort gemacht wurde, konnte durch die Entfernung immer nur gewinnen. Als wir nach einiger Zeit zurückkehrten, war es unterdes still geworden, und als Hühnchen nun leise die Tür öffnete, bot sich uns ein wundervoller Anblick dar. Fichtenbaum und Palme hatten sich gefunden und standen nicht mehr einsam, sondern hielten sich zärtlich umschlungen. Und da die schlanke Palme um einiges den etwas untersetzten Fichtenbaum überragte, so hatte sie sanft den Wipfel geneigt, und wahrhaftig, sie küßten sich. Als sie nun auseinander fuhren und das Fräulein verschämt ihr Antlitz mit den Händen bedeckte, da zog der Major siegreich und heiter ihren Arm in den seinen, trat wie ein Held einen Schritt vor und sprach, indem er mit der freien Linken den Schnurrbart drehte: »Meine Herren, ich habe die Ehre, Ihnen meine Braut vorzustellen. Ja.«

Das war doch endlich mal eine Pointe, und zwar was für eine. Ich glaube, keine bessere kann ich finden als diese, um damit die kleine Geschichte von dem Weihnachtsfest bei Leberecht Hühnchen zu schließen. »Ja!«

Die Landpartie

1. Frau Schüddebold

Ich hatte es ja am Ende sehr gut bei Frau Schüddebold, aber zuletzt ging es doch nicht mehr, und zwar aus mancherlei Gründen. Diese meine brave Hauswirtin sorgte mütterlich und musterhaft für mich, und meine beiden kleinen Zimmer glänzten von Sauberkeit und Ordnung; ja von diesem Artikel war sogar nach meinem Geschmack meistens etwas zu viel vorhanden, denn ich muß nur offen gestehen, daß ich zu den Naturen gehöre, die sich am wohlsten fühlen, wenn sie ein wenig in ihrem eigenen Müll sitzen, wie man bei mir zu Lande sagt. Ich wohnte an einem friedlichen Eckchen Berlins, in der Kesselstraße, und aus dem Fenster sah man auf einen kleinen Platz mit Grün und Blumen; es war eine jener stillen Buchten, an denen der Strom des großstädtischen Lebens fern vorbeirauscht. Man kannte schließlich alle von Ansehen, die in diesem abgelegenen Winkel ein- und ausgingen, man erzählte sich Geschichten von den einzelnen Bewohnern der Häuser, kurz, es wehte dort so ein angenehmer Hauch von kleinstädtischer Luft, der etwas ganz Behagliches und Heimliches hatte, zumal man jederzeit mit ein paar Schritten wieder mitten in dem Treiben eines riesig flutenden Lebens sein konnte. Es war also ganz hübsch dort und ich hatte es recht gut, doch sollte ich solches Glück nicht ungetrübt genießen wegen zweier Eigenschaften der Frau Schüddebold, die auf die Dauer schwer für mich zu ertragen waren. Zuvörderst hatte sie nämlich eine unüberwindliche Abneigung gegen Tiere und ich habe früher schon einmal erzählt, wie dieser Antipathie jenes dürftige stellenlose Hündchen zum Opfer fiel, das sich mir in der Hoffnung, endlich wieder in Lohn und Brot zu kommen, so vertrauensvoll anschloß. Ich war nun aber an Tiere gewöhnt von Kindheit an und wenn es auch nur Zwergmäuse oder Rotkehlchen gewesen waren, irgend dergleichen hatte ich immer um mich gehabt. An so etwas durfte ich aber gar nicht zu denken wagen, denn hier hatte die Güte der Frau Schüddebold ein Loch, das mit harter Verständnislosigkeit ausgefüllt war. Vögel waren ihr gleichbedeutend mit Schmutz, für die es in ihrer Wohnung keinen Platz gab, und nun gar für

Mäuse, Eichhörnchen, Siebenschläfer, Wiesel, Ringelnattern, Laub-
frösche, Eidechsen und dergleichen Ungeziefer erst recht nicht. Deshalb
mußte ich schon dem häuslichen Frieden dies schwere Opfer bringen
und fand nur einen geringen Ersatz darin, mir Terrarien und Zimmer-
volieren von wahrhaft wundervoller Einrichtung und märchenhafter
Pracht im Geiste auszumalen und mit den seltensten und zierlichsten
Tieren zu bevölkern.

Zweitens aber, und das fiel schwerer ins Gewicht, stellte es sich im
Laufe der Zeit mit fast untrüglicher Gewißheit heraus, daß Frau
Schüddebold mit der Absicht umging, mich zu heiraten. Ich hatte
kein Recht, ihr das zu verdenken, und wußte das Schmeichelhafte,
das in dieser Wahl der ansehnlichen und nicht unvermögenden Frau
lag, sehr wohl zu schätzen, allein ich hatte aus einer schwärmerischen
Jugend doch noch einige ideale Vorstellungen von dem Wesen gerettet,
das ich mir einmal als meine Frau dachte, und diese entsprachen sehr
wenig dem Bild der Frau Schüddebold. Vor allen Dingen hatte ich
mir die Holde, die ich einmal zum Altar führen würde, immer mehr
als eine rosige Apfelblüte denn als reifen Borsdorfer vorgestellt, und
hier ließ sich doch nicht leugnen, Frau Schüddebold war recht reif,
so rosig sie auch einmal geblüht haben mochte.

Wie und wann ich allmählich dahinter kam, weiß ich nicht mehr,
mir ist nur erinnerlich, daß ich zuerst lange keinen Verdacht schöpfte,
so wohlwollend auch die Blicke der braven Frau auf mir ruhten und
so oft sie mir auch erzählte, wie kurze Zeit sie nur das Glück genossen
hätte, mit ihrem Seligen vereint zu sein, und wie sonderbar sie auch
seufzte, wenn sie das Zimmer verließ. Auch als sie mir den großen
Beweis des Vertrauens gab, mich in Vermögensangelegenheiten um
Rat zu fragen, und ich bei dieser Gelegenheit erfuhr, daß sie über
mehr als zwölftausend Taler in Hypotheken und sicheren Staatspapie-
ren verfügte, merkte ich nicht den Köder, denn in solchen Dingen
war ich eigentlich immer ziemlich dumm. Dann aber stellten sich bei
dieser Frau literarische Neigungen ein, und solches erfreute mich
anfangs sehr als ein Zeichen spät erwachenden Bildungsdranges. Wenn
ich nach Hause kam, fand ich oft aufgeschlagene Bücher aus meiner
kleinen Bibliothek auf dem Tisch und durfte vermuten, daß Frau
Schüddebold in meiner Abwesenheit darin gelesen hatte. Zuletzt aber
fiel es mir doch auf, daß an solchen Stellen immer nur von Liebe die
Rede war, daß die Bücher immer mit einer gewissen Absichtlichkeit

an einem Ort lagen, wo sie mir ins Auge fallen mußten, und daß dies ganze Verfahren durchaus nicht mit der sonst so peinlichen Ordnungsliebe dieser Frau in Harmonie stand. Da ich mich zur Erholung von meinen Berufsgeschäften vorzugsweise gern mit den Werken älterer und neuer Dichter beschäftigte und zuweilen selber wohl einen kleinen Jagdausflug auf den Helikon unternahm, so fand sich zu solchen seltsamen Taten meiner Wirtin Gelegenheit genug. Trotzdem dauerte es lange Zeit, bis ich die eigentliche Bedeutung dieser Sache begriff, denn anfangs hatte ich dies nur für ein dem weiblichen Geschlecht innewohnendes allgemeines theoretisches Interesse für die Angelegenheit der Liebe gehalten, das ja selbst Urgroßmütter nicht ganz verlieren sollen. Aber eines Tages, als ich Mörikes Gedichte aufgeschlagen fand bei der Stelle:

»Fragst du mich, woher die bange
Liebe mir zum Herzen kam ....«

da erleuchtete sich plötzlich alles elektrisch und ich sah mit einemmal klar. Von nun an schien mir mein Heil nur in der äußersten Würde und Gemessenheit zu liegen, aber die kühle Gleichgültigkeit, die ich jetzt im Verkehr mit Frau Schüddebold entfaltete, hatte das Gegenteil der gewünschten Wirkung. Ihr Wesen wurde immer elegischer, ihre Seufzer holte sie aus immer größeren Tiefen der Seele, und ein Ausdruck hinschmachtender unerwiderter Liebe wich nicht mehr aus ihrem Antlitz. Der Teufel plagte mich eines Tages, zu prüfen, wie weit wohl ihre Aufopferung bei dieser merkwürdigen Gemütslage gehen würde, und da ich vor kurzem ein Pärchen Bartmeisen in einer Vogelhandlung gesehen hatte, das mit dem brennenden Wunsch, es zu besitzen, mein Herz verwundet hatte, so fragte ich nach einer diplomatischen Einleitung vorsichtig an, was wohl Frau Schüddebold sagen würde, wenn ich mir diese reizenden allerliebsten Tiere anschaffen würde. Und was geschah? Mit einer Miene unendlicher demutsvoller Hingebung erwiderte sie: »Wenn Sie es wünschen, lieber Herr, gern!«

Über diese Antwort, so viel Verlockendes auch für mich darin lag, war ich heftig erschrocken. Ich sah es nun klar, der Wurm der Liebe nagte schon an den Grundfesten ihres Charakters, denn ich fand sie bereits entschlossen, Prinzipien zu opfern.

Für manchen hätten wohl die Annehmlichkeiten, die eine solche Verbindung mit sich führte, viel Verlockendes gehabt. Einfacher konnte ich gar nicht zu einer wohleingerichteten Häuslichkeit kommen, nicht einmal auszuziehen brauchte ich. Zwar fünf Jahre älter war Frau Schüddebold als ich, jedoch eine saubere, stattliche und wohlerhaltene Frau. Ich hatte schon andere Dinge erlebt. Einer meiner Freunde hatte eine Dame geheiratet, die ihn im Alter um acht Jahre übertraf, und es war eine glückliche Ehe geworden. Allerdings war sein Beweggrund Liebe und nicht Bequemlichkeit gewesen. Daß ich jedoch diesen gefährlichen Spekulationen nicht zu lange nachhing, habe ich dem Barbier Kräutlein zu danken. Herr Kräutlein war, wie fast alle Barbiere, von etwas ausschweifender, zur Romantik geneigter Gesinnung und feurigen Gemütes. Die mannigfachen Vorzüge der wohlhabenden stattlichen Witwe hatten sein Herz entzündet und seit einiger Zeit verfolgte er sie mit glühenden Werbungen. Es ist möglich, daß diese, bevor durch den Gott der Liebe ihr Sinn auf mich gewendet worden war, den schmeichlerischen Worten des Barbiers mehr Gehör geschenkt hatte, jetzt aber war sie eitel Grausamkeit und Härte gegen Herrn Kräutlein. Solches aber entflammte nur immer höher die Glut dieses Märtyrers der Liebe, und sehr bemerkenswert war es zu sehen, wie wohl sich die alternde Frau in dem Abglanz dieser schmeichelhaften Flammen gefiel, denn durch all den Zorn über die zudringlichen Werbungen dieses Hasenfußes leuchtete doch immer die stille Befriedigung, vor den Augen des geliebten Mieters so heiß begehrt zu werden. Überaus komisch war eine Szene, die sich fast täglich ereignete. Wenn der Barbier meinen Freund Oppermann, der drei Treppen hoch wohnte, des Morgens wie gewöhnlich rasiert hatte und wieder herunter kam, dann zog er regelmäßig die Türglocke, um Frau Schüddebold herbeizulocken. Wenn sie dann kam und vorsichtig zuerst durch das Guckloch in der Tür hinauslugte, girrte er ihr, die natürlich nicht öffnete, durch dieses kleine Loch die heißesten Schwüre und Liebesbeteuerungen zu, während sie als Gegengabe die härtesten Schmähungen auf seine wohlgekräuselten Barbierslocken häufte. Hatte er dann fruchtlos dort einige Zeit geseufzt und deklamiert, verließ er gekränkt den Ort seiner Schmach, ermannte sich aber vor der Haustür wieder, steckte die Hand in den Busen, warf noch einige großartig flammende Blicke auf die Fenster des Hauses und begab sich erhobenen Hauptes und wogenden Ganges hinweg. Einmal aber, als er gerade die Treppe herabkam und Frau Schüddebold in demselben Augenblick dem Briefträger geöffnet hatte, war er in geschickter strategischer Benutzung dieses günstigen Momentes eingedrungen, hatte auf dem schmalen halbdunklen Korridor zuerst einen großartigen Fußfall im Opernstil getan und war dann so feurig geworden, daß sich Frau Schüddebold seiner mit einer Feuerzange erwehren mußte, ihn auch nach mehreren tapferen Angriffen endlich in die Flucht trieb. Nun aber war ihre Geduld am Ende und das nächste Mal versuchte sie ein anderes Mittel zur Abkühlung dieser gewaltigen Liebesflammen. Als nun Herr Kräutlein schon am anderen Tag wieder unabgeschreckt seine gewohnten Liebesbeteuerungen durch das Guckloch girrte, da war sie doppelt hart gegen ihn und behandelte ihn so schrecklich, daß er früher als gewöhnlich abließ und sich davonschob. Im nächsten Augenblick sah ich Frau Schüddebold in großer Eile durch mein Wohnzimmer in die Schlafkammer rennen und ward durch ein seltsam furienhaftes Leuchten ihrer Augen erschreckt. Ich folgte ihr und sah sie am offenen Fenster stehen, wie sie lauernden Blickes ein großes Gefäß mit Wasser in den Händen hielt. In diesem Augenblick trat der Barbier aus dem Hause, und als er eben nach seiner Gewohnheit den großartig flammenden Blick auf die Fenster des Hauses senden wollte, da – klatsch – traf ihn ein wohlgezielter Wasserguß von den grausamen Händen der Geliebten und durchnäßte ihn von oben bis unten. Wenn diese aber geglaubt hatte, durch dieses Verfahren eine zerknirschende Wirkung auf Herrn Kräutlein auszuüben, da fand sie sich schwer getäuscht, denn nun erst fühlte sich dieser ganz auf der Höhe seines Märtyrertums und heiß durchströmte ihn das stolze Bewußtsein, für seine erhabene Liebe ungerecht zu leiden. Seine Augen flammten, seine Brust weitete sich, und hoch erhobenen Hauptes, stolze Blicke um sich sendend, ging er, obwohl naß wie eine gebadete Katze, fast eine Viertelstunde vor dem Hause auf und ab, nicht achtend der spöttischen Zurufe und der lächelnden Blicke, die ihm aus den Fenstern der Umwohnenden reichlich zuteil wurden. Sobald meinem Freund Oppermann dieses Abenteuer bekannt wurde, schaffte er Herrn Kräutlein ab, denn er fürchtete es, sich ferner dem Messer eines vom Wahnsinn der Liebe ergriffenen Barbiers anzuvertrauen: »De Kierl snitt mi jo womäglich den Hals af!« sagte er in seinem heimischen Idiom, und solchem Beispiel folgten noch einige andere Kunden in der Gegend, so daß der unglückselige Mann außer jener tiefen Herzenskränkung auch in seiner bürgerlichen Nahrung arg geschädigt wurde. Er mußte mich wohl hinter seiner geliebten Feindin haben stehen sehen, als er so grausame und verächtliche Behandlung von ihr erfuhr, denn von nun ab schien er mich mit Groll und Argwohn zu betrachten, warf aus rollenden Augen furchtbare Othelloblicke auf mich, wenn er mir begegnete, und murmelte Unverständliches zwischen den Zähnen. Um diese Zeit erhielt ich folgende Zeilen von Hühnchen:

»Liebster Freund!

Am ersten Juli zieht der Major aus, um zu heiraten. Als ich nun gestern mit Lore darüber sprach, da schoß wie ein glänzender Meteor ein herrlicher Gedanke durch die Nacht meines Hirnes. Teuerster Freund, die Wohnung ist ja gerade wie für Dich geschaffen! Nachdem ich diese geniale Idee geäußert hatte, verbreitete sich Sonnenschein durch das ganze Haus, Lore strahlte, die Kinder sprangen und ich mußte mir so lange die Hände reiben, daß ich siebenmal die Stube damit auf und ab kam. Dadurch angeregt, ließ unser neuer Kanarienvogel, der auch wieder Hänschen heißt, seinen ungeheuren Triller los, der so lang wie die Friedrichstraße ist, wahrhaftig wie ein Fußsteig in die Ewigkeit. Mit einem Wort, das Haus Hühnchen jauchzte. Da wir gerade zu Tische gehen wollten, holte ich zur Feier dieser glücklichen Stunde eine Flasche Sauren herauf und so wurden wir noch lustiger und ließen unseren zukünftigen Hausgenossen leben. Denn daß Du diese Gelegenheit beim Zipfel ergreifen wirst, erscheint mir außer aller Frage. Über Frau Schüddebolds Strenge und ihren unvernünftigen Haß gegen alles, was da fleucht und kreucht, hast Du Dich oft beklagt. Sieh mal, bei mir soll der Stab sanft über Dich geschwungen werden, bei mir kannst Du Dir meinetwegen eine ganze Menagerie anlegen und Dir die ungebräuchlichsten Tiere anschaffen. Wie wäre es zum Beispiel mit einer Giraffe? Zwar muß es schon eine Klappgiraffe sein, damit sie in unseren Salons Platz fände, oder es wird auf andere Weise Rat geschafft. In unserem Südzimmer kann sie wunderschön stehen in heimischen Klima, und damit sie in ihrer räumlichen Entfaltung nicht behindert wird, machen wir in Dein Zimmer hinein ein Loch in die Decke, wodurch sie den Hals und den Kopf steckt. So kannst Du den besseren Teil des anmutigen Tieres stets um Dich haben, kannst es streicheln, tränken und füttern und ihm Gedichte vorlesen, während wir uns zugleich unten seiner Lieblichkeit erfreuen. Mit einem Wort, bei uns kannst Du machen, was Du willst, und wenn es Dein Herz gelüstet, das Bombardon zu spielen, oder um das Abendrot auf einer Posaune zu blasen, so wird Dir niemand darin hinderlich sein, denn Nerven hat in diesem ganzen Haus kein Mensch.

Drum, lieber Freund, entschließe Dich und beglücke uns möglichst bald mit Deiner Zusage. Die Arme der Familie Hühnchen sind geöffnet, Du brauchst Dich nur hineinzustürzen. Wir wollen Dein Wohnzimmer neu tapezieren lassen; Lore hat kürzlich neue Tapeten gesehen mit Blumen, Vögeln und Schmetterlingen, sie sagt: märchenhaft wie aus ›Tausendundeiner Nacht‹. Der Wein ist nun schon so hoch emporgerankt, daß Dir die Trauben ins Fenster hängen werden, und dann die Aussicht auf den Garten, auf den Napoleonsbutterbirnbaum und den Gravensteiner und im Hintergrund die Laube mit dem Springbrunnen davor. Lockt Dich das nicht? Hurra! ich freue mich furchtbar auf Deine Zusage! Alle grüßen Dich herzlich!

Dein Hühnchen.«

Dieser Brief kam mir wie eine Erlösung. Ja, so war es am besten, so entging ich gleichzeitig der Liebe und dem Haß. Denn auf die Dauer war Frau Schüddebolds Zuneigung doch nicht gut zu ertragen und sehr wenig erheiternd war die Vorstellung, einen Feind in steter Nähe zu wissen von phantastischer und exzentrischer Gemütsart, der unausgesetzt einige haarscharf geschliffene Rasiermesser bei sich führte.

Schrecklich war der Augenblick, als ich Frau Schüddebold kündigte. Sie stand da bleich und starr wie eine Bildsäule mit der Unterschrift: »Der stille Vorwurf.« Dann traf mich ein Blick, in dem mit Riesenbuchstaben geschrieben stand: »Habe ich das um dich verdient?« und ohne ein Wort zu sagen, entfernte sie sich mit dem qualvollen Seufzer einer tief gekränkten Seele. Man vergönne mir zu schweigen über diese letzten Tage, wo Frau Schüddebold bei mir aus und ein ging wie eine stumme Anklage, still, aber groß in ihrem Schmerz.

Nur einmal noch fand ich Mörikes Gedichte wieder aufgeschlagen an einem Platz liegend, wo sie mir sofort in die Augen fallen mußten. Die Verse, die ich lesen sollte, lauteten:

»Lebe wohl! – Du fühlest nicht,
Was es heißt, dies Wort der Schmerzen;

Mit getrostem Angesicht
Sagtest du's und leichtem Herzen.

Lebe wohl! – Ach tausendmal
Hab' ich mir es vorgesprochen,
Und in nimmersatter Qual
Mir das Herz damit gebrochen!«

Ich kann aber zum Trost für alle zartfühlenden Seelen hier berichten,
daß die Frau sich recht bald in ihr trauriges Schicksal gefunden hat.
Indem sie sich zuletzt wohl überlegte, daß ein, wenn auch ein wenig
verrückter, so doch einer ungewöhnlichen Liebesglut fähiger Lebens-
gefährte immerhin besser sei als gar keiner, hat sie zuletzt, geschmeichelt und gerührt von der unwandelbaren Beharrlichkeit, mit der
dieser Mann ihr sein Herz entgegentrug, dem Barbier Gehör gegeben
und ihn auf kurze Zeit zum Glücklichsten der Sterblichen gemacht.
Denn nach der Hochzeit ist es bald anders geworden, und Herr
Kräutlein schmachtet in furchtbarer Tyrannei. Sie hat das unglückselige Gewächs an den Stab ihrer Strenge gebunden und sich mit ganzer
Kraft bemüht, alle seine vergnüglichen Auswüchse wieder geradezu-
ziehen. Seiner leichtbeflügelten, phantasiereichen Barbierseele hat sie
eine Feder nach der anderen ausgerupft und in dem Leben dieses
unglückseligen Opfers der Liebe ist jetzt nicht mehr Romantik als in
einem hohlen Hirsekorn Platz hat. Armer Kräutlein!

2. Wie es sich bei Hühnchens wohnte

Obwohl, das kleine Intermezzo mit dem Barbier ausgenommen,
während meines Aufenthaltes in den Räumen der Frau Schüddebold
sich eigentlich nicht viel Aufregendes ereignet hatte, so kam es mir
doch vor, nachdem ich einige Wochen bei Hühnchen wohnte, als sei
ich in den Hafen der Ruhe, des Friedens und des Behagens eingelau-
fen. Auch Frau Lore verbreitete Sauberkeit und Ordnung, wo sie
herrschte, allein diese Tugenden waren bei ihr nicht starre, blutlose
Götzen, die auf den Knien unter Furcht und Zittern angebetet werden
mußten, sondern sanfte Genien mit leisen Füßen und zarten Händen,
die ihr Ding ohne Geräusch taten und keinen Dank begehrten. Jetzt

empfand ich erst, welch ein verschüchterter Sklave ich bei Frau Schüddebold gewesen war, die mich fast dazu gebracht hatte, mir das Rauchen abzugewöhnen, weil es den Gardinen schadet, wo ich niemals gewagt haben würde, des Abends beim Lesen die Beine auf das Sofa zu strecken, obwohl es für mich ein himmlisches Vergnügen ist, ein gutes Buch gerade in dieser Lage zu genießen. Wie frei fühlte ich mich jetzt in einer Wohnung, wo alle Möbel und Geräte zum Gebrauch und nicht ausschließlich zur Schonung da waren. Frau Schüddebold hatte die Schutzüberzüge ihrer Polstermöbel nochmals wieder mit jener ewig verrutschenden Erfindung von des Teufels Großmutter bedeckt, die man mit dem schönen deutschen Namen Antimakassar bezeichnet; da waren Dinge unter Glasglocken oder in Flor gehüllt und überall stieß man auf etwas, das tabu oder *noli me tangere* erschien. Ha, hier atmete ich auf. Ich schaffte mir gleich, obwohl die Gesangzeit schon vorüber war, ein Blaukehlchen, eine Gartengrasmücke und einen rotrückigen Würger an und erhielt von unserem gemeinschaftlichen Freund Doktor Havelmüller einen Raben geschenkt, dem die Gabe der Rede verliehen war. Zwar konnte er nur wenig, aber dieses sehr gut. Dabei war er von unzähmbarer Bosheit und Tücke, so daß man ihn nicht frei umherlaufen lassen durfte, weil er sofort die schändlichsten Taten verübte, silberne Löffel stahl, andere Tiere peinigte oder, wenn er sie bewältigen konnte, aufaß, welches Schicksal einmal beinahe unserem Hänschen mit dem langen Triller passiert wäre.

Einmal hatte er eine Nachbarskatze beschlichen, die ihrerseits wieder gierig züngelnden Schwanzes einen Sperling zu belauern gedachte, und hatte sie so in diesen geliebten Zierat gebissen, daß ihre Gefühle unbeschreiblich waren. Nie habe ich jemanden gesehen, der größere Eile hatte, auf den nächsten Baum zu kommen, als diese Katze. Wegen dieser gemeingefährlichen Eigenschaften hatte ich den Raben, dem nach einer von Hühnchen innig geliebten Geschichte aus den »Fliegenden Blättern« der Name Hoppdiquax beigelegt worden war, in einen geräumigen Kistenkäfig gesperrt, der an der Hauswand im Garten stand, und dort lebte er ganz vergnügt, doch stets auf neue Bosheit grübelnd. Von seinem geringen Sprachschatz, der nur aus dem Worte »Quatschkopp!« und dem Satz »da ist der Graf«, im tiefsten Baß gesprochen, bestand, machte er oft den treffendsten Gebrauch. Einmal war ein junger Mann bei Hühnchen zum Besuch, der im Begriff war, das Bauführerexamen zu machen, sich aber nicht recht getraute und deshalb Hühnchen um Rat fragen wollte. Dieser, der nicht der Meinung war, daß dieser Jüngling bereits die erforderlichen Kenntnisse besitze, stand mit ihm in der Nähe des Rabenkäfigs, strich seinen Bart und bemühte sich nachzudenken, wie er diese bittere Pille wohl am besten zu überzuckern vermöge, da tönte in diese tiefe Stille hinein plötzlich die Stimme des Rabens Hoppdiquax: »Quatschkopp!« rief er ganz laut und vernehmlich. Der junge Mann fuhr entsetzt herum und entdeckte endlich den boshaften Vogel, der ihn mit einem Auge höchst verständnisinnig anblickte. Beschämt und kleinlaut wendete sich der Jüngling dann wieder zu Hühnchen und sagte von tiefer Selbsterkenntnis ergriffen: »Ich glaube, der Vogel hat recht.« Er befestigte sich nun noch ein halbes Jahr in den Wissenschaften und hatte es dem Raben zu verdanken, daß er nachher nicht durchfiel. Irgendein Mitglied der Hühnchenschen Familie hatte, solange der Rabe im Hause war, stets einen verbundenen Finger, denn bei dem unverwüstlichen Glauben an die innere Güte jeglicher Kreatur, die diesem Geschlecht eigen war, versuchten sie es immer wieder, durch zartes Entgegenkommen sein Herz zu gewinnen, wurden jedoch stets aufs neue durch tückische Bisse in den vertrauensvoll vorgehaltenen Friedensfinger belohnt. »Ein rätselhafter Vogel!« pflegte Hühnchen oft zu sagen, nachdem er ihn lange sinnend betrachtet hatte. Einmal, als ich von einem Spaziergang nach Hause kam, fand ich Hühnchen noch ganz ergriffen über einen höchst gemeinen Friedensbruch, den sich dies Geschöpf, dessen Seele noch schwärzer war als seine Federn, hatte zuschulden kommen lassen. Er berichtete mir folgendes: »Sieh mal, vor kurzem war der Steuerbote hier. Du weißt, wie sehr ich immer bemüht bin, diesem Mann sein schweres Amt zu erleichtern, daß ich ihn niemals warten lasse, sehr höflich bin und freundliche Gespräche mit ihm führe. Denn ich weiß, es gibt eine Unzahl von törichten Leuten, die es den unschuldigen Diener des Staates entgelten lassen, wenn er für sie unangenehme Vorschriften zur Ausführung bringt. Überall begegnet er unfreundlichen Gesichtern und harten Worten und sieht, wer weiß wie oft, den für den vermuteten Postboten bestimmten Sonnenschein der Gesichter sich bei seinem Anblick in drei Tage Regenwetter verwandeln. Denn keinen Menschen gibt es wohl, der einen Postboten haßt, den Steuerboten aber sieht niemand gern. Und doch sind es meist tüchtige Beamte, in die der Staat großes Vertrauen setzt, und du kannst mir glauben, es sind manche darunter, die gerne die wenigen Groschen, die sie der Armut entreißen müssen, aus der eigenen Tasche bezahlen würden, wenn sie nur in der Lage dazu wären. Darum, lieber Freund, bin ich sehr zuvorkommend gegen diese Leute und habe schon oft etwas gesehen, dessen sich nur wenige rühmen können, nämlich ein freundliches und behagliches Lächeln auf den Lippen eines Steuereinnehmers während der Ausübung seiner Pflicht. Also dieser Mann des Gesetzes kam, als ich gerade im Garten war und mich an den herrlichen Rosen freute, die dieser Herbst uns noch beschert hat. Frieda brachte ihn zu mir, und zwar, wie es sie von klein auf gelehrt worden ist, mit einer freudigen und strahlenden Miene, als sei es der gute Onkel aus Amerika, und gleich bedachte ich, womit ich wohl seinem Herzen ein Vergnügen bereiten könne. Ihm eine jener schönen Rosen ins Knopfloch zu stecken, verwarf ich gleich, weil mir ein solcher Zierat für seinen schweren Beruf nicht ganz angemessen erschien, doch gleich darauf fiel mir der Teller mit soeben gepflückten Weintrauben ins Auge, der auf dem Käfig des Raben stand. Der Steuerbote nahm die angebotene Erfrischung nach einigem Sträuben mit freundlichem Lächeln an, wählte sehr bescheiden die kleinste der Trauben, lehnte sich, diese verzehrend, behaglich an den Rabenkasten und lobte ihre Süßigkeit, während ich aus meiner Geldtasche die nötige Summe zusammensuchte. Wenn mich in dieser Angelegenheit ein Vorwurf treffen kann, so ist es der, daß ich nicht an Hoppdiquax und seine Tücke dachte. Doch plötzlich hörte ich zu meinem Schrecken seinen tiefen Baß. ›Da ist der Graf!‹ sagte er plötzlich, und ehe der Steuerbeamte sich noch erschrocken umsehen konnte, sprang er auch schon mit einem entsetzten Schrei in den Garten hinein, daß die schöne Traube in den Sand flog, und griff dann unter schmerzlichen Gebärden an seine Wade, während er sich zugleich nach dem Urheber dieses plötzlichen Angriffes umsah. Stolz und fast aufgeblasen über die herrliche Wirkung seines tückischen Bisses, stand Hoppdiquax da, rief ungeheuer ausdrucksvoll: ›Quatschkopp!‹, schlug dann mit den Flügeln und freute sich wie der Teufel, wenn Krieg ist oder sonst seine Geschäfte gut gehen. Und sieh mal, das ist es, was mich schmerzt, nun bin ich bei dem Steuerboten in den Verdacht gemeiner berechnender Tücke gekommen, er betrachtete mich mit Gebärden des Hasses und der Verachtung, brauchte harte Ausdrücke, die ich nicht wiederholen will, und lehnte es ab, die übrigen Trauben für seine Kinder mitzunehmen. Mit einem Wurm im Herzen hat er mich verlassen.«

Aber trotz aller dieser Untaten genoß Hoppdiquax dennoch bei dieser Familie jene stille mit Gruseln gemischte Achtung, die man einem interessanten Verbrecher oder berühmten Räuber widmet, und das Rätsel seiner schwarzen Seele beschäftigte sie vielfach.

Dann kam die Periode der weißen Mäuse. Auch in der Seele Hans Hühnchens hatte sich die Tierliebhaberei entzündet, so daß er eine Zucht von weißen Mäusen anlegte. Diese fruchtbaren Tiere hatten sich ungemein vermehrt, brachen teilweise aus und begannen das Haus zu bevölkern. Zuerst ging es noch an und wir freuten uns, wenn abends beim Schimmer der Lampe die schneeweißen Tierchen mit den roten Augen zutraulich hervorkamen und auf dem Fußboden nach verlorenen Krümchen suchten. Nach einem Jahr aber waren sie schon gemeingefährlich geworden und man konnte keine Schranktür mehr öffnen, keine Schublade aufziehen, ohne daß nicht eines oder mehrere dieser zierlichen Tierchen daraus hervorgehuscht kamen. Ihre Wochenbetten fand man an allen möglichen und unmöglichen Orten, in Frau Lores Wintermuff sowohl, als in der Tasche von Hühnchens Sommerüberzieher, und in der Speisekammer feierten sie Tag und Nacht Orgien, so daß Frau Lore die äußersten Listen anwenden mußte, um ihre Vorräte zu schützen. Denn sie aßen alles auf, was sie bekommen konnten, und nährten sich sogar von Literatur, wobei sie eine großartige Verdauungskraft bewiesen, denn sie verzehrten einen ganzen Band pessimistischer Gedichte, ohne den geringsten Schaden zu leiden. Eines Morgens, als Hühnchen aus seinem fast geleerten Tabakkasten seine Pfeife stopfen wollte, kam ihm eine weiße Maus zwischen die Finger, die sich dort offenbar totgeniest hatte, und später schwor Hühnchen auch, er sei in der Nacht einigemal aufgewacht und habe dann aus dem Wohnzimmer stets ein feines Niesen vernommen. Endlich war der Zeitpunkt gekommen, wo ein gemeinsames Zusammenleben nicht mehr möglich war und entweder die Mäuse oder die Familie Hühnchen das Feld räumen mußten. Die Anschaffung einer Katze oder die Anwendung von Gift wurde von vornherein als zu grausam und illoyal verworfen, denn da die Tiere nicht aus eigenem Antrieb gekommen, sondern ursprünglich aus der Zucht eines Familienmitgliedes hervorgegangen waren, so trugen sie an der Besiedlung des Hauses keine Schuld, und daß sie, dem von der Natur in sie gelegten Trieb zur Erhaltung ihres Geschlechtes folgend, sich so ungemein vermehrt hatten, konnte man ihnen nicht zum Vorwurf machen. Mein Vorschlag, sie in Fallen zu fangen und dem Raben Hoppdiquax zur Speise vorzuwerfen, ward mit Unwillen zurückgewiesen, nicht anders als hätte ich die Absicht geäußert, einen boshaften schwarzen Teufel mit kleinen weißen Englein zu füttern, aber gefangen mußten sie doch werden und deshalb wurde alsbald ein zufällig des Weges kommender Slowake in Nahrung gesetzt und von ihm drei jener runden Fallen von Drahtgeflecht erstanden und in Betrieb gesetzt. Hans, der in solchen kleinen Arbeiten sehr geschickt war, hatte bereits vorher eine Anzahl kleiner zierlicher Gitterkäfige angefertigt, um die Jagdbeute unterzubringen, und dies war höchst weise von ihm gehandelt, denn das Fangergebnis des nächsten Morgens betrug zusammen siebzehn weiße Mäuse, die ängstlich ihre rosigen Pfötchen an dem Drahtgitter in die Höhe gehen ließen, gleich als flehten sie um ihre Freiheit. Abnehmer fanden sich glücklicherweise unter den Schulkameraden und Gespielen der Kinder genug, und da die Aufnahmefähigkeit von Steglitz und Umgegend für weiße Mäuse sich Gott sei Dank größer erwies, als die Vermehrungskraft dieser Tiere in der Hühnchenschen Wohnung, so hatten wir endlich Ruhe und es fanden sich bald nicht mehr Mäuse in unseren Räumen, als es für ein so altes, verbautes Häuschen angemessen und stilvoll ist.

Unter solchen kleinen harmlosen Abenteuern, deren jede Woche neue und andere brachte, verging die Zeit, während wir beiden Männer alltäglich mit der Bahn in die Stadt fuhren, um unseren Geschäften obzuliegen, und die Kinder auf dieselbe Weise ihre Schulen besuchten und allmählich heranwuchsen. Wenn ich in der Stadt auf meinem etwas öden Büro saß, dachte ich immer mit Behagen an meine freundlichen beiden Zimmer, in denen jetzt einsamer Vogelgesang und Blumenduft war, an den Blick aus meinem Fenster auf den wunderlich kleinen Garten mit den vielen winzigen Beeten und seinen zwei Obstbäumen und an das warme Hühnchennest, in dem freundliche gute Menschen hausten mit dem Talent zum Glück, wie es in dieser habgierigen Zeit so selten ist. Ich konnte mir kaum eine angenehmere Lebensweise denken als diese, und war auf dem besten Weg, mich dort ganz einzuspinnen und allmählich ein behaglicher alter Junggeselle und Hühnchenscher Familienonkel zu werden. Ich war allerdings noch gar nicht so alt, wie man wohl aus dem Grunde annehmen mag, weil mein Studienfreund Hühnchen nun bald eine erwachsene Tochter hatte. Dieser war spät zum Studium gekommen wegen mangelnder Mittel, und als ich mit achtzehn Jahren nach Hannover kam, da befand er sich bereits in den letzten Semestern und bald nachher hatte er sich verheiratet. Mir war hierzu nun auch wohl öfter Gelegenheit geboten worden, allein leider hatte sich die Sache immer gekreuzt. Wenn mich ein weibliches Wesen sehr gern hatte, so sträubte sich alles in mir, diese Neigung zu erwidern, und mochte ich eines wohl leiden, so nahm es sicher einen anderen, es wollte eben nie klappen. Auch in solchen Dingen kommt es auf angebotene Begabung an, der eine nimmt ein Weib, wenn die Zeit gekommen ist, ohne weitere Mühe und Nachdenken, der andere grübelt sein Leben lang über diese schwierige Sache, bis die Zeit verpaßt ist. Ich glaube aber, es gibt geborene Junggesellen, die eine vorsorgliche Schöpfung schon in der Wiege für den nützlichen Beruf eines Erbonkels bestimmt hat.

So lebte ich mit der Familie Hühnchen behaglich weiter und wir feierten die Feste, wie sie fielen, und das wollte etwas sagen, denn Hühnchen verstand es, aus allem ein Fest zu machen. Wenn im Garten das erste Veilchen kam, so gab es eine kleine Feier und das bescheidene blaue Blümchen stand in einem feinen geschliffenen Gläschen als festlicher Schmuck auf dem Mittagstisch, ward herumgereicht und bewundert und eine Flasche Saurer dazu getrunken. Für gewöhnlich gab es bei Tisch nämlich keinen Wein, allein Hühnchen hatte einen harmlosen und unschädlichen Moselwein im Keller und war unerschöpflich, neue Veranlassungen zu erfinden, um eine Flasche davon heraufzuholen. Wir feierten den ersten Storch, die erste Schwalbe, die ersten Radieschen, die erste Rose und die ersten Erdbeeren. Diese sogenannten Erstlingsfeste waren unzählig, ich erinnere mich, daß uns das Fliegenschnäppernest, das alljährlich in dem Weinspalier vorhanden war, stets zu drei Feiern verhalf, einmal, wenn das erste Ei darin lag, einmal, wenn die Jungen auskrochen, und einmal, wenn sie glücklich ausgeflogen waren. Sehr festlich ward die Baumblüte durch eine Vorfeier in Steglitz mit nachfolgendem Ausflug nach den ganz in schimmerndem Blütenschnee stehenden Sandbergen des Städtchens Werder begangen und von den verschiedenen Erntefesten habe ich die Weinlese bereits früher geschildert. Geburtstage wurden natürlich besonders großartig begangen und dabei selbst der böse Hoppdiquax nicht vergessen. Als den ungefähren Tag, an dem die Raben aus dem Ei kriechen, hatte ich den ersten April festgestellt, so daß dieses Unglückstier den Vorzug genoß, seinen Geburtstag mit unserem großen Kanzler am gleichen Datum zu feiern. Am Morgen dieses Tages erschien ich mit der Familie Hühnchen zur Gratulation und es ward ihm als Angebinde eine tote Ratte mit einer blauen Seidenschleife um den Hals überreicht. Diesen Leckerbissen ergriff er sehr begierig, jedoch ohne besonderen Dank zu äußern, trug ihn in seine Lieblingsecke und betrachtete ihn sehr andächtig, erst mit dem einen, dann mit dem anderen Auge. Darauf sagte er sehr befriedigt: »Da ist der Graf!« und begann die Ratte aufzuessen. Das blaue Bändchen aber ließ er liegen. Des Mittags gab es natürlich Sauren und ein schönes Lied ward gesungen auf Hoppdiquax nach der Melodie aus Zar und Zimmermann. Es lautete:

»Heil sei dem Tag, an welchem er bei uns erschienen,
Dideldum, dideldum, dideldum!
Es ist schon lange her,
Das freut uns um so mehr!

Wir konnten keinen schwärzeren Schurken finden,
Dideldum, dideldum, dideldum!
Drum kam er selber her.
Das freut uns um so mehr!«

Aber nach allen diesen kleinen lustigen Feierlichkeiten, die zum Teil allerdings in das Gebiet des höheren Blödsinns hinüberschweiften, uns aber desto mehr Vergnügen machten, kam auch eine ernsthafte heran, nämlich das Fest der Konfirmation der beiden Kinder, das in Berlin stattfand bei einem Hühnchen besonders befreundeten Prediger. Hans war jetzt Sekundaner und Frieda ein hübsches Mädchen von blühender Gesundheit und ihr Antlitz trug jenen Ausdruck von sanfter Güte und Herzensreinheit, die das beste Erbteil von ihren Eltern war. Als sie in ihrem schwarzen Kleid mit dem kleinen Veilchensträußchen in der Hand schlank und demütig vor dem Altar stand, da hob sich dieses liebliche Blumengesicht anmutig von allen den anderen hervor, die teils Züge von Selbstbewußtsein oder unangenehmer großstädtischer Pfiffigkeit und Frühreife und nur selten jene selig in sich selbst schwimmende Unschuld zeigten, die diese Jahre so reizend macht. Und in die Betrachtung dieser reinen, blühenden und kindlichen Jungfrau vertieft, dachte ich, der müßte ein seliger Mann sein, der dieses gute und schöne Menschenkind einmal sein eigen nennen dürfe.

3. Um die Sommersonnenwende

Von nun ab hatten wir kein Kind mehr, sondern ein junges Mädchen im Hause. Nichts ist sonderbarer als die Schnelligkeit, mit der ein solches Wesen in einem gewissen Alter plötzlich erwachsen ist. Gestern noch im kurzen Kleide hüpfte es ausgelassen und kindlich umher, heute trägt es ein langes, wandelt mit gesitteten Schritten und ist ein ganz anderes Geschöpf geworden, alles durch ein paar Zoll Wollstoff. Aber auch sonst hatte sich manches verändert, zuerst langsam und unmerklich und dann fühlbarer. Als Frieda noch das sorglose Kind war, kam sie des Abends beim Gutenachtsagen, schlang die Arme um meinen Hals und küßte mich mit den reinen, unbewußten Kinderlippen. Die Sitte, sich also von dem lieben Onkel und Hausgenossen zu verabschieden, blieb auch, als sie größer wurde, und ich weiß nicht mehr genau, wann ich zum erstenmal empfand, daß nicht mehr der Mund eines Kindes, sondern der eines jungen Weibes den meinen berührte. Dann kam einmal ein schöner langhindämmernder Juniabend. Wir hatten alle in der Laube gesessen und anfangs den Fliegenschnäppern zugesehen, wie sie von den Stäben der hochstämmigen Rosen aus in die von der sinkenden Sonne durchschimmerte Luft tauchten, um schwärmende Mücken zu fangen, hatten sodann dort unsere Abendmahlzeit eingenommen, während das Gelärm spielender Kinder aus der Ferne schallte und einzelne Sterne heimlich am blassen Himmel zu blinken begannen. Dann hatten wir den Fledermäusen zugeschaut, wie sie schwankenden Fluges den Nachtschmetterlingen und Käfern nachstellten, die mit summendem Ton durch die weichen Abendlüfte irrten, und allmählich war unser Gespräch ganz eingeschlafen. Dann war Hühnchen fortgegangen, um das Haus zu schließen, Frau Lore, um noch einiges in der Wirtschaft zu besorgen, und Hans, der noch einmal in seine Schulaufgaben blicken wollte, so daß ich allein in der Laube saß, während die schimmernde Gestalt Friedas in dem dämmernden Garten sichtbar war, wie sie zuweilen zu den jungaufgeblühten Rosen sich niederbeugte, um aus ihnen den Duft des Sommerabends einzuatmen. Plötzlich stand sie vor mir, um mir gute Nacht zu sagen. Sie trug ein helles Kleid, das mit zarten kleinen Blümchen überstreut war, und hob sich schimmernd ab von dem dunklen Hintergrund des Buschwerkes. War es nun der Hauch holder Weiblichkeit, der von ihr ausging, war es die Stimmung dieses sanften, träumerischen Abends, mich überkam der Zauber dieser Stunden, unwillkürlich erhob ich mich, schlang sanft meinen Arm um die zärtliche Gestalt und küßte sie auf den holden, hingebenden Mund, den noch ein Hauch der jungen Rosendüfte zu umschweben schien. Sie löste sich sanft errötend aus meinem Arm, sah eine Weile wie verwirrt und verwundert vor sich hin und ging dann schnell und leise fort; bei dem ungewissen Dämmerlicht schien es, als entschwebe sie mir. Seit diesem Abend küßten wir uns nicht wieder.

Ich bin zwar fest überzeugt, daß ich gleich meinem Freund Leberecht Hühnchen innerlich niemals ganz alt werden und immer ein Stückchen Kind bleiben werde, und diese, vielen Menschen, die niemals jung waren, verächtlich erscheinende Eigenschaft macht einen großen Teil meines Glückes aus, aber ich konnte mir doch nicht verhehlen, daß ich achtunddreißig Jahre alt war und es nicht mehr nötig hatte, mir einen Scheitel zu kämmen. Aber ich glaube auch, daß uns in solchem Alter der Hauch holder weiblicher Jugend am lieblichsten anweht, und mit allen Kräften suchte ich Gedanken zu unterdrücken, die berauschend auf mich einstürmten und mich verlockten in ein schönes Reich, wie sehnsüchtige Waldhornklänge rufen zu grüner, sonniger Waldeinsamkeit. Nein, das Reich der Jugend war zugeschlossen und der Schlüssel auf ewig versenkt in das Meer der Vergessenheit. Jedoch als wir an einem der nächsten Morgen beim Kaffee saßen, machte Hühnchen einen seltsamen Angriff auf mich. Dies war immer eine behagliche Stunde; bevor wir zusammen in die Stadt fuhren, saßen wir einander gegenüber und hatten unsere Vergnügen an Hänschen, dem Kanarienvogel, der um diese Stunde aus seinem Käfig gelassen wurde und mit bewunderswürdiger Zahmheit sich bei uns herumtrieb. Er hatte sich gewöhnt, in dieser Zeit auf einer unserer bis zum Hinterkopf fortgeschrittenen Stirnen zu sitzen, und dadurch zu diesem Thema fühlbar angeregt, war es ein ständiger

Lieblingsscherz Hühnchens, die Frage zu erörtern, auf welche der drei gebräuchlichsten Arten uns beiden wohl die Zierde unseres Hauptes verlorengegangen sei, ob wir sie uns abgedacht, abgeärgert oder abamüsiert hätten, oder wodurch sonst wohl die Zeit, dieser grausame Indianer, bewogen worden sei, uns so vorzeitig zu skalpieren. Während solcher anmutigen Gespräche ward Hänschen durch zeitweiliges Vorneigen des Kopfes bewogen, immer von einem Scheitel zum anderen zu fliegen, so daß wir gleichsam eine Art Fangeball mit ihm spielten, ein Anblick, an den die Familie Hühnchen gewöhnt war, der jeden Fremden aber mit der höchsten Verwunderung erfüllte.

Als wir nun also einmal wieder am Sonntagmorgen behaglich, weil keine Pflicht uns rief, beim Kaffee saßen und Hänschen mit uns von Mond zu Mond spielte, da sagte Hühnchen mitten aus dem tiefsten Nachdenken heraus, während er dem Kanarienvogel einen kleinen Schubs gab, daß er sich flatternd zu mir herüberwendete: »Sage mal, Freund, willst du dich eigentlich nie verheiraten?«

»Nein, verehrter Leberecht!« erwiderte ich, Hänschen veranlassend, auf das gegenüberliegende Hochplateau wieder zurückzukehren.

»Uns natürlich«, sagte Hühnchen, »kann das nur angenehm sein. Wir behalten dich gern bei uns bis an das Ende aller Dinge, aber wir denken an dich. Du bist nun achtunddreißig Jahre alt, da wird es hohe Zeit. Denke daran, was der alte Daniel Siebenstern damals zu dir sagte, als er dir seinen Sarg zeigte und sich darüber ausließ, wie traurig es ist, wenn unser Blut verrinnt gleich dem Quell im Sande der Wüste. Lore und ich haben gestern abend wohl eine Stunde darüber gesprochen und wir meinen beide, daß es gut ist. Wir wissen auch jemand für dich!«

Ich ward aufmerksam auf ein Geräusch, das von Frieda ausging, die am Fenster saß und nähte. Als ich aufblickte, fand ich sie jedoch tief über ihre Arbeit gebeugt, als achte sie auf weiter nichts in dieser Welt als die Stiche ihrer Nähnadel. Ich muß gestehen, dies Gespräch erregte mich ein wenig, allein ich sagte so gleichgültig wie möglich:

»Nun, wen habt ihr mir denn bestimmt?«

»O«, sagte Hühnchen, »ein sehr nettes Mädchen, nicht zu jung für dich, aber noch sehr hübsch und ansehnlich. Sie hat auch ein wenig Vermögen und nimmt dich auf der Stelle, darauf will Lore einen Schwur leisten. Ich glaube, du ahnst es schon?«

»Ich ahne gar nichts«, sagte ich, obwohl mir bereits aus dem Nebel der Ungewißheit die Gestalt einer Dame hervordämmerte, die man mir immer und überall als Tischnachbarin zu geben pflegte. Mir war das stets sehr angenehm gewesen, weil sie die Kunst der Unterhaltung verstand und mir, der ich in dem Fach des gesellschaftlichen Geschwätzes über nichts und alles wohl stets ein Laie bleiben werde, deshalb sehr bequem war.

»Fräulein Dorette Langenberg!« sagte Hühnchen meinen Verdacht bestätigend. Ich schwieg eine Weile und es war ganz still im Zimmer. Dann sagte ich: »Lieber Freund Hühnchen, ich erkenne eure Liebe und Teilnahme wohl an, aber ich bitte euch, mich nicht ferner zum Gegenstand solcher wohlgemeinten Pläne zu machen. Ich habe mir die Sache begeben, wie man bei mir zulande sagt. Ich bin gesonnen, in Ruhe und Frieden ein guter alter Onkel zu werden und bitte, mich in diesem Vorhaben nicht zu stören. Fräulein Dorette Langenberg hat zwar eine wunderschöne Hand, aber sie mag einen anderen damit beglücken. Ich habe die Zeit verpaßt und den Anschluß versäumt, lieber Freund, und nun ist es zu spät. Für die Apfelblüten bin ich zu alt und die reifen Borsdorfer mag ich nicht. Das ist es, was ich in dieser Angelegenheit zu sagen habe.«

Obgleich ich es vermeiden wollte, veranlaßte mich doch eine seltsame Bewegung am Fenster, nach Frieda hinzusehen. Ihre Augen waren groß und voll auf mich gerichtet mit einem Ausdruck, den ich nicht zu schildern vermag. Wenn man von einem Menschen, der keine Muskel bewegt, sagen darf, er schüttle mit dem Kopfe, so war es das, was in diesem Blicke lag. Dann erwachte sie gleichsam, nahm tief errötend ihr Nähzeug zusammen und verließ leise das Zimmer.

Hänschen war, seines Spieles müde, freiwillig in den Käfig zurückgekehrt und füllte die Stille des Zimmers nun mit schmetterndem Gesang; Hühnchen reichte mir seine Hand über den Tisch und nickte wohlwollend, und damit war die Sache abgemacht. Während nun aber der Kanarienvogel also tätig war, setzte er plötzlich mit seinem ungeheuren Triller ein, der sich von Jahr zu Jahr verlängerte, so daß man kaum zu begreifen vermochte, wo das winzige Tier den nötigen Atem herholte. Dieser Triller war Hühnchens Stolz und er pflegte den Vogel durch ein aufmunterndes: »Na, na!« dabei zu seiner Leistung anzufeuern. Heute übertraf Hänschen aber alles, was je dagewesen, und als er endlich fertig geworden, hängte er noch einen eleganten

Schnörkel als Verzierung an, gleichsam um zu zeigen, daß er immer noch einen Vorrat von Atem habe.

»Heiliger Brehm!« sagte Hühnchen, »dieser Triller muß wirklich auf die Ausstellung. Jetzt ist er schon bedeutend länger als die Friedrichstraße; er geht die Chausseestraße und Müllerstraße entlang bis über den Wedding hinaus und ist auf dem Weg nach Tegel. Gut, daß ich auf Tegel komme. Zum Johannistag in nächster Woche, wenn mein Urlaub beginnt, sind wir eingeladen von Doktor Havelmüller nach Tegel in seinen Garten. Ich denke, wir werden großartig auftreten und uns einen Wagen nehmen, damit wir unterwegs machen können, was wir wollen.«

Dieser Plan erfüllte mich mit stillem Vergnügen, denn Doktor Havelmüller war mein lieber Freund und seine drolligen Einfälle pflegten eine solche Unternehmung stets zu einer absonderlichen Gemütserheiterung zu gestalten. In Berlin als Chemiker und Redakteur vielfach tätig, war er außerdem in den verschiedensten Talenten ausgestattet und zeichnete sich auf so verschiedenen Gebieten aus, daß mancher Mensch von geringeren Ansprüchen sich wohl schon mit einem Teil dieser Vielseitigkeit begnügt haben würde, und vielleicht stolzer gewesen wäre auf dieses eine Talent, als der in seinem geistigen Reichtum bescheidene Mann, der sich niemals genügte, weil er an alles einen hohen Maßstab zu legen gewohnt war. Einen besonderen Ruhm genoß er als Leiter und Veranstalter von Künstlerfesten und öffentlichen Aufzügen, für welche Unternehmungen ihn ein beweglicher Geist, seine große Belesenheit, seine vielseitigen Talente und eine ruhlose Arbeitskraft besonders befähigten. Aber seltsamerweise war diesem Trieb, sich im schäumendsten Leben und buntesten Wirbel zu betätigen, ein ebenso tiefer Hang zur Einsamkeit gesellt, verbunden mit einer innigen Freude am Kleinen und Einfachen. Derselbe Mann, der hinter den Reagenzgläsern seines Laboratoriums tüchtig und tätig war und zugleich technische und andere Zeitschriften redigierte, der unter Umständen die Seele rauschender und bunter Feste oder der Mittelpunkt humoristischer Vereinigungen war, zog sich mit besonderer Vorliebe, wenn seine Zeit es irgend erlaubte, an den Abenden der besseren Jahreszeit nach Tegel zurück, wo er eine gepachtete Sandscholle in einen sehr wunderlichen Bauerngarten verwandelt hatte und in einer höchst absonderlichen kleinen Bretterhütte übernachtete, um am anderen Morgen in der Frühe frisch gekräftigt in das Gebrause der ungeheuren Stadt zurückzukehren. Dort in Tegel lebte er in seiner eigenen Welt, die von der übrigen durch ein paar dünne Drähte abgezäunt war, dort pflanzte er Kartoffeln, Zierbohnen und Tomaten, säte bunte altmodische Sommerblumen und aquarellierte unermüdlich Sonnenuntergänge, die in Tegel bekannterweise in unübertrefflicher Qualität gedeihen, dort machte er Verse oder komponierte ein Liedchen oder erfand zu dem selber zubereiteten Abendessen neue Gerichte, von denen der »Tegelkaviar« und die »Tegelstippe« zu besonderem Ruhm gelangten.

Die Familie Hühnchen und ich vereinigten uns in dem Wunsch, der Johannistag möge sich in diesem Jahr mit ungetrübtem Glanz zeigen, denn wir alle versprachen uns von diesem Ausflug ein Vergnügen nicht gewöhnlicher Art.

Die Tage bis dahin verrannen unter den gewohnten Beschäftigungen und kleinen Erlebnissen, doch ich war nicht der alte mehr. Mir saß »ein ungebärdig Mutterkind im Kopf«, nur daß die Bezeichnung »ungebärdig« nicht recht passen wollte, denn dies Wesen war so sanft und gut wie ein Lämmlein und so anmutig wie eine stille Blume, die es selbst nicht weiß. Wir gingen nebeneinander her und sahen uns nicht an, nur heimlich blickte ich nach ihr, hinter den Gardinen versteckt, wenn sie in dem kleinen Garten sich zu tun machte. Wie ein holder Schein umschwebte mich die sanfte Gestalt, wo ich ging und stand, mitten aus den schwierigsten Rechenexempeln tauchte plötzlich das zärtliche, rosige Antlitz hervor und verwirrte meine Gedanken. Welch wunderliches Rätsel der Natur, daß uns alles, was lieblich und schön, kostbar und begehrenswert vorkommt, in den zarten Umkreis eines weiblichen Körpers gebannt sein kann, daß uns eine Bewegung, ein Lächeln entzückt, die niemand sonst beachtet, daß in einem mit Menschen gefüllten Saal uns alle anderen wie leere Larven erscheinen, und nur dies eine holde Geschöpf des warmen Lebens voll.

4. Nach Tegel

Als wir nach einer lustigen Fahrt gegen Mittag in Tegel anlangten, hielt unser Wagen an der Straße, die von dem »Seeschlößchen« genannten Wirtshaus weiter ins Dorf führt, zum geringsten Teil aber erst mit Häusern bebaut ist. Dort erhob sich gleichlaufend mit dem

Weg in einiger Entfernung ein Bretterzaun, den an seinem Ende das Dach einer kleinen Bretterbude nur um ein Geringes überragte. An dieser Stelle sah man in den Zaun ein mit weißen Gardinen verziertes Fensterchen eingeschnitten; die übrigen drei Seiten des Gartens waren einfach durch gespannte Drähte von der profanen Außenwelt abgegrenzt. Herr Doktor Havelmüller stand an der Eingangstür, wo er uns erwartet hatte, und kam nun an den Wagen, um den Damen beim Aussteigen behilflich zu sein. Er war ein mittelgroßer, etwas beleibter Herr in Wollkleidung und trug einen breiten schwarzen Filzhut. Sein Haupthaar, sein Schnurr- und sein etwas breiter Knebelbart waren schon ergraut und aus dem bräunlich getönten Gesicht schauten durch eine goldene Brille zwei gutmütige, aber etwas melancholische Augen. Eine Eigentümlichkeit von Doktor Havelmüller war, daß er fast nie lachte, sondern auch die größten Tollheiten und lustigsten Sachen mit einem wehmütigen Ton und sorgenvollem Gesichtsausdruck vorbrachte, wodurch die Wirkung solcher Späße bedeutend erhöht wurde. Ganz entgegengesetzt pflegte es mein Freund Kleemeier zu machen, der schon im voraus von der lustigen Wirkung seiner Geschichten so überzeugt war, daß er sie vor Lachen kaum von sich geben konnte, nachher aber regelmäßig vergessen hatte, worauf es ankam, die Pointe schuldig blieb und seine geduldigen Zuhörer mit dem Schwur trösten mußte, er wisse zwar nicht mehr genau wie, aber es sei unendlich komisch gewesen.

Herr Doktor Havelmüller sagte, während wir auf den Garten zugingen, und er, die geöffnete Tür in der Hand, uns zum Eintritt aufforderte: »Habt Dank, liebe Freunde, daß ihr der Einladung eines armen Einsiedlers gefolgt seid, tretet ein in seine dürftige Hütte und nehmt vorlieb mit seiner geringen Bewirtung.« Wir gingen nun den Steig entlang zwischen dem mit wildem Wein und anderen Rankgewächsen überzogenen Plankenzaun und einer kleinen Gebüschanlage, die den zur Bewässerung des sandigen Bodens dienenden abessinischen Pumpbrunnen umgab, und gelangten an die sonderbare kleine Bretterhütte, deren Dach so niedrig war, daß man es bequem mit der Hand erreichen konnte. Vor der Eingangstür war eine Art von Veranda höchst primitiv aus Pfählen und Brettern zusammengeschlagen und innen befanden sich zwei winzige Räume, deren einer als Wohn-, der andere als Schlafzimmer diente. In diesem war gerade so viel Platz, daß neben dem mit einer grünen Friesdecke behängten Feldbett ein schmaler Gang frei blieb und ein uralter Mahagoni-Eckschrank Platz fand, der Gläser und Geschirr und allerlei Sonderbarkeiten enthielt. Auf diesem Schrank zielte eine Inschrift, die über der Tür des Schlafzimmers angebracht war und Bezug nahm auf solche Leute, die vielleicht in die Versuchung kamen, dem Häuschen bei der häufigen Abwesenheit des Besitzers einen gewaltsamen Besuch zu machen. Sie lautete:

>»Am Einbrechen und Plündern
> Kann ich niemand verhindern.
> Gott verzeih' ihm die Sünde ...
> Der Schnaps steht im Spinde!«

»Der Schnaps steht auch wirklich da«, sagte Doktor Havelmüller geheimnisvoll und wehmütig, »er schmeckt auch sehr gut, aber er ist mit einigen äußerst drastischen Mitteln versetzt. Mit diesem Trank im Leibe wird ein jeglicher weniger Helena in jedem Weibe sehen, als sich vielmehr veranlaßt finden, die Gesellschaft der Menschen zu fliehen und in der tiefsten Einsamkeit mit den unterirdischen Göttern Zwiesprache zu halten.«

In dem Wohnzimmer stand zur Zeit ein gedeckter für die Mittagsmahlzeit vorbereiteter Tisch, die Stühle aber waren einstweilen hinausgestellt, weil sonst niemand sich dort zu bewegen vermocht hätte. Diesen Raum hatte Doktor Havelmüller mit liebevoller Nachdenklichkeit ausgestattet. Weiß der Himmel, in welchem vergessenen Erdenwinkel er diese Wandtapete aufgetrieben hatte. In den Ranken von unmöglichen Schlingpflanzen hockten unglaubliche gelbe Vögel, die offenbar die Masern hatten, denn sie waren über und über rot gesprenkelt und jeder dieser Vögel schnappte nach einem bei der Schöpfung vergessenen Schmetterling, von dessen Aussehen einzig und allein diese Tapete Kunde gab. Die Decke dagegen war mit einem anderen Erzeugnis des Kunstgewerbes beklebt, auf dem sich ungeheure Massen von Rosen, Vergißmeinnicht und anderen gefühlvollen Blumen befanden. An den Wänden zeigten sich schöne Bilder und Schaustücke von jener Art, wie man sie in weltentlegenen Dorfwirtshäusern und einsamen Jägerwohnungen findet, unter anderem eines jener geheimnisvollen Kunstwerke, auf denen man entweder die Wörter Glaube, oder Liebe, oder Hoffnung liest, je nachdem man die Stellung verändert. Da befand sich unter Glas in schönem Goldrahmen eine verblichene Stickerei auf Seide, eine Rose darstellend mit der Unterschrift: »Aus Liebe von deiner Amalie.« Da war die farbige Lithographie eines Brautpaares, er lang und schlank im glänzenden Frack und weißen anliegenden Beinkleidern, blank gescheitelt mit großen schwarzen Verführeraugen und einem Schnurr- und Kinnbärtchen wie aus lackiertem Ebenholz, sie zart und schmachtend mit einer Taille von übermenschlicher Erstreckung, langen Röhrenlocken, einem Mündchen wie ein Zwanzigpfennigstück und einem in Milch gekochten Vergißmeinnichtblick und dergleichen schöne Dinge mehr. Das Glanzstück aber aller dieser Wandverzierungen bestand in einer Ölskizze, die von einem bekannten Berliner Maler herrührte und eigens für diese Einsiedelei gestiftet worden war. Das Bild, in übertriebenem Hochformat, trug die Unterschrift: »Das Rätsel des Lebens«, und stellte eine Sphinx dar, die weinend auf einem Baum saß, während ein Totengeripppe, ein blutendes und brennendes Herz zu ihr emporhaltend, den Stamm hinaufkletterte. Zu Füßen des Baumes saß eine weibliche verhüllte Gestalt mit einem Tränenkrug, während im Hintergrund aus dunkelblauem Himmel ein rotgelber Mond zwischen düsteren Zypressen hervorschien. Dieses Bild war Doktor Havelmüllers größter Stolz. »Seht, liebe Freunde«, sagte er, »das nenne ich wahre Tiefe. Eine unendliche Deutsamkeit liegt in dieser Darstellung und doch hat noch niemals jemand ihren Sinn ergründet. Kürzlich war Doktor Spintifex aus Berlin hier, der am Museum angestellt ist und vom Staat dafür bezahlt wird, Tag und Nacht über die alten langweiligen Bilder nachzudenken, die sie da aufgehängt haben. Um ein Uhr nachmittags sah er zuerst dies Bild, verankerte sich davor und nahm es mit allen seinen Geisteskräften in Angriff. Um zwei Uhr, als ich wieder nachsah, waren seine Augen stier darauf gerichtet, und man sah, wie sein Gehirn mit Pferdekraft arbeitete. Um drei Uhr hatte er den Kopf zwischen die Knie gesteckt und wühlte mit beiden Händen in seinen strähnigen Haaren. Gegen vier Uhr legte ich ihm ein nasses, ausgerungenes Handtuch um die Stirn, und so um Fünfe herum holte ich zu diesem Zweck Eis vom Seeschlößchen. Da er aber gegen sechs Uhr trotzdem anfing zu delirieren, so brachte ich ihn mit sanfter Gewalt auf die Pferdebahn und nach Hause, wo er sich sofort ins Bett legen mußte und seine Wirtin ihm Kamillentee kochte. Vierzehn Tage später begegnete ich ihm auf der Straße, allein er kannte mich nicht, hielt sich selber für ein Skelett und wollte nach der Anatomie, um sich neue Rippen einsetzen zu lassen. Augenblicklich befindet er sich in einer Kaltwasserheilanstalt. Wenn ich euch raten soll, liebe Freunde, so hütet euch wohl, über dies Bild nachzudenken.«

Während Doktor Havelmüller dergleichen fast unglaubliche Dinge in die Türe hinein erzählte, stand er draußen in der sogenannten Veranda, an einem Petroleumkochapparat, auf dem allerlei Konservengerichte schmorten, und nach einer kurzen Weile erklärte er, das Essen sei fertig. Die Stühle wurden hineingeschafft, und als wir alle saßen, war der Raum so voll, daß sich selbst der Suppenkaspar aus dem Struwwelpeter in seinem letzten Lebensstadium nicht hätte hinter unseren Stühlen mehr durchschlängeln können. In diesem Augenblick schlug sich Doktor Havelmüller mit gut gespieltem Schrecken an die Stirn, denn ich bin überzeugt, er hatte es absichtlich so weit kommen lassen, um die holde Ursprünglichkeit seiner Einrichtungen besser ins Licht zu setzen, und rief: »Ach, leider muß ich die Herrschaften noch einmal bemühen, denn ich habe vergessen, in meinen Weinkeller zu steigen!«

Mit großer Mühe schoben wir die Stühle beiseite und drängten uns in die Winkel, während Doktor Havelmüller eine lose Fußbodenplanke aufhob und darunter einige Weinflaschen hervorholte. »So«, sagte er dann, während er diese entkorkte, »nun bitte, liebe Freunde, langt zu. Erster Gang: Tegelkaviar.«

Wir nahmen alle von dem merkwürdigen Gericht, in dem eine Anzahl von Kapern das einzig Erkennbare waren, strichen es auf Semmelscheiben und fanden es von hohem Wohlgeschmack. Frau Lores hausmütterlicher Sinn regte sich und sie fragte nach der Herstellung dieses merkwürdigen Gerichtes.

»Ich wollte Sie ja mit echtem Kaviar bewirten«, sagte Doktor Havelmüller traurig, »frisch, grau, großkörnig, rollend, schwach gesalzen, wie er sein muß, und habe den Tegeler Fischer gebeten, mir einen Stör zu fangen, einen guten Rogener, und wenn er drei Mark kosten solle. Der Mann hat mir aber kein Verständnis entgegengebracht. Als ich fort ging, hörte ich ein beleidigendes Lachen und als ich mich schüchtern umsah, bemerkte ich, wie der Fischer mit seinem Finger an der Stirn zu seiner Frau Gebärden machte, die fast einer schweren Injurie gleichkamen. Es war also nichts, aber ich dachte: Ein Genie geniert sich nie und das Talent weiß sich stets zu helfen, und in einem glücklichen Augenblick erfand ich den Tegelkaviar. – Sie nehmen, verehrte Frau, auf zwölf Ölsardinen feinster Marke vier Sardellen, zerhacken alles sehr fein, mischen es mit etwas Sardinenöl und einigen Kapern und der Tegelkaviar ist fertig. Sie sehen, einfach, wie alle wirklich großen Erfindungen.«

Das Essen nahm seinen Fortgang und bestand aus allerlei in Blechbüchsen konservierten Gerichten, denen der Doktor durch geschickte Zutaten einen besonderen Wohlgeschmack erteilt hatte. Wir waren ungemein lustig, obwohl sich in dem engen Raum bald eine große Wärme entwickelte. Als unser Wirt merkte, daß Frau Lore sich mit der Serviette das erhitzte Antlitz fächelte, verklärte ein sanfter Schein seine Züge und er sagte: »Nicht wahr, Frau Hühnchen, Sie leiden von der Hitze? Dem wird bald abgeholfen sein; ich werde die Ventilation in Tätigkeit setzen.«

An der einen Bretterwand befand sich eine Aststelle, deren Kernzapfen allmählich eingetrocknet war und lose in seiner Öffnung saß. Dieser Zapfen war an einem Stückchen Leder befestigt, so daß er sich wie ein Fensterchen beiseite klappen ließ und so die Öffnung des Astloches frei machte. Als Hühnchen so ganz unvorbereitet dieser wundervollen Ventilationsvorrichtung ansichtig wurde, geriet ihm vor freudiger Überraschung ein Krümchen in die falsche Kehle, so daß er Minuten brauchte, um wieder zu sich zu kommen. Nachher sagte er, wenn er heute noch einmal so etwas Glanzvolles zu sehen bekäme, so würde es sein Tod sein. Solche Anerkennung tat Doktor Havelmüller wohl, er sah mit liebevollen Augen auf seine Ventilationsklappe und streichelte sie.

Nach dem Essen besahen wir den Garten. »Als ich ein Kind war«, sagte unser Wirt, »lebte ich in beschränkten Verhältnissen, aber wir hatten ein kleines Haus mit einem Garten dahinter. Dort blühte und duftete der Lavendel in blauen Polstern, und andere gewürzige Kräuter, wie Salbei, Majoran und Marienblatt. Dort gab es Brennende Liebe, weiße Lilien, wohlriechende Nelken und einen Flor von Sommerblumen, die heute aus der Mode und vergessen sind, alles hervorgewachsen aus geschenkten Samen, von Familie zu Familie ausgetauschten Zwiebeln und erbetenen Stecklingen. Eine grüne, etwas rauhe Sorte von Stachelbeeren wuchs dort von köstlichem Geschmack. Sie ist jetzt auch fast vergessen und verdrängt von den faden, großen englischen Riesenbeeren, die nach gar nichts schmecken. Nach solchem

Garten, der mein Kinderparadies war, habe ich mich zeitlebens gesehnt und von ihm geträumt, und da er sich in Berlin nicht verwirklichen ließ, habe ich es gemacht wie der alte Mohammed, und weil der Garten nicht zu mir kam, so bin ich zu ihm nach Tegel gegangen. Hier hat aber mein Leben mich bereits bei manchen in schlechten Ruf gebracht. Einige der braven Eingeborenen, die sahen, daß ich des Nachts in dieser schlechten Hütte schlafe, im Schweiße meines Angesichts Kartoffeln und Gemüse baue, so dürftige und billige Gewächse pflanze und mir des Abends selber meine bescheidenen Gerichte koche, zeigen mich ihren Kindern als abschreckendes Beispiel und sagen: ›Seht diesen reichen Mann‹, – denn dafür halten sie mich –, er könnte alle Tage Austern und Kapaunen essen, aber er lebt wie ein Hund und schläft in einer Bude schlechter als ein Ziegenstall. Seht, Kinder, dazu führt der Geiz!« –

Der Doktor zog die Schulter hoch, streckte die Hände vor sich und stand eine Weile in trübseliges Schweigen versunken, wie ergeben in sein Schicksal. Dann aber ermannte er sich wieder, erhob das Haupt und rief: »Nun aber vorwärts, auf zur Liebesinsel!«

5. Die Liebesinsel

Wir zogen nun alle hinab zum nahen See, wo an dem Landungssteg ein Kahn bereit lag, in dem ein junger Eingeborener schon unser wartete. Der Nachmittag dieses Tages, an dem Frühling und Sommer sich scheiden, war still und klar, und als wir über den blanken Spiegel des Sees dahinfuhren, waren die kleinen Wellen, die von unserem Kahn ausgingen, fast das einzige, die glatte Fläche zu trüben. Wenige Tage vorher hatte ein Sturm geherrscht und dabei war eines der kleinen Segelboote, die dort von Liebhabern gehalten werden, gekentert und gesunken. Nun beschäftigte sich eine Anzahl von Leuten in Kähnen damit, es wieder zu heben, und der Klang ihrer ermunternden Zurufe drang zuweilen aus der Ferne zu uns her. Der stille, glänzende Tag über dem blanken, regungslosen See hatte auch uns schweigsam gemacht, und eine Zeitlang war nichts vernehmlich als das taktmäßige Geräusch der Ruder und das leise Rieseln des Wassers vom Bug unseres Kahnes. Rings lagen die Ufer im Sonnenduft und nur undeutlich hob sich das kleine Inselchen, das unser Ziel war, von dem Dämmer der dahinterliegenden Waldung ab. Jedoch bald zeigte es sich deutlicher, ein wunderlich kleines Eiland mit nur einem größeren Baum, allerlei Buschwerk und einem Streifen Uferschilf. Wir umfuhren es in großem Bogen, um an eine passende Landungsstelle zu gelangen, und bald stieß der Kahn scharrend auf den Ufersand. Hühnchens Entzücken, als er sich näher auf diesem Fleckchen Erde umsah, war unbeschreiblich. »Beim Robinson«, sagte er, »dies ist wahrhaftig die Insel meiner Träume. Als Kind hätte ich so etwas Zauberhaftes gar nicht für möglich gehalten. Hier möchte ich meine Tage beschließen. Hier ist gerade Platz für ein kleines Haus und einen bescheidenen Garten und was will man mehr? Dies kleine Wäldchen«, dabei zeigte er auf den einen Baum und das verschiedenartige Buschwerk, das ihn umgab, »würde ich natürlich unangetastet lassen, ebenso diese blumige Wiese, die als spitze Halbinsel in den See verläuft.«

Während nun Hühnchen unter entzücktem Schweigen seine Augen an dieser Insel, die allerdings wie für ihn geschaffen erschien, weidete, ward aus dem Gebüsch der lieblich dahinrieselnde Gesang einer Dorngrasmücke vernehmlich.

»Der Herr Vizewirt!« sagte Doktor Havelmüller geheimnisvoll, indem er mit dem Daumen nach der Richtung deutete, wo der Vogel sang. »Was denn?«, fragte Hühnchen verwundert. »Dieses kleine Eiland«, sagte der Doktor wie immer mit tiefem Ernst, »gehört dem bekannten Ornithologen und Naturforscher Doktor Bolle, der im Sommer auf der dort sichtbaren größeren Insel Scharfenberg haust und sich der Pflege seiner seltenen Bäume und Gesträuche und dem Schutze der dort zahlreich angesiedelten Singvögel widmet. Hier dagegen wohnt niemand als ein Pärchen Dorngrasmücken, dem er die Aufsicht über diese Insel anvertraut hat. Ihr Gehalt beziehen sie in Naturalien, die sie sich selber suchen dürfen.«

Ich hatte unterdes mit dem Scharfblick, den mir frühere Übung in solchen Dingen gab, das Gebüsch durchspäht und glücklich das Nest der Dorngrasmücke aufgefunden, das von dem Weibchen trotz der Störung durch den fremden Besuch noch nicht verlassen worden war. Ich wollte davon kein Aufsehen machen, insbesondere nicht wegen des jungen Tegeler Eingeborenen, der leicht einmal in späterer Zeit zurückkehren konnte, um dieser stillen Häuslichkeit den Frieden zu rauben. Doch Frieda war gerade in meiner Nähe, und da Doktor Havelmüller, in seiner beliebten Weise Wahrheit mit Dichtung mi-

schend, gerade einen Vortrag über die Insel Scharfenberg hielt, dem
der Tegeler Autochthone mit offenem Munde lauschte, so ergriff ich
sanft die Hand des schönen Mädchens und führte sie, die mich verwundert anblickte, so, daß sie durch eine Lücke zwischen den Zweigen
auf das Nest hinsehen konnte. Frieda war ein Kind der Großstadt
und ein Vogelnest, wenn auch gerade nichts Unbekanntes, doch immer
ein Stück Märchen für sie. Der Vogel saß ganz still, nur sein dunkles
Auge war unablässig auf uns gerichtet. »Ach, das liebe Tierchen«,
sagte Frieda, »wenn wir es nur nicht stören«. Und von dieser Furcht
ergriffen, ging sie ängstlich und leise rückwärts, mich sanft an der
Hand nach sich ziehend. Als wir uns weit genug entfernt hatten und
noch eine Weile unschlüssig Hand in Hand standen, fühlte ich, wie
die ihre sich leise löste. »Ich danke dir«, sagte sie mit niedergeschla-
genen Augen, als fürchteten sich diese, den meinen zu begegnen, und
ging still hinweg.

Derweil hatte Doktor Havelmüller begonnen, ein Häufchen Holz,
das auf einer schon öfter benutzten Brandstelle bereit lag, zu entzün-
den; in einem mitgebrachten Kessel ward Wasser aufgesetzt, Tassen
und Geschirr aus dem Kahn geholt und vermittels einer Flasche
kräftigen Extraktes bald ein tüchtiger Kaffee zustande gebracht.
Während wir nun das braune Getränk behaglich schlurften, begann
der Doktor aus dem unerschöpflichen Schatz seiner Phantasie allerlei
Sagenhaftes über diese Insel zu berichten: »Ich bin überzeugt, dieser
Boden steckt voller Altertümer«, sagte er. »Ich fand hier früher bereits
einmal eine alte Schuhsohle aus der Zeit des Großen Kurfürsten. Aber
noch viel weiter greift die Geschichte dieser Insel zurück. Es ist fast
außer allem Zweifel, daß hier einstmals ein Heiligtum der wendischen
Liebesgöttin gestanden hat, worauf ja auch der Name der Insel hin-
deutet. Und so tief haften dergleichen Erinnerungen im Volke, daß
verbürgten Nachrichten zufolge noch heute zuweilen Liebespaare hier
landen sollen, um der Göttin Opfer zu bringen.«

Der Ernst, mit dem der Doktor solche Dinge vorzutragen wußte,
hatte etwas Erhabenes, jedoch unterbrach er sich jetzt, als er bemerkte,
daß die ganze Gesellschaft im Kampf mit den Mücken begriffen war,
einer besonders blutgierigen und heimtückischen Sorte, die außer
Sonnenuntergängen eine zweite Spezialität von Tegel bildet.

»Gegen die Mücken führe ich ein Mittel bei mir«, sagte er, eine
Zigarrentasche hervorziehend, »ich entdeckte diese unvergleichlichen

Rauchröllchen bei einem Krämer in Tegel, dem ihr hoher Wert wahrscheinlich unbekannt ist, denn er verkauft sie für drei Pfennige das Stück. Es ist die Sorte, von der Johannes Trojan singt:

›Eine Zigarr' entbrannt' er,
Die war als wie ein Panther
Gesprenkelt gelb, grün und braun,
Wie ein Sittich war sie zu schaun,
Schön war sie, dazu groß und stark,
Sie war in der Uckermark
Gewachsen in einem bösen Jahr.‹

Der Rauch dieser Zigarren, für einen Menschen von starker Gesundheit verhältnismäßig unschädlich, wirkt auf Mücken unbedingt tödlich. Sobald ihr auch nur ein Spürchen davon in die Nase kommt, so fängt sie an zu husten und hustet sich mit großer Geschwindigkeit ganz weg, so daß bald nur ein winziges Staubwölkchen die Stelle bezeichnet, wo sie schwebte.«

Als der Doktor unsere Unschlüssigkeit bemerkte, uns dieser kraftvollen Zigarre zu bedienen, warf er dem vorgezeigten Probeexemplar noch einen liebevollen Blick zu, steckte es wieder ein und förderte andere Zigarren ans Licht, die uns mehr Vertrauen einflößten und sich trotz ihres echten Havannaduftes gegen die Mückenplage nicht unwirksam erwiesen. Als nun die blauen Wölkchen behaglich in die stille, sonnige Luft emporstiegen, fuhr Doktor Havelmüller in seinen Erörterungen fort: »Also ich halte den Boden dieser Insel für reich an Altertümern, ja vielleicht an Schätzen. In der Johannisnacht des vorigen Jahres sah ich hier ein blaues Flämmchen glühen, was sehr verdächtig ist. Nun, wir haben heute wieder Johannis und die Zeit ist also für solche Unternehmungen günstig. Zudem sehe ich dort einen Strauch der sagenreichen Hasel – wie wäre es, wenn ich mit der Wünschelrute einen kleinen Versuch machte? Mein Freund Doktor Julius Stinde, der selbst ein geschickter Rutengänger ist, hat mich in dieser Wissenschaft genau unterrichtet.«

Der Doktor stand auf, schnitt mit großer Feierlichkeit einen gabelförmigen Zweig von der Haselstaude, putzte ihn sauber ab und nahm die beiden Enden kunstgerecht zwischen die gekreuzten Hände, so daß der Stiel in die Höhe stand. Dann schritt er langsam und würdevoll, die Rute vor sich haltend, über den Sandboden, bis plötzlich in der Nähe eines alten Baumstumpfes der Zweig sich neigte und gleichsam gegen den Boden gezogen wurde. »Die Art und Weise, wie die Rute sich bewegt«, flüsterte Doktor Havelmüller geheimnisvoll, »deutet auf Wasser. Am Ende kein Wunder in dieser feuchten Gegend, aber bemerken Sie wohl das eigentümliche Zittern, das sich meiner Hände bemächtigt hat? Dieser Tadderich ist höchst verdächtig, denn er deutet darauf hin, daß das Wasser **gebrannt** ist. Sollte vielleicht ein alter geiziger Säufer hier seine Schätze vergraben haben?«

Ein mitgebrachter Spaten ward aus dem Kahn geholt, und mit scheinbar großer Aufregung begann der Doktor zu graben. »Ha!« rief er plötzlich, »soeben stieß ich auf etwas Hartes!« Dann warf er sich auf die Knie und wühlte aus dem feuchten Sand eine Flasche hervor, die er prüfend gegen das Licht hielt: »Alter Nordhäuser Korn«, rief er gerührt, »wie gerechtfertigt war mein Verdacht auf Altertümer doch, aber es scheint mehr dort zu sein.« Alsbald warf er noch weiter den Sand beiseite und zog nach einer Weile aus der Grube ein zweites Fläschen mit roten Inhalt. »Rosenlikör«, flüsterte er, »was für die Damen! Es ist unglaublich!« Dann sprang er auf und rief: »Dieser seltsame Erfolg gibt mir Mut. Ihr werdet bemerkt haben, daß wir unser Feuer auf einer alten Brandstelle anzündeten. Solche alten Brandstellen sind stets ungeheuer verdächtig!« Und mit der Lebhaftigkeit eines Jünglings begann er die noch glühenden Kohlen beiseite zu räumen und auf der Stelle, wo noch soeben das Wasser heiß gemacht war, zu graben. Nach kurzer Weile hielt er inne und sagte sichtlich zitternd vor Aufregung: »Ich stoße schon wieder auf was Hartes!« Hühnchen, nachdem er sich von einer ungeheuren Lustigkeit über diese Komödie erholt hatte, griff mit zu und bald förderten beide einen mächtig großen, braun glasierten Deckeltopf mit zwei Henkeln an die Oberfläche.

»Eine Urne«, sagte Doktor Havelmüller, »eine Urne von höchst seltsamer Form. Ich glaube, dieser Typus ist noch in keiner Sammlung vertreten.« Er hob den Deckel vorsichtig ab, und nun zeigte sich inwendig ein zweites offenes Gefäß mit Erde und Brandresten gefüllt. Dieses war von Glas und hatte ganz genau die Form und den emaillierten Rand jener ungeheuren Bassins, aus denen man Weißbier trinkt. Bei näherer Besichtigung zeigte sich darauf eine Inschrift in Runenbuchstaben, offenbar durch Flußsäure eingeätzt. Mit merkwürdiger Geläufigkeit las der Doktor uns diese vor: »König Jaczko seinem lieben Doktor Havelmüller z.fr.Erg.«

»Ach, der gute alte Wendenkönig«, rief er dann, »hat damals schon an mich gedacht vor so viel Jahrhunderten.« Dann zog er einen blechernen Küchenlöffel hervor, den er seltsamerweise in der Tasche hatte, und begann sachgemäß den Inhalt des Weißbierglases auszuräumen. Bald zeigte sich etwas. »Ha«, rief der Doktor, indem er den kleinen Gegenstand emporhielt, »ein Tränenfläschchen von Glas.« Er nahm den Stöpsel ab, roch hinein. »Sonderbar, höchst sonderbar! Schon damals war das Kölnische Wasser bekannt. Frau Hühnchen, darf ich Sie bitten, diese Antike von mir anzunehmen.« Emsig löffelte er dann weiter und förderte nach und nach für jeglichen der Anwesenden etwas zutage. Eine kleine Brosche von Bronze begrüßte er mit dem Jubelrufe: »Ha, eine Fibula von höchst ungewöhnlichem Typus mit Edelrost, bitte, Fräulein Frieda.«

Nachdem nun Hühnchen ein silbernes Hühnchen, an der Uhrkette zutragen, sowie Hans und ich ebenfalls eine Kleinigkeit erhalten hatten, fand sich noch ein wunderlicher Kamm, der, wie der Doktor meinte, an ähnliche Funde in der Lausitz erinnerte. Zum Beweis für das ungeheure Alter dieses Kammes, machte er darauf aufmerksam, daß er bereits künstliche Zähne trug. Diese ungeheure Seltenheit behielt er für sich selber. Außerdem enthielt diese Urne nur noch sechs kleine Opfergefäße, die eine ganz merkwürdige Ähnlichkeit mit modernen Schnapsgläsern besaßen.

Der Doktor zog die Stirn in Falten und sagte dann mit tiefem Ernst: »Liebe Freunde, ich bemerke, daß etwas wie ein Gesetz durch alle diese seltsamen Funde geht. Zuerst entdecken wir das starke Getränk, dann eine Urne, von der auffallenden Form eines Weißbierglases, sodann wieder diese sechs kleinen Opfergefäße, und auch einem minder scharfen Verstand als dem euren würde es nicht entgehen, daß das vierte Glied in dieser Kette nach dem Gesetz der Reime bei dem Quartett eines Sonettes mit einer fast unfehlbaren Sicherheit lauten muß: Weißbier. Untersuchen wir deshalb den geheimnisvollen Boden dieser Insel aufs neue in dieser Richtung durch die Wünschelrute.«

Und wahrhaftig, dieser scharfsinnige Schluß trog nicht, denn kühl eingebettet in den nassen Ufersand fanden sich wirklich nach mehreren Hin- und Widergängen einige Kruken dieses erfrischenden Getränkes.

Höchst lustig war es, das Gesicht des jungen Tegeler Eingeborenen bei allen diesen Funden zu beobachten und den unheimlichen Eindruck von seinen Zügen zu lesen, den diese rätselhaften Ausgrabungen auf ein ahnungsloses Gemüt machten. Verständnisleer starrte er auf uns hin, wenn unser unbändiges Lachen die Luft erschütterte, denn nach Lachen war ihm bei so wunderlichen, unbegreiflichen Dingen wahrhaftig nicht zumute.

Indem wir uns nun längere Zeit unter vielen Scherzen auf Doktor Havelmüllers glückliche Finderhand dieses nicht ohne Mühe erworbenen Besitzes erfreuten, sank allmählich die Sonne gegen die Waldwipfel, und wir mußten an den Aufbruch denken. Welch ein sanfter, stiller Spätnachmittag auf der klaren, unbewegten Flut. Wir sangen allerlei Lieder, wie sie der Deutsche auf dem Wasser anzustimmen pflegt, und zwischendurch mußte ich immer heimlich hinblicken auf das reine Profil jenes Mädchens, das so mild und schön war, wie dieser sanfte letzte Tag des Frühlings. Sie blickte hinaus über den schimmernden Spiegel auf das dämmernde Blau der Ferne, als sei dort das schöne Land der Träume, wo alle holden, kaum geahnten Wünsche in Erfüllung gehen.

»Du, Emil«, sagte Hühnchen, nachdem wir gerade wieder ein Lied beendigt hatten, zu Doktor Havelmüller, »ich habe eine große Bitte an dich. Vor Jahren hörte ich einmal ein altdeutsches Lied von dir, das du selber komponiert hast, das mußt du mir heute singen. All die Zeit ist es mir nicht wieder aus dem Gedächtnis gekommen, das Lied von dem rosenfarbenen Mund. Mich dünkt, es war so einfach und schön wie die Natur.«

»Ach, meine Weise ist vielleicht zu einfach und ich weiß nicht, ob sie des wunderbaren Textes würdig ist«, sagte der Doktor, »aber du bist mein Gast und der Wunsch meiner Gäste ist mir Befehl! Das Lied findet sich in einer Mönchshandschrift des Klosters Benediktbeuern aus dem dreizehnten Jahrhundert, genannt ›Carmina Burana‹, und ist in seiner einfachen Innigkeit wahrhaft unvergleichlich. Ich will es aber in hochdeutscher Übersetzung singen, des schnelleren Verständnisses halber.« Der Doktor räusperte sich und sang dann mit angenehmer Stimme und innigem Ausdruck:

»Komm, o komm, Gesellin mein,
Ach, ich harre sehnend dein,

Ach, ich harre sehnend dein,
Komm, o komm, Gesellin mein.

Süßer, rosenfarbener Mund,
Komm und mache mich gesund,
Komm und mache mich gesund,
Süßer, rosenfarbener Mund.«

Nach einer kleinen Stille sagte Hühnchen, nachdem er die letzten
Zeilen summend wiederholt hatte: »Bitte noch einmal, lieber Freund.«
Der Doktor fügte sich diesem Wunsch, und als nun wieder die zweite
Strophe begann, war es seltsam, wie die Macht dieser Worte zwei
Häupter, die es eigentlich gar nicht wollten, gegeneinander wendete,
so daß die Augen sich eine kurze Weile begegneten. Dann aber
drehten sie sich schnell ab und suchten wieder die blaue dämmernde
Ferne.

6. Johanniswürmchen

Ich kann es nicht ändern, wenn in dieser Geschichte ein wenig viel
gegessen und getrunken wird, aber das strenge Gesetz der historischen
Wahrheit zwingt mich anzugeben, daß nun im Garten des Doktor
Havelmüller wieder ein kleiner Imbiß genommen wurde, und daß es
allen herrlich schmeckte. Unterdes aber hatte sich die Sonne hinter
die Waldwipfel gesenkt, am Himmel eine mächtige Glut entzündet
und den See in eitel flüssiges Gold verwandelt. Wir brachen nun
gleich auf, weil als letzter Teil des festlichen Programms ein Spaziergang in den Schloßpark zum Genuß der dämmernden Sommernacht
und des Mondscheins verzeichnet war und Doktor Havelmüller uns
die Versicherung gab, daß er außer dem unvergleichlichen Sonnenun-
tergang, der sich draußen ja bereits abspiele, auch eine besonders
festliche Beleuchtung durch Johanniswürmchen bestellt habe. Wir
wanderten langsam den Weg entlang, der später an der Kirche vorbei-
führte, und als wir an eine Stelle kamen, wo zwischen Baumgruppen
und dem Garten einer Villa sich eine Aussicht auf den See öffnete,
da bot sich uns ein zauberhafter Anblick dar. Das Gold der gesunkenen Sonne hatte sich nun in ein feuriges Rot verwandelt und den

halben Himmel mit einer leuchtenden Rosenglut übergossen. Davon in tiefster Schwärze hob sich der Wald ab und die düsteren Schatten, die er auf den See warf. Im Vordergrund aber hatte spiegelndes Abendrot das glatte Wasser in eine märchenhafte Purpurflut verwandelt, und da nun gerade im letzten Augenblick das glücklich gehobene Segelboot von den Leuten auf den zwei Kähnen eingebracht wurde, so hatte dies eine Menge von großen Leuten und Kindern an das Ufer gelockt. Auf dem langen Landungssteg standen sie wie scharfe Silhouetten auf leuchtend rotem Grund, in der flachen Rosenflut wateten jubelnd die zierlichen schwarzen Gestalten der Kinder, es war ein Rufen, Jauchzen und freudiges Getön und ein Anblick, wie aus einer seligeren Welt, so daß wir uns kaum davon zu trennen vermochten.

Endlich wanderten wir weiter durch das Dorf, wo die Leute behaglich den dämmernden Abend auf den Hausbänken genossen, wo im Schatten der Linden zuweilen vertraute Liebespaare flüsterten und aus manchem Fenster schon eine stille Lampe glimmte, bis wir endlich an die mächtig ragenden Silberpappeln und Platanen am Eingang des schönen Parkes gelangten. Als wir den großen Lindengang erreicht hatten, trennten wir uns, denn da Frau Lore nicht gut zu Fuß war, wollten die älteren Herren mit ihr auf dem bequemen und ebenen Wege bleiben, während die jüngeren, zu denen ich mich heute mit einem gewissen Behagen rechnete, den Weg über den sogenannten Aussichtsberg einschlugen, um sich später in der Nähe des Humboldtschen Begräbnisplatzes wieder mit den anderen zu vereinigen. Es war eine helle, warme und stille Nacht. In hohen Lüften war es gleichsam wie der Widerschein einer längst versunkenen Sonne und dazu kam das Leuchten des Mondes, dessen blasse Sichel an dem hellen Himmel schwamm, während nur einzelne Sterne mit mattem Gefunkel hier und da hervorblinkten. Alle Dinge dieser Erde waren eingehüllt in einen sanften grauen Schleier und der Dämon Finsternis hatte sich in die tiefsten Schatten des dichtesten Blätterwerkes zurückgezogen. Die Natur schlief, aber durch ihre Träume ging es zuweilen wie ein Atem der Sehnsucht, dann flüsterten leise die Blätter und ein Hauch von Lindenblütenduft und Rosen schwebte vorüber; im dunstigen Grund schlug eine Nachtigall ein paar verlorene Töne an und aus ferneren Kornfeldern kam unablässiger Wachtelruf. Wir gingen den Weg zur Höhe hinan, der schimmernd vor uns lag; da zeigte sich zuerst ein blitzender Funke in der Luft, der launisch umherirrte, bald ganz erlosch, bald eine Strecke weiter hell wieder aufleuchtete. Ein Männchen des Johanniswurmes war es, das sein Laternchen angezündet hatte, um sein Liebchen zu suchen, dessen stilles bläuliches Licht wohl irgendwo im Gras schimmern mußte. In Hans erwachte die Jagdlust, er eilte dem funkelnden Tierchen nach, um es zu fangen, verlor sich auf einen Nebenweg und bald waren wir allein. Als wir nun so nebeneinander gingen, zwei bänglich pochende Herzen in der sommerwarmen Einsamkeit, da tat sich zur Seite aus dem Gras am Wegesrand ein schimmerndes Licht hervor wie ein ruhiger Stern, und siehe da, weiterhin noch ein zweites. Wir traten hinzu und betrachteten das kleine Naturwunder, wie sein helles Laternchen die Halme und Blättchen seiner Umgebung erleuchtete und in grünem Gold glänzen ließ. Ich fing die Tierchen dann und ließ Frieda in meiner Hand die schimmernden Sterne beschauen, dann setzte ich sie beide in die künstlichen Blumen, die die Vorderseite ihres Hutes schmückten, und dort glänzten sie hervor gleich den Diamanten des Märchens, von denen es heißt, daß sie im Dunkeln leuchten. Als Frieda mein Entzücken über die Wirkung dieser lebendigen Edelsteine bemerkte, nahm sie eine Weile den Hut ab und betrachtete mit leuchtendem Auge diesen unvergleichlichen Schmuck; ich aber fing noch mehr solcher Tierchen, so daß die Blumen des Hutes bald ganz mit diesem schimmernden Sternen besät waren. Unterdes waren wir auf der Höhe angelangt und schauten nun weit hinaus in die von Duft und lichtem Dämmer erfüllte Welt, während der Schatten hervorragender Zweige sich über uns hinstreckte. Zwei Johanniswürmchen, angelockt von der schimmernden Gesellschaft auf dem Hut, irrten in schwankenden Kreisen und zuweilen stärker aufblitzend um das Haupt des schönen Mädchens, und wieder brachte ein sanfter Atemzug der Nacht einen Blütenduft von dem Lindengang im Grund. Ach alles rings hauchte Liebe und Sehnsucht, und dazu tönte plötzlich aus der Ferne wieder das Lied des Doktors, das er heute auf dem Wasser gesungen hatte: »Komm, o komm, Gesellin mein ...«, in der Stille der Nacht verstand man deutlich jedes Wort. Und während wir so nebeneinander standen, leise atmend, um keinen Ton zu verlieren, hatte ich meinen Arm sanft um das schöne Kind gelegt und ihr Köpfchen ruhte an meiner Schulter. Als der Gesang nun verstummt war, da vermochte ich es nicht anders, ich mußte den Schluß des Liedes wiederholen: »Komm, und mache mich gesund, süßer rosenfarbener Mund.«

Frieda antwortete nicht, sondern neigte nur hingebend das Köpfchen zurück, bot mir fromm und demütig den holden Mund als ein Heilmittel, das sie nicht versagen dürfe, und wir küßten uns andächtig und lange. Dann, wie aus einem Traum erwachend, seufzte sie tief und senkte das Köpfchen vor meinem Blick: »Ach, Onkel!« hauchte sie und ein Zittern lag in ihrer Stimme. Ich aber zog sie an mich und rief: »Niemals, niemals will ich diesen Titel wieder hören, ich will es nicht mehr sein und bin es ja auch nie gewesen. Sage, wie du mich jetzt nennen willst?«

Sie schwieg eine kurze Weile: »Ach, Liebster, Liebster«, flüsterte sie dann leise an meiner Brust. Wir hörten plötzlich unsere Namen rufen von der Gegend des Humboldtdenkmales her und schnell eilten wir Hand in Hand durch die dämmernde Johannisnacht zu unseren Lieben. Mag es uns der große Forscher verzeihen, der dort im Kreise seiner Verwandten in dem ernsten Schatten düsterer Fichten ruht, daß wir beide keine Neigung verspürten, seinem Andenken jetzt eine stille Minute zu weihen, wir eilten schnell vorüber an dem finsteren Efeu, der jene Gräber bespinnt, denn die Augen unseres Geistes waren gerichtet auf lauter schöne sonnige Sommertage der Zukunft, nicht auf die düsteren Schatten der Vergangenheit.

Wir trafen die anderen schon auf dem Rückweg begriffen, und ich verzichte gern auf die Schilderung der Wirkung, die die Mitteilung dessen, was sich soeben auf dem Aussichtsberg begeben hatte, auf Hühnchen machte, und vermag nicht zu entscheiden, ob seine anfängliche Verblüffung größer war oder sein späteres Entzücken über dieses ihm gänzlich unerwartete Ereignis. Und während des allgemeinen Fragens, Erzählens, Küssens und Umarmens stand Doktor Havelmüller stumm beiseite, den Knebelbart heftig streichend und das verräterische Mondlicht beleuchtete eine schimmernde Träne in seinem Auge. Sie galt nicht allein dem Glück der Freunde, sondern auch jener Zeit der unwiederbringlich entschwundenen Jugend, wo er sich mit diesem selben Lied ein glühendes und stolzes Frauenherz erwarb.

Wie wir nun endlich wieder nach Tegel und in unseren Wagen gelangt sind, das weiß ich kaum zu sagen, doch endlich saßen wir darin und fuhren unter vielen Grüßen und Danksagungen gegen Doktor Havelmüller davon. Hühnchen war so ausgelassen, wie ich ihn nie gesehen habe, als wäre er voll süßen Weines.

»Teuerster aller Freunde«, rief er, »hättest du damals in Hannover, als wir beide auf dem alten gebirgigen Sofa saßen und Tee tranken, hättest du damals gedacht, daß ich noch einmal dein Schwiegervater würde? O wie wunderbar ist diese Welt! – Weißt du noch, wie ich dir damals riet, du solltest sehen, daß du auf dem Sofa in ein Tal zu sitzen kämest? Sieh mal, du sollst bei uns auch in ein Tal zu sitzen kommen und sollst es gut haben, und wie ich meine Lore kenne, so wird sie eine Schwiegermutter abgeben, die diesen so viel geschmähten Stand wieder zu Ehren bringen und die Welt mit Rührung erfüllen soll.«

Und so redete mein zukünftiger Schwiegervater und sang Lieder und gab die lustigsten Torheiten an, den ganzen Weg hindurch, ja, er konnte nur mit Mühe verhindert werden, an einer besonders einladenden, vom Mond beschienenen Waldblöße auszusteigen und einen Indianertanz loszulassen, so daß der biedere Kutscher, als ich ihm in der Freude meines Herzens in Steglitz einen Taler Extratrinkgeld in die Hand drückte, schmunzelnd sagte: »Danke scheen! Det war 'ne fidele Nachtfuhre!«

Ich aber, dem ein Glück in den Schoß gefallen ist, auf das ich schon längst verzichten zu müssen glaubte, ich will dankbar hinnehmen, was das Schicksal ferner über mich verhängt hat, sei es nun Liebes oder Leides.

Das Hochzeitsfest

1. Vorbereitungen

Über zehn Monate waren vergangen seit jenem denkwürdigen Johannistag in Tegel, da Hühnchens liebliches Töchterchen Frieda meine Braut wurde. Die Hochzeit stand nahe bevor und sollte am 14. Mai stattfinden. Ich hauste schon seit Ostern in der Frobenstraße in Berlin, wo wir eine Parterrewohnung von fünf Zimmern gemietet hatten. Hühnchen fand unser zukünftiges Heim »äußerst opulent«, obwohl das eine dieser Zimmer nur eine schmale Ritze darstellte, in dem ich mit den Fingerspitzen der ausgestreckten Arme die gegenüberliegenden Wände berühren konnte. Ein anderes, neben der Schlafstube gelegenes, war von dreieckiger Form und so winzig, daß eben gerade ein Bett, ein Schrank und ein Waschtisch darin stehen konnten. Dieser merkwürdige kleine Raum, der mit dem stolzen Namen Fremdenzimmer getauft war, gereichte Hühnchen zu besonderem Vergnügen, er freute sich darauf, später einmal darin zu schlafen und war überzeugt, er würde darin wegen der dreieckigen Grundform die ganze Nacht von den vier Kongruenzsätzen und allerlei trigonometrischen Problemen träumen. Das größte Entzücken aber empfand er über die Aussicht aus den Vorderfenstern auf die hohe, mit weißem Kalkputz beworfene Mauer, die sich als Hinterseite der Stallungen für die Omnibusgesellschaft auf der anderen Seite der Straße endlos hinzieht.

»Wie angenehm«, sagte er, »daß ihr kein Visavis habt und daß niemand vermag, euch unverschämt in die Fenster zu starren. Diese fensterlose Mauer betrachte ich als ein wahres Glück.«

Ich bin überzeugt, hätten dort Häuser gestanden, so würde er geschwärmt haben von den Reizen, die es gewährt, die Bewohner der gegenüberliegenden Seite in ihrem Leben und Treiben zu beobachten.

Zuerst war es ziemlich öde gewesen in den leeren Räumen, wo das Geräusch meiner Schritte klingend von den Wänden widerhallte. Nur vorne in den beiden Zimmern, die ich bewohnte, befanden sich die notwendigsten Möbel. Aber allmählich füllte sich die Wohnung. Mit Schaudern kam mir zum Bewußtsein, mit welch einer endlosen Menge von Gegenständen der Kulturmensch seine Häuslichkeit belastet. O das waren noch schöne Zeiten, als unsere biederen Vorfahren sich begnügten mit einem Speer, einem Steinbeil, einem Bogen, einer Handvoll von Pfeilen, etwas Schmuck von Tierzähnen und Bernstein und einem umgehängten Fell. Dazu ein paar Töpfe, roh mit der Hand geformt, und eine Erdhütte, klein aber behaglich und schon damals ebenso geräumig für die Liebe eines glücklichen Paars, wie später zu den Zeiten Schillers. Aber jetzt war das ein anderes Ding. Orient und Okzident wurden in Tätigkeit gesetzt, nur damit wir uns ein Nest bauen konnten. In China spannen die Seidenwürmer, in Schlesien schnurrten die Webstühle, in Solingen hämmerten die Schmiede und an verschiedenen Orten glühten die Porzellan- und Glasöfen für uns. Hölzer aus den fernsten Weltteilen schleppte man herbei, unsere Möbel zu schmücken, der Elefant lieferte seine Zähne, der Wal sein Fischbein, das Pferd sein Haar, das Schaf seine Wolle, Palmen ihren Bast, die Tiere aller Zonen ihre Häute, Hörner und Knochen, nur weil wir heiraten wollten. Die Bergwerke Nevadas gaben ihr Silber her, Australien sein Gold, Britannien sein Zinn, Schweden sein Kupfer und Westfalen sein Eisen. Alles für uns. Wahrlich, wenn man sich eine Vorstellung machen will von dem subtilen Räderwerk der modernen Kultur und von dem weitverzweigten Spinnennetze, das Handel und Verkehr über die ganze Welt gesponnen haben, da braucht man sich nur auszumalen, welch einen verwickelten Mechanismus ein einziges anspruchsloses Paar in Tätigkeit setzt, nur um sich ein bescheidenes Heim zu gründen.

Bei Hühnchens herrschte schon seit langem eine geradezu unheimliche Rührigkeit, und Männer fühlten sich dort nur mäßig behaglich. Denn den ganzen Tag rasselte die Nähmaschine, und was da an Gesäumtem, Gebauschtem, Gefälteltem und mit Spitzen Besetztem im Laufe der Zeit zutage gefördert wurde, war einfach erschreckend. Es war mir wirklich manchmal zumute, als hätte ich mich auf eine Sache eingelassen, deren Tragweite und deren notwendige Folgen ich mir doch nicht genügend klar gemacht hatte. Das kleine Wörtchen »Ja« ist ein Keim, aus dem die merkwürdigsten Bäume hervorwachsen. Sah ich aber dann mein rosiges Mädchen in glühendem Fleiße und mit strahlendem Eifer in all dieser emsigen Tätigkeit mit dem hoffnungsvollen Leuchten ihrer Augen, so erfreute ich mich des blühenden Rosengartens, der auch aus diesem kleinen Wörtchen aufgeblüht war, und wir beide gedachten mit Wonne der Zeit, da wir ganz in ihm wohnen sollten.

Zu einer vollständigen Ausstattung meiner zukünftigen kleinen Frau gehörten nun auch jene zarten Gedichte aus Blumen, Federn und Bandwerk, die in den Schaufenstern der Putzläden eine so unauslöschliche Anziehungskraft auf weibliche Augen auszuüben pflegen, obgleich man schon im nächsten Jahr mitleidig zu lächeln pflegt über das, was vor kurzem noch »entzückend« war. Man sah sich im Hühnchenschen Hause dafür nach einer Hilfe um und Frieda schrieb deswegen an eine Schulfreundin, die sich in Berlin viel in Gesellschaften bewegte und sogar schon einmal einen Subkriptionsball mitgemacht hatte. Diese wies ihr auch ein geeignetes Fräulein nach und nun schrieb Frieda noch einmal um die näheren Bedingungen, denn man wußte im Hühnchenschen Hause nicht, wie eine solche Künstlerin zu behandeln sei, da dergleichen Priesterinnen des Luxus noch niemals über diese Schwelle gekommen waren. Darauf erhielt sie folgenden Brief:

»Liebe Frieda!

Die erste Bedingung Fräulein Siebentritt gegenüber ist große Freundlichkeit, die zweite: Kaffee mit Brötchen und Butter beim Antritt, die dritte: Frühstück, bestehend aus belegtem Butterbrot, einem Ei, einem Glas Wein und einer Tasse Kakao, recht süß, die vierte: Mittagessen reichhaltig, jedoch ja keinen Sauerkohl. Pudding muß unbedingt dabei sein, ein Gläschen Wein darf nicht fehlen. Die fünfte Bedingung: Kaffee wie am Morgen, jedoch jetzt mit Kuchen, die sechste: gegen Abend ein Stück kalten Pudding, die siebente Abendbrot: Eier sehr beliebt, dazu auch Butterbrot mit Braunschweiger Wurst und Hamburger Rauchfleisch angenehm, Bier darf nicht fehlen, die achte: fünfzig Pfennige mehr geben, als sie verlangt.

So, nun weißt Du alles, bemerken will ich nur noch, daß das Abendbrot sehr reichlich bemessen sein muß. Sie selbst zwar pflegt nur davon zu nippen, denn sie hat den Tag über schon so viel gepambst, daß ihre Kraft erschöpft ist, allein sie erwartet die Aufforderung, das übrige einzupacken und mit nach Hause zu nehmen. Sie verlangt viel Unterhaltung und außerdem eine Apfelsine für ihre Mutter.

Mit herzlichen Grüßen

Deine Mathilde.

P.S. Sie tritt morgens gegen zehn Uhr an.

D.O.«

An einem Sonntag, kurze Zeit nach Ankunft dieses Briefes, traf ich in Steglitz ein und fand die Damen des Hauses in ziemlich gedrückter Stimmung bei dem Studium dieses Schriftstückes. Hühnchen kam darüber zu und las den Brief mit großer Sorgfalt und großem Ernst. »Beim Lukull«, sagte er, »das wird ein Tag des Wohllebens und der Schlemmerei werden, wenn dieses Fräulein unsere niedere Hütte mit ihrer Gegenwart beehrt. Und wir werden uns eine Miene erhabener Gleichgültigkeit einüben müssen, um so zu tun, als ginge es immer so bei uns zu. Und, Lore, ich fürchte, mit unserem Sauren wird es nichts sein. In der griechischen Weinhandlung bei Mentzer aus Neckargemünd gibt es eine ›Milch der Greise‹, ›Nestor‹ genannt. Süß und kräftig. Davon werde ich mir ein Fläschen eintun für diesen großen Tag.«

Dann fuhr er zu mir gewendet fort: »Je älter man wird, teurer Freund, je mehr Blätter flattern welk herab vom Baum unserer Illusionen. Ich habe mir bis jetzt immer eingebildet, eine Putzmacherin sei eine Art von ätherischem Wesen, das in der Weise eines Vögelchens von irdischer Speise nur nippt, fortwährend Liedchen trällert und dazu mit unerschöpflichem Fleiße und mit wunderbar geschickten Fingern zierliche Gebilde formt. Aber darf ich von dem Einzelfall, den dieser Brief darstellt, auf die Allgemeinheit schließen, so kann ich mich der Überzeugung nicht erwehren, daß sehr irdische Geschöpfe unter dieser Menschenklasse gefunden werden.«

Doch die niedergedrückten Geister der Familie Hühnchen richteten sich bald wieder auf. Es wurde nach reiflicher Überlegung beschlossen, auf die Hilfe dieser anspruchsvollen Dame zu verzichten, da man allgemein der Ansicht war, sie sei zu schwierig zu ernähren, auch möchte der Rahmen des Hühnchenschen Hauses keine geeignete Fassung für dieses Juwel sein. Frau Lore brachte dann später auch mit ihren geschickten Händen alles Nötige zur Befriedigung der Kenner zustande.

Es war ein sonniger Tag am Ende des April, Fenster und Türen waren geöffnet und eine köstliche Frühlingsluft wehte durch alle

Zimmer. Gegen zwölf Uhr mittags fiel es mir besonders auf, wie ungemein sonnig die Wohnung war, ja als ich näher zusah, bemerkte ich die auffallende Tatsache, daß das himmlische Gestirn sowohl in die Nord- als die Südfenster hineinglänzte. Diese beiden Sonnenscheine begegneten sich in der Mitte und brachten in dem breiten Gang, der die beiden Zimmer verband, strahlenden Glanz hervor. Als ich Hühnchen auf diese merkwürdige astronomische Tatsache aufmerksam machte, da leuchteten seine Augen ganz besonders und mit fast prahlerischem Ton begann er: »Ja, mein lieber Freund, diesen neuen Vorzug dieser merkwürdigen Wohnung kanntest du noch gar nicht. Was wir zuerst als ein Unglück beklagten, hat eitel Vorteil mit sich gebracht, denn einem Glücksvogel wie mir müssen alle Dinge zum Besten dienen.«

Dann deutete er aus den Nordfenstern auf die blinkenden Spiegelscheiben einer großen Mietkaserne, die dort vor kurzem erst aus dem Boden gewachsen war, und fuhr fort: »Du weißt doch, welches Vergnügen wir früher immer an der Aussicht aus diesen Fenstern hatten, als dort noch das kleine ländliche Haus stand. In dem eingezäunten Hofraum trieb sich ein stattlicher Hahn mit seinen Hühnern herum, dort watschelten Enten und im Herbst auch Gänse, ja zuweilen ließen sich dort veritable Schweine sehen, die sich stilgemäß in Pfützen wälzten. Wir hatten dort eben immer eine echt ländliche und höchst anheimelnde Aussicht. Nun kriegen die Leute hier aber im vorigen Jahr das Bauen und stellen dort eine himmelhohe Kaserne hin mit Karyatiden und Balkons und Obst und Südfrüchten. Die Aussicht ist fort und unser Nordzimmer sollte, wie wir meinten, noch dunkler werden, als es schon war. Aber was geschieht? Ganz das Gegenteil, wie du siehst. Denn nun spiegelt sich die Sonne dort in den großen Scheiben und wir haben sie von beiden Seiten, daß wir uns in ihrem Schein baden können. Eine förmliche Sonnendusche haben wir jetzt. Mich dünkt, die Wohnung hat unermeßlich gewonnen dadurch. Und noch eins, Teuerster. Die Grundstücke hier in der Gegend sind durch die eingetretene Bausucht gewaltig im Preis gestiegen. Gestern war ein Bauunternehmer bei mir mit einem Burgundergesicht und drei Unterkinnen. Sein glattes Bäuchlein erschien mir wie ein Grabhügel von vielen Austern, Fasanen und Gänseleberpasteten und war geziert mit einer goldenen Uhrkette im Wert eines kleinen Bauerngutes. Er wollte mir mein Grundstück abkaufen und bot schließlich sechsmal mehr als es mich, den Neubau mit eingerechnet, im ganzen gekostet hat. Einstweilen habe ich der Versuchung widerstanden, obwohl er sagte: ›Gott, was wollen Sie? Für das, was ich Ihnen zahle, bau'n Sie sich in 'ner anderen Gegend wieder an und da können Sie eine Villa haben. Was haben Sie hier? Niedrige Räume, kleine Löcher. Ziehen Sie weiter hinaus auf das neue Villenterrain, da können Sie für das Geld, was ich Ihnen zahle, große Räume haben und alle Zimmer mit Schtuck so viel Sie wollen. Hier haben Sie keinen Schtuck und Schtuck wünscht man doch jetzt allgemein. Und Sie können haben auf dem Flur die Wände von Schtuckmarmor und können haben Butzenscheiben und alles altdeutsch in der schönsten Renaissance und mit *Cuivre poli.* Oder wollen Sie nicht Renaissance, so können Sie's haben in Gotisch oder Rokoko oder was Sie wollen, unsere Baumeister bauen Ihnen in jedem Geschmack.‹

Aber ich blieb fest und zuletzt sockte er zornig ab. Das aber muß ich dir sagen: diesen Boden betritt jetzt mit Achtung, denn du wandelst auf Gold.« Und Hühnchen ging mit Storchenschritten, wie zwischen Eiern, im Sonnenschein herum, der ihn von beiden Seiten beleuchtete, und lachte und glänzte selber wie die Sonne.

Wie es möglich werden sollte, Polterabend und Hochzeit in den beschränkten Räumen des Hühnchenschen Hauses stattfinden zu lassen, war mir unerfindlich, allein mein zukünftiger Schwiegervater hatte sich nun einmal darauf versessen und seinem Genie mußte es überlassen werden, diese Frage zu lösen. »Einer Hochzeit in einem Gasthaus fehlt jegliche Weihe«, sagte er. »Das ist ein Geschäft, aber kein Fest. Wir laden so viele ein, wie hineingehen in die Bude, und dann soll's fidel werden. Was, alter Freund und Schwiegersohn? Und unser Freund Bornemann soll uns eine Maibowle ansetzen. Das zu sehen ist allein schon ein Festgenuß, wenn er wie ein Hoherpriester seines Amtes waltet. Die Zutaten besorgt er selber aus den geheimnisvollsten und besten Quellen, die nur Gott und ihm bekannt sind.«

Auch die Gäste von auswärts sollten im Hause untergebracht werden. Das war nun allerdings so schlimm nicht, denn außer meiner Mutter erwarteten wir nur noch Herrn Nebendahl, einen Onkel von Hühnchen, der in Mecklenburg ein Pachtgut hatte. Da nun die Zimmer oben, die ich bewohnt hatte, leer standen, so machte dies weiter keine Schwierigkeiten.

Unterdes hatte unsere neue Wohnung in der Frobenstraße sich
allmählich gefüllt, es duftete dort nach Lack, Politur und frischen
Polstermöbeln, und alles sah unbeschreiblich neu und ungebraucht
aus. Auch die Küche war schon vollständig eingerichtet, an den
Wänden hingen Löffel, Kellen, Siebe, Trichter und andere Gerätschaf-
ten, deren Gebrauch mir ein düsteres Geheimnis war. Blanke Messingkessel blitzten über dem Herd mit einem Mörser aus gleichem Stoff
um die Wette, und am Rand des Rauchfanges entlang hing eine Reihe
von Bunzlauer Töpfen: Papa, Mama und sieben Kinder, eins immer
kleiner als das andere. Auch auf den Brettern der Speisekammer war
allerlei Geschirr aufgestapelt, und stattliche Porzellantonnen waren
dort aufmarschiert mit schönen deutlichen Inschriften. Alles war da,
nur das Beste fehlte noch. Doch der Tag, der es bringen sollte, nahte
heran, ob auch die Zeit schneckengleich dahinkroch, und endlich war
der Polterabend da. Unsere auswärtigen Gäste waren eingetroffen,
meine Mutter, die von der Familie Hühnchen mit unvergleichlicher
Liebe und Ehrfurcht aufgenommen ward, und Herr Nebendahl, ein
stattlicher, wohlbeleibter Herr mit einem rotbraunen Gesicht, einer
Stimme, gleich der Posaune des Gerichts, und einer großen Neigung
zur Heiterkeit, die sich durch donnerndes Lachen kundtat und das
Haus in seinen Grundfesten erschütterte.

»Na, du hast dir ja 'n gelungenes Vogelbauer eingerichtet, Lebe-
recht«, sagte er, als er mit gewichtigen Schritten durch die kleinen
Zimmer wandelte wie ein Löwe durch einen Menageriekäfig, »und 'n
Garten is da ja auch. Den muß ich sehn.«

Hühnchen schmunzelte und steckte schnell einige Papiere zu sich,
die auf seinem Schreibtisch lagen. So etwas wie dieser Garten war
Herrn Nebendahl noch nicht vor Augen gekommen, und als er den
Kartoffelacker von vier Quadratmetern und alle die unglaublich winzigen Zwiebel-, Mohrrüben-, Erbsen-, Bohnen-, Kohl-, Sellerie- und
Erdbeerbeete sah, und als ihm nun gar die Bebauungspläne in ihren
verschiedenen Jahrgängen vorgelegt wurden, da schallte der Donner
seines Gelächters durch ganz Steglitz. »O du mein Schöpfer!« rief er,
»zu Haus hab' ich 'nicht paar Erdbeerbeete, die sind zusammen 'mal
so groß wie dieser ganze Garten. Un meine Frau hat 'n Karnaljenvogel
in so 'n klein Drahthaus, der kriegt jeden Tag sein Grün's, und wenn
ich den seh', Lebrecht, denn werd' ich von nu ab immer an dich und
dein Haus und deinen Garten denken!«

Als er nun das Kartoffelfeld näher ins Auge faßte, wo eben das grüne Kraut aus der Erde hervorgedrungen war, erwachte seine Lustigkeit aufs neue: »Junge, Junge«, sagte er, »wenn in 'n Herbst das Kartoffelracken losgeht, denn mußt du dir doch woll 'ne Hilfe annehmen, oder könnt ihr's allein zwingen? Die Kartoffeln stehn aber gut. Was ist es denn für 'ne Sorte?«

»*Magnum bonum*, länglich runde, nierenförmige«, antwortete Hühnchen schlagfertig. »Hier in diesem Garten werden nur edelste Sorten kultiviert und die Samen sind von einer berühmten Firma in Erfurt bezogen. Wenn du glaubst, daß diese Zwiebeln hier ganz gewöhnliche Wald- und Wiesenzwiebeln sind, da bist du sehr im Irrtum, ich darf sie dir vorstellen als die ›große runde, gelbe, feinschmeckende Zittauer Riesenzwiebel‹. Auch bei diesen Bohnen siehst du nichts Gewöhnliches vor dir, es ist die ›frühe, große, lange, extra breite, weiße Schlachtschwertbohne‹. Und wenn du glaubst, hier siehst du nur so Erbsen schlechthin, da bist du wieder betrogen. Nein, sie nennt sich ›große, weiße, frühe, krummschotige Säbelerbse‹. Hier erblickst du den sehr großen, zarten, gelben Non-plus-ultra-Salat, und dort, wo du noch nichts siehst, wird sich bald in ungeahnter Üppigkeit die ›längste, grüne Goliath-Schlangengurke‹ entfalten. Doch wenn du erst ahntest, was auf diesem Komposthaufen der Zukunft entgegenkeimt, da würde Ehrfurcht dein Herz erfüllen, denn dort ist angesät der ›Riesen-Melonen-Zentner-Kürbis‹, der gegen hundert Kilogramm – denke nur, zwei Zentner – schwer wird. Ich muß gestehen, vor diesem Gemüse habe ich einige Angst. Ich fürchte, er wird zu geräumig ausfallen für unseren Garten und eine erdrückende Wirkung ausüben.«

Herr Nebendahl hatte bei dieser ganzen Erklärung mit beiden Händen seinen Bauch gehalten, der wie von einem gewaltigen Erdbeben erschüttert ward – nun brach er endlich in ein donnerndes Gelächter aus. Als er sich endlich wieder erholt hatte, rief er: »Ne, Lebrecht, nu hör auf. Wenn das so weitergeht, denn werd' ich krank, das kann ja kein Deubel aushalten. Du bist der putzigste Kerl, der mir mein Lebtag vorgekommen is.«

Der Rabe Hoppdiquax in seinem vergitterten Kasten an der Hauswand hatte sich dieser neuen und geräuschvollen Erscheinung gegenüber bis dahin mäuschenstill verhalten und sie nur mit dem forschenden Blick des gewiegten Menschenkenners aufmerksam von der Seite betrachtet. Jetzt, da eine kleine Pause in der Unterhaltung eingetreten war, hielt er offenbar seine Zeit für gekommen, denn im tiefsten Baß sagte er plötzlich: »Da ist der Graf!«

Herr Nebendahl schrak zusammen: »Na, was is das?« rief er. »Sitzt da wer in dem Kasten. Was is das?«

Hoppdiquax hüpfte drei Schritte seitwärts, wodurch er mehr ins Licht kam, und indem er teils pfiffig, teils boshaft auf Nebendahl hinblickte, sagte er wie zur Erklärung: »Ein rätselhafter Vogel!« Denn diese Redensart, die von Hühnchen schon so oft auf ihn angewendet worden war, hatte er sich im Laufe der Jahre zu eigen gemacht.

Herr Nebendahl lachte nicht, wie es wohl sonst seine Gewohnheit bei so auffallenden und sonderbaren Ereignissen war, sondern ward ein wenig blaß und sah Hühnchen mit weit geöffneten Augen und gerunzelter Stirn an. »Du, Lebrecht«, sagte er, »das ist ja ein graugeliges Tier, da kann einem ja ganz Angst vor werden«.

»Quatschkopp!« rief Hoppdiquax mit ungeheurem Nachdruck, sträubte die Nackenfedern und hüpfte in die hinterste Ecke seines Kastens, wo er scheinbar in gewaltigem Zorn auf einen längst abgenagten Knochen loshackte.

»Ne, so was!« sagte Herr Nebendahl und ging ganz bedrückt mit Hühnchen wieder in das Haus zurück.

2. Polterabend

Am Abend dieses Tages füllten sich die Zimmer mit Gästen. Da kam der Major Puschel mit seiner Frau. Sie war köstlich in violette Seide gekleidet und klirrte und bimmelte von allerlei Schmuck, wenn sie sich bewegte. Er aber war in Uniform und strahlte festlich in militärischem Glanze unter all den gewöhnlichen Sterblichen. Da war Doktor Havelmüller mit dem Ausdruck freundlicher Wehmut, der ihn immer zierte, wenn er auch noch so sehr den Schalk im Nacken hatte, da war unser Freund Bornemann mit seinem bartlosen lächelnden Vollmondgesicht, den breiten Schultern und der üppigen Fülle sämtlicher Gliedmaßen. Er hatte sich mächtig in Wichs geworfen, seine Stiefel schossen glänzende Blitze und oben war er mindestens zu sieben Achteln Vorhemd. Wenn er so dastand, den *Chapeau claque* elegant gegen das Bein gestemmt, so sah er aus wie der aufgegangene Tag eines Gesandtschaftsattachés. Da war Onkel Nebendahl in seinem

Hochzeitsfrack, der leider dem leiblichen Wachstum seines Besitzers nicht gefolgt war und dessen Arme einzwängte, daß sie zwei stattlichen Mettwürsten glichen, während er vorn weit auseinanderklaffte und einer mit einer ungeheuren weißen Weste bedeckten imposanten Hügellandschaft Raum gab. Da waren außer anderen Freunden und Freundinnen des Hauses, deren Aufzählung zu weit führen würde, einige von Hans Hühnchens jüngeren Genossen, die sich entweder schüchtern in den Ecken herumdrückten oder sich, wie der junge angehende Kunstgelehrte Erwin Klövekorn, den Anschein gaben, als seien alle Genüsse dieser Welt bereits Schall und Rauch für sie, mit blasierter Miene an einem Türpfosten lehnten und in der Schnurrbartgegend an etwas Unsichtbarem drehten.

Von den jungen Mädchen, den Freundinnen Friedas, war noch nicht viel zu sehen, nur aus dem Zimmer, das ihnen als Garderobe diente, schallte Lachen und Gezwitscher, und zuweilen sah man dort ein phantastisch aufgeputztes Köpfchen hervorlugen, das aber, wenn es bemerkt ward, sofort kichernd wieder verschwand.

In dem größten Zimmer des Hauses, wo wir damals das Weihnachtsfest gefeiert hatten, war ein erhöhter Sitz für das Brautpaar gebaut und rings an den Wänden standen Stühle, so daß in der Mitte ein Raum für die Aufführungen frei blieb. Als dort die ganze Gesellschaft sich niedergelassen hatte, ergriff Hühnchen mit ungemeiner Wichtigkeit eine Tischglocke und läutete heftig. Auf dieses Regisseurzeichen öffnete sich die Tür und herein traten fast zugleich zwei hübsche Mädchen, die erste, eine blonde, war weiß gekleidet, die andere war schwarz von Haar und dunkelrot angetan. In den Händen trug jede eine flache runde Schachtel. Zum Verständnis des Folgenden muß ich einfügen, was ich bis jetzt schamhaft verschwiegen habe, daß nämlich schon vor einigen Jahren ein Bändchen Gedichte von mir unter dem Titel »Kornblumen« erschienen war, dessen Exemplare »zu scheußlichen Klumpen geballt« in dem Magazin des Verlegers ein unbegehrtes Dasein führten. Beide Mädchen betrachteten sich anscheinend mit Verwunderung und Eifersucht und die Schwarze begann:

S.

   »Woher des Wegs? Was bringst du dort getragen?

B.

S.

Ei, was du fragst! Dasselbe darf ich fragen!

Zeig' her! Was, eine Schachtel rund wie meine?
Was birgst du drin?

B.

Ei nun, was birgt die deine?

S.

Was Rundes!

B.

Nun, was Rundes hab' auch ich!

S.

Zu gleichem Zwecke kommst du sicherlich.
Das merk' ich wohl und brauche nicht zu fragen,
Denn einen Kranz bringst du wie ich getragen.

B.

Ich kam zuerst, und du mußt vor mir weichen!

S.

Auch meinen Kranz denk' ich zu überreichen!

B.

Der meine ist der schönste in der Welt!

S.

Und meinen kaufst du nicht um vieles Geld!

B. *(nimmt ihren Kranz hervor)*.

Der schönste Kranz von allen, die sich zeigen,
Er ist gefügt aus zarten Myrtenzweigen.
Das schönste ist ein hold errötend Haupt.
Am Hochzeitstage myrtenzweigumlaubt!

S.

Den ersten Kranz von allen, die wir kennen,
Muß ich des Lorbeers stolze Rundung nennen,
Den man dem Sieger auf die Stirne drückt,
Und dem Poeten, der die Welt entzückt.

B.

Verzehrend sind der Ruhmsucht wilde Flammen
Und nur die Liebe hält die Welt zusammen!

S.

Zusammen hält die Liebe wohl das Leben,
Doch einzig vorwärts bringet nur das Streben!

B.

    Laß uns nicht streiten. Jeder schätzt das Seine.

    Mein's gilt der Braut, dem Bräutigam das deine!

S. *(öffnet die Schachtel; verwundert)*.

    Welch seltsam Ding – fürwahr, was muß ich sehn?

    Verwunderliches ist allhier geschehn!

        (Zieht einen Kornblumenkranz hervor.)

    Was ich als grünen Lorbeer eingehandelt,

    In blaue Sterne hat es sich verwandelt.

    Die zarte Blume, die das Kornfeld schmückt,

    Sei statt des Lorbeers auf dein Haupt gedrückt.

B. *(zur Braut)*

    Dir reiche ich des Myrtenkranzes Rund,

    In dem du schließest den ersehnten Bund,

    Das Holdeste, das diese Erde hegt,

    Das Lieblichste, das eine Jungfrau trägt.

    Mag andern auch ein andrer Kranz gefallen,

    Er ist und bleibt der herrlichste von allen!«

So waren wir denn beide bekränzt zur großen Ergötzung der Zuschauer über diese neue Form der Überreichung des Brautkranzes, die, wie ich nachher erfuhr, von unserem Freund Havelmüller erdacht war.

Aber zum zweitenmal ertönte Hühnchens Glocke und herein schwebten singend und im Reigen sich drehend die vier Elemente in eigener Person. Auch diese sprachen nacheinander sinnige und freundliche Worte, indem sie zwischendurch immer wieder zu ihrem eigenen Gesang zierliche Reigentänze aufführten. Da war die Erde, ein Mädchen in grünem geblümten Gewand und einen Rosenkranz im schwarzen Haar tragend. Sie wolle uns nähren und kleiden und ihre besten Schätze für uns hergeben, sagte sie, und zum Zeichen dessen überreichte sie Brot und Salz in einem schönen Korb.

Dann kam das Wasser in blauem Gewand mit Wasserrosen geziert und versicherte uns, schon die alten Griechen hätten gesagt, es sei von allem das Beste. »Mit in guten Schuß Rum mang«, murmelte Onkel Nebendahl dazwischen. Aber da kam er schön an, denn nachdem das Wasser seine Vorzüge dargelegt hatte, förderte es allerlei spitzfindige Bemerkungen zutage über gewisse andere Getränke, durch die nicht allein verwerfliche Junggesellen, sondern auch leider junge und alte Ehemänner bewogen würden, ihre Nächte außer dem Haus zu verschwärmen, während die armen Frauen in Trübsal und Trauer zu Hause säßen. Als Aufmunterung zur Tugend überreichte es dann eine Wasserflasche mit zwei Gläsern.

Darauf meldete sich die Luft, weiß wie eine Sommerwolke und überall mit Schmetterlingen besetzt, die auch über dem hellblonden Haar sich schwankend wiegten. Sie hielt einen zierlichen, kleinen hygienischen Vortrag über den Nutzen der Ventilation und stieß dabei ein wenig mit der Szunge an, gleichsam als wolle sie das Ssäuseln des Szephyrs dadurch andeuten. Ihr Geschenk war ein Blasebalg.

Das Feuer ward dargestellt durch ein zierliches Persönchen in rotem Gewand und trug eine wirkliche brennende Flamme auf dem Haupte. Die niedliche junge Dame hatte, wohl durch den Charakter ihrer Rolle verführt, eine etwas heftige Art zu deklamieren an sich, rollte beträchtlich mit den hübschen braunen Augen, und in gemessenen Zwischenräumen flammte ihr rechter Arm wie von einem unsichtbaren Draht gezogen zum Himmel empor, wobei gewöhnlich auch die etwas zu sehr angestrengte Stimme in die zweite Etage hinaufschnappte. Sie sprach mit vielem Ausdruck von der heiligen Flamme des häuslichen Herdes und von dem Feuer der Liebe, das nie erlöschen solle und uns wärmen bis in die spätesten Tage. Dazu überreichte sie ein Feuerzeug in Gestalt eines bronzenen Amors mit einer Butte auf dem Rücken. Als sie geendet hatte, hörte ich einen Seufzer hinter mir, wo Hans Hühnchen an die Wand gelehnt stand, und als mein Blick ihn streifte, bemerkte ich, wie er das zierliche Mädchen mit den Augen verfolgte. Er machte mir den Eindruck, als sei er von diesem Feuer etwas angesengt.

Als die vier Elemente sich nun wieder im Reigen gedreht hatten und singend zur Tür hinausgezogen waren, sagte Onkel Nebendahl befriedigt: »Das war mal nüdlich. Das haben die kleinen Dirns nett gemacht.«

»Ja, sehr niedlich«, sagte der Major, »und erinnert mich merkwürdig an einen anderen Polterabendscherz auf der Hochzeit meines Kameraden Hauptmann von Beselow. Damals waren es aber die vier Temperamente. Da passierte eine sonderbare Geschichte, denn die junge Dame, die das Phlegma darstellte, blieb ganz elend stecken, ich sage Ihnen so furchtbar stecken, daß sie nicht aus noch ein konnte. Sie mußte wahrhaftig ihren Zettel aus der Tasche kriegen und alles ablesen. Sie war eine Gutsbesitzerstochter aus der Gegend von Thorn – heiratete später meinen Kameraden Leutnant Dempwolf. Der Schwiegervater kaufte ihnen ein Gut und dann bekamen sie dreizehn Kinder. Sind alle noch am Leben. Ja!«

Onkel Nebendahl, der an die pointelosen Geschichten des Majors noch nicht gewöhnt war, sah ihn erwartungsvoll an und fragte endlich, als weiter nichts kam: »Und?«

Der Major blickte mit den hellen Augen etwas verwundert auf ihn hin und drehte an seinem Schnurrbart: »Der älteste Sohn dient bereits als Einjähriger, ja«, sagte er dann, »beim zweiten Garderegiment. Ja!«

Nebendahl kratzte sich hinter den Ohren und versank in Nachdenken. Doch konnte er sich dem nicht lange hingeben, denn Hühnchens Glocke ertönte wieder, und während vom Klavier her die Melodie des Liedes ertönte: »Guter Mond, du gehst so stille durch die Abendwolken hin«, wandelte, in einen langen silberglänzenden Talar gekleidet, unser Freund Bornemann als Mond herein. Sein großes, rotes, gutmütiges Gesicht schaute aus einer mächtigen goldenen Scheibe hervor, wahrhaftig, das war ein Mond, so ähnlich wie er es nur ein konnte.

»Da kommt dein Freund!« sagte ich zu Frieda. Sie lächelte und sah mich glücklich an. Sie ward nämlich immer ein wenig geneckt mit ihrer Vorliebe für den Mond, und sagte gerne, wenn er so durch die Zweige der Gartenbäume auf sie hinblickte, sei es ihr, als schaue ein guter Freund auf sie. Dieses kleine Verhältnis war zwar ohne die übliche Sentimentalität, doch seit ihrer Kinderzeit schon hatte sie, wenn sie abends allein und unbelauscht am Fenster saß und das freundliche Gestirn zu ihr hereinsah, ihm all ihre kleinen Leiden und Freuden anvertraut. Das mußte nun Bornemann wohl bekannt sein, denn er stellte sich vor als Freund der Braut, der eigens herabgestiegen sei, um an diesem schönen Tage ihr seine Glückwünsche zu bringen. Er wisse wohl, daß er schon seit lange ihr erster und eigentlich auch ihr einziger Geliebter sei. Da sie nun aber eingesehen habe, daß seine himmlischen Berufsgeschäfte und seine Verpflichtungen gegen die Liebenden der ganzen Welt eine nähere Verbindung nicht zuließen, habe sie sich endlich unter den Menschen nach einem Ersatz umgesehen, und da sei alsbald ihre Wahl auf mich gefallen, einzig und allein um meines schönen Mondscheins willen, der sie zart und sinnig immer an ihren ersten liebsten Freund erinnere. (So ein Schuft! Wenn ich das nicht gleich geahnt hätte!) Er könne diese Wahl nur billigen, denn gestehen müsse er ja, ihm sei ein steter Wechsel eigen, bald sei er schwarz, bald eine schmale Sichel, bald zu-, bald abnehmend und nur selten zeige sich sein voller Glanz. Der von ihr erwählte Mondschein aber würde an Größe, Pracht und Schimmer im Laufe der Jahre immer nur zunehmen und eine dauernde Quelle ungetrübter Freuden für sie sein. Damit nun auch ich an der Beobachtung dieses vorzüglichen Wachstums und dieser steten Veredlung teilzunehmen vermöge, so überreiche er hiermit diesen feingeschliffenen und in Bronze gerahmten Spiegel. Dann schloß er:

>>Mein Schein ist Wechsel, deiner nicht,
Er strahlt in stets vermehrtem Licht
Und bleibt dir bis ans Ende treu!
Nun lebet wohl! – Ich werde neu!<<

Er machte plötzlich linksum kehrt und nun zeigte sich, daß seine ganze Hinterseite schwarz wie Pech war, nur auf dem breiten Rücken war ein sichelförmiger Mond mit Profilgesicht dargestellt, der mit zwei gewaltigen Händen eine ungeheuer >>lange Nase<< machte.

Der Donner des Gelächters auf meine Kosten war unbeschreiblich. >>Na, warte nur<<, dachte ich, >>du wandelndes Bierfaß, wenn einmal deine Stunde schlägt und du auf demselben Verwunderungsstuhl sitzest, dann soll meine Rache furchtbar sein!<<

Es würde zu weitläufig werden, wollte ich alles anführen, was an diesem denkwürdigen Abend von ernst- und scherzhaften Vorträgen noch dargebracht wurde und wieviel liebenswürdige Freundlichkeit sowohl als scherzhafte Bosheit wir noch auszustehen hatten.

Als dann nach Beendigung aller dieser Aufführungen die Gesellschaft in den beiden anderen kleinen Zimmern herumwimmelte, weil nun der Tisch zum Abendessen im >>Saal<< gedeckt wurde, kam Hühnchen sehr vergnügt zu mir und sagte: >>Du, willst du mal sehen, wie jetzt Bornemann als Oberpriester am Altar des Bacchus waltet? Es ist ein erhabener Anblick.<<

Er führte mich in die Küche und dort stand Bornemann in seinem silberglänzenden Talar und hatte seine goldene Mondesscheibe nun wie einen Heiligenschein aufgesetzt. Vor ihm befand sich ein riesiges mit Blumen bekränztes Gefäß in einer mächtigen mit Eis gefüllten

Schüssel. Hans Hühnchen entkorkte fortwährend Flaschen und reichte sie dem Meister zu, während ein anderer Jüngling ein großes mit Waldmeisterkraut gefülltes Sieb über die Bowle hielt. Nur war es bemerkenswert zu sehen, mit welcher Kennermiene Bornemann zuvor an jedem Kork roch, ehe er die Flasche verwendete. Wie er sie dann geschickt zwischen den Händen wirbelte, wodurch der Inhalt eine kreisende Bewegung erhielt und die Luft in der Mitte eindringen konnte, so daß der Wein in hohem Strahl ohne zu blubbern schnell aus der Flasche herausschoß und durch das mit Waldmeister gefüllte Sieb in die Bowle plätscherte. So ging es fort Flasche für Flasche, ohne Ende, wie es uns dünkte. Hühnchen wurde ganz ängstlich und sagte: »Bornemann, du denkst wohl an eine Herrengesellschaft, bedenke, es sind über die Hälfte Damen dabei.« Bornemann erwiderte mit dem Ton eines Mannes, der sich nicht in seine Angelegenheiten reden läßt: »Leberecht, das verstehst du nicht. Wenn ich eine Bowle ansetze, dann saufen die Menschen schrecklich, und es bekommt ihnen.«

»So«, sagte er dann, als Hans ihm die letzte Flasche aus dem Eis-kühler hingereicht hatte und nur noch zwei übrig waren, die abgeson-dert standen, »so«, sagte Bornemann, »Champagner ist nicht nötig, er ist nur für die Illusion und verfliegt bald, aber hier habe ich zwei Flaschen ganz alten Rauenthaler. Zu trinken ist er nicht mehr, weil er viel zu firn ist, aber er ist durch und durch Blume. Der wird diesem Getränk wohl tun.« Es war ein weihevoller Moment, als er den Inhalt dieser Flaschen dazu goß, und der Duft des edlen Weines sich mit dem gewürzigen Hauch des Waldmeisters mischte.

»So«, sagte Bornemann, »Zucker ist schon dran, nun kommt die letzte Weihe.« Er nahm aus einem Briefumschlag mit großer Feierlich-keit ein einziges Blatt der schwarzen Johannisbeere und hielt es am Stiel etwa dreißig Sekunden in die Flüssigkeit. »Es ist vielleicht ein Aberglaube«, sagte er, »aber so habe ich es von meinem Meister ge-lernt. Er schrieb diesem einen Blatt eine wahre Zauberkraft zu. Zwei würden alles verderben, sagte er. Ich kann diesen Glauben nicht ganz teilen, aber aus Pietät versäume ich es nie, denn ich habe gefunden, daß es nichts schadet.«

Nun war das große Werk beendet, Bornemann füllte ein Glas, hielt es mit nachdenklicher Miene gegen das Licht und probierte dann sorgfältig. Er stand eine Weile mit gerunzelter Stirn und sah, wie in tiefste geistige Arbeit versunken, starr vor sich hin, während er die

Lippen langsam kostend bewegte. Sodann nickte er befriedigt und schlurfte langsam den Rest des Getränkes. Seine Züge erhellten sich auf sein glattes rotes Gesicht leuchtete in verklärtem Schimmer. »Es stimmt!« sagte er, indem er Hühnchen das aufs neue gefüllte Glas darreichte. Als dann die beiden jungen Leute unter der Anleitung ihres Chefs das mächtige Gefäß keuchend in den Festsaal schleppten, kehrten wir beiden zu der Gesellschaft zurück. Unterwegs sagte Hühnchen geheimnisvoll zu mir: »Du, ich fürchte, diese Bowle wird ein schauderhaftes Loch in den Gemeindesäckel reißen. Aber es schadet nichts, wir wandeln ja auf Gold.« Und damit machte er wieder ein paar von seinen komisch vorsichtigen Storchschritten und strahlte vor Vergnügen.

Allgemeines Behagen herrschte dann bald an der mit allerlei Salaten und kalten Schüsseln besetzten Tafel und großes Lob ward auch hier Bornemann und seinem mit Blumen bekränzten Werk gespendet. »Ne feine Bool«, sagte Nebendahl, »den Rezept möcht' ich woll haben.« Bornemann verbeugte sich darauf, etwa wie Goethe, wenn man seinen Faust lobte.

Allmählich ward die Stimmung der Gesellschaft lebhafter, die Wogen der verschiedenartigsten durcheinandergehenden Gespräche erzeugten eine Art Brandung, über der wie Schaum das helle Gelächter der jungen Mädchen schwebte. Hans Hühnchen hatte glücklich einen Platz neben dem »Feuer« erwischt und war von einer hinsterbenden Zuvorkommenheit gegen das junge Mädchen. Herr Erwin Klövekorn entäußerte sich seiner jungen Kunstweisheit gegen das »Wasser« mit großer Zungengeläufigkeit. Er hatte das »Cinquecento« vor, war eben bei den »Eklektikern« angelangt und belehrte seine junge Nachbarin über die verschiedenen Carraccis und wodurch sich Lodovico Carracci von Agostino Carracci und dieser wieder von Annibale Carracci unterscheide und daß mit Antonio Marziale Carracci und Francesco Carracci nicht viel los sei, und daß diese Künstlerfamilie in moderner Zeit nur mit den Meyerheims verglichen werden könne, die in ähnlich unheimlicher Weise sich vermehrt hätten und mit demselben Erfolg, ewig miteinander verwechselt zu werden. Der jungen Dame waren die Carraccis zwar so gleichgültig wie die Spektralanalyse oder wie die Philosophie des Unbewußten, allein sie hörte aufmerksam zu, denn nichts geht über die Bildung.

Die Frau Majorin belehrte meine Mutter über Hofgeschichten mit jener innigen Kammerzofenfreude kleinlich angelegter Naturen an den Schwächen hochgestellter Leute, der Major erzählte dem geduldig lächelnden Bornemann endlose Geschichten ohne Pointe, und Hühnchen ward vom Onkel Nebendahl über den großen Nutzen der Stallfütterung und die unglaubliche Wirkung des Guanos unterrichtet, während Doktor Havelmüller Frau Lore etwas vorschwärmte von seinem neuerworbenen Waldgrundstück in Tegel mit den einundvierzig numerierten Bäumen, und andere wieder andere Gespräche führten. Es war sonderbar, wie die Bruchstücke aus allen diesen Unterhaltungen durcheinanderwirbelten:

»O ich kann sehr boshaft sein«, sagte das »Feuer« mit einer übermütigen Miene.

»Unmöglich!« flötete Hans Hühnchen.

»Die Eklektiker«, dozierte Klövekorn, »wollten die Vorzüge der großen Maler, ihrer Vorgänger, miteinander verbinden, es gelang ihnen aber nicht«. – »Aber was das für 'n feinen Dung gibt, Lebrecht«, donnerte Nebendahl, »das glaubst du gar nich, nichts geht verloren.« – »Denken Sie sich«, tönte nun die scharfe Stimme der Majorin, »sie legt Schminke auf – so dick!« – »Guano wirkt aber noch dausendmal besser, Lebrecht.« rief Nebendahl wieder. – »Da sagte der Kerl Puschel zu mir«, krähte der Major, »einfach Puschel und kannte meinen Titel doch ganz gut. Einfach unverschämt! Was?« –

So rauschte die Brandung des Gespräches weiter, bis endlich Bornemann die ewigen pointelosen Geschichten des Majors sattkriegte und verkündete, er wolle nun auch einmal etwas erzählen, und zwar die schöne Geschichte von der Peitsche.

Da zufällig eine Pause in all den vielen Gesprächen eingetreten war, so begann Bornemann unter allgemeiner Aufmerksamkeit: »Der Bauer Stövesand fuhr in die Stadt, um ein paar Säcke Kartoffeln abzuliefern, und führte dabei zum erstenmal seine wunderschöne neue Peitsche. Es war eine herrliche Peitsche, den Stiel hatte er selber aus Knirk geflochten und die beste Schnur dazu gekauft, die zu haben war. Sie lag so schön und leicht in der Hand, und knallen konnte man damit wie mit einer Pistole. Eine bessere Peitsche, meinte der Bauer, könne auch des Großherzogs Kutscher nicht haben. Als er nun in der Stadt seine Kartoffeln abgeliefert hatte, regte sich der Hunger, und er fuhr zum Bäcker und kaufte sich eine schöne große Semmel.

Er holte die weiche Krume mit dem Finger hervor und verzehrte sie, und als er dann bei dem Kaufmann angelangt war, wo er gewöhnlich einkehrte, ließ er sich die Semmel mit Sirup füllen, kaufte sich einen gesalzenen Hering dazu und hielt eine leckerhafte Mahlzeit. Dazu trank er ein Gläschen ›Mulderjahn‹, eine Sorte von Malaga, die der Kaufmann selber aus Schnaps, Wasser, Sirup und Rosinenstengeln kunstreich herstellte und für ein Billiges an seine Kunden abließ. Nachdem er sich so köstlich erquickt hatte, begann er an die Besorgung seiner Geschäfte zu denken. Er fuhr zum Posamentier Spieseke und kaufte für seine Frau zwei Dutzend Haken und Ösen und drei Ellen Schnur, dann zum Schnittwarenhändler Abraham, woselbst er fünf Ellen roten Flanell einhandelte, darauf zum Zigarrenfabrikanten Michelsen und erstand sich dort drei Pfund Schiffertabak von dem besten, das Pfund zu dreißig Pfennigen, denn in dieser Hinsicht war er ein Leckermaul. Hierauf hielt sein Gefährt vor dem Hause des Böttchers Maaß, weil ein neuer Milcheimer nötig war, und zuletzt fuhr er zur Apotheke, woselbst er für einen Groschen Mückenfett verlangte, das gut ist gegen das Reißen, und ganz ungemein wenig Schweineschmalz in einem winzigen Döschen erhielt. Da er nun aber nach dem ungewässerten Hering einigen Durst verspürte, so kehrte er noch einmal bei dem Gastwirt Kaping am Ziegenmarkt ein, trank einen Krug ›Lüttjedünn‹ nebst einem Gläschen ›blauen Zwirn‹ dazu und machte sich dann vergnügt auf den Rückweg. Er war schon längst aus dem Tor und bei der nächsten Ortschaft angelangt, als ein infamer Dorfkläffer den Pferden zwischen die Beine fuhr und die Tiere fast scheu machte. Der Bauer Stövesand wollte nach seiner Peitsche greifen, aber siehe da, seine schöne neue Peitsche war fort. Er mußte sie in der Stadt irgendwo haben stehen lassen. Auf der Stelle wendete er um und fuhr zurück, denn seine schöne Peitsche wollte er nicht im Stich lassen. An dem Ort, wo er die Kartoffeln abgeliefert hatte, fand er sie nicht vor, auch der Bäcker wußte nichts von ihr. Beim Kaufmann suchte man sie vergebens und auch bei dem Posamentier war sie nicht zu finden. Der Schnittwarenhändler Abraham bedauerte sehr, und der Zigarrenhändler Michelsen desgleichen. Die Hoffnung des Bauern ward immer geringer, denn auch der Böttcher Maaß wußte nichts von der Peitsche. Endlich kam er zur Apotheke, und kaum war er in den Laden getreten, da – wie merkwürdig – da stand die Peitsche. In der Ecke am Fenster bei dem Rezeptiertisch. Er sah sie gleich auf den ersten Blick. Ja!«

Als nun Bornemann schwieg und sich mit einer Miene, die deutlich sagte, daß seine Geschichte zu Ende sei und er den Tribut des Beifalls erwarte, in den Stuhl zurücklehnte, da erhob sich ein halb unterdrücktes Murmeln und Gekicher, denn alle, die den Major und seine Geschichten ohne Pointe kannten, verstanden die kleine Satire. Dieser aber selbst sah den Erzähler groß an und fragte verwundert: »Aus?«

»Jawohl«, sagte Bornemann, »ganz aus.«

»So, so?« sagte der Major, »aber da muß ich offen gestehen, die Pointe dieser Geschichte ist mir entgangen ... Vollständig entgangen. Ja!«

Dem vulkanischen Heiterkeitsausbruch, der nun folgte, saß der Major ratlos gegenüber und ebenso Nebendahl. »Ich weiß gar nich«, sagte dieser, »was die so furchtbar lachen über die alte dumme Geschicht'. Sie hat ja gar kein' Sinn nich. Un wenn man denkt, nu kommt's, denn is sie aus.«

Hühnchen, in der Furcht, es könne hierdurch eine Mißstimmung in die Gesellschaft kommen, legte sich ins Mittel und sagte: »Hör mal, Bornemann, ich habe auch schon bessere Geschichten von dir gehört.« Dieser schien durch solch hartes Urteil gar nicht geknickt, sondern schmunzelte im Gegenteil sehr geschmeichelt. »Aber«, fuhr Hühnchen fort, indem er sich an Doktor Havelmüller wendete, »da wir nun mal beim Erzählen sind, lieber Emil, da mußt du mir heute abend einen großen Gefallen tun. Ich bitte dich um die Geschichte von der Wanze.«

Doktor Havelmüller sträubte sich, es sei eigentlich keine Geschichte für Damen, was diese natürlich erst recht neugierig machte, auch habe er sie lange nicht erzählt und fürchte, die kleine Geschichte, die auf das Wort gestellt sei, zu verderben. Allein alles half ihm nichts und obwohl die Frau Majorin bedenklich ihre lange Nase kräuste und ungemein steif aussah, begann er endlich:

»Am Ende meiner Studienzeit war ich einmal genötigt, mir eine neue Wohnung zu suchen. Ich hatte schon viele Zimmer vergeblich besichtigt, da kam ich endlich zu einer freundlichen sauberen Witwe, wo es mir ausnehmend gefiel. Ich ward bald mit ihr einig und tat zum Schluß eigentlich nur der Form wegen noch die Frage: ›Es sind doch keine Wanzen in der Wohnung?‹ – ›O, wie werden hier Wanzen sein!‹ sagte die alte Dame fast beleidigt. Das hat nun allerdings nicht viel zu sagen, denn wenn eine Wohnung auch so viel Wanzen hätte, als es Chinesen in China gibt, so würde eine Zimmervermieterin dies doch niemals zugeben, selbst wenn man sie auf die Folter spannte. Ich sagte also: ›Nun, das ist gut, denn in dem Augenblick, wo ich diese verhaßten Tiere spüre, ziehe ich sofort aus.‹ Dann gab ich meinen Mietstaler und die Sache war abgemacht.

Am ersten Abend, als ich eingezogen war, konnte ich nicht einschlafen. Ein fieberhafter Zustand überkam mich, und noch andere Symptome, die ich hier nicht näher schildern will, machten einen furchtbaren Verdacht in mir rege. Ich steckte Licht an, konnte aber nichts finden, und nachdem ich einen gewaltigen Schwur getan hatte, am nächsten Tag sofort wieder auszuziehen, schlief ich endlich spät nach Mitternacht ein. Am anderen Morgen, als ich finster brütend auf dem Sofa saß, brachte meine Wirtin den Kaffee und es schien mir, als ob sie mich mit sorgenvollen Blicken betrachte. ›Frau Mohnicke‹, rief ich, ›noch heute zieh' ich aus, hier sind Wanzen‹.

›O du mein Schöpfer‹, sagte die Frau, ›sein Sie doch nur nicht so hitzig, es ist ja nur eine!‹

Ich lachte höhnisch. ›Ja, Sie lachen‹, rief sie, ›aber es ist doch wahr. Lassen Sie sich nur erzählen. Ihr Vorgänger hatte in seiner letzten Wohnung so viel von diesen ekligen Tieren zu leiden, daß er eine kannibalische Wut auf sie kriegte. Er fing, so viel er konnte, lebendig und sperrte sie in eine Schachtel mit Insektenpulver, um sich an ihren Qualen zu weiden, wie er sagte. Aber was hatten diese Tiere zu tun? Sie fühlten sich ganz wohl in dem Insektenpulver und lebten vergnügt weiter. Als nun Ihr Vorgänger dort auszog, setzte er alle Wanzen wieder sauber in das Zimmer zurück, denn er hatte 'n rachsüchtiges Gemüt, und nur eine nahm er mit als Merkwürdigkeit und weil er sehen wollte, wie lange sie es in dem Insektenpulver wohl aushielten. Gleich den zweiten Tag zeigte er sie mir, und da sagte ich: ›Das hat nichts zu sagen‹, sagte er, ›es ist ein Bock‹. Dabei beruhigte ich mich denn, er aber trug seine Schachtel immer bei sich und zeigte das greuliche Tier allen Leuten, er hatte es ordentlich lieb gewonnen. Am letzten Tag, als er ausziehen wollte, war ein Freund bei ihm, der ihm packen half, und dem zeigte er auch gerade seinen Liebling, da zieht plötzlich draußen das zweite Garderegiment mit voller Musik vorbei. Die beiden jungen Leute liefen natürlich sofort ans Fenster, und als sie wieder zurückkamen, war die Wanze aus der offenen Schachtel ausgerutscht. Ich bin nun seitdem hinter ihr her gewesen mit Scheuern und Petroleum alle Tage, aber das muß eine von den ganz Geriebenen sein, denn wie Sie ja bemerkt haben, noch hat es nichts geholfen.‹

Diese verrückte Geschichte erheiterte und beruhigte mich soweit, daß ich beschloß, die Sache noch eine Weile mitanzusehen. Da die Blutgier dieses Geschöpfes nun einstweilen gestillt worden war, so ließ es mich eine Zeitlang in Ruhe, nur nach acht Tagen etwa machte es mir wieder eine böse Nacht, so daß ich am Morgen sehr verdrießlich aufwachte und mich mit finsteren Plänen trug. Da ich aber eine wichtige Arbeit vorhatte, die mich sehr ernstlich beschäftigte, so vergaß ich schnell diese kleine Unannehmlichkeit und stand bald in meine Berechnungen vertieft vor meinem Pult. Als ich dann in tiefes Nachdenken versunken durch das Zimmer schritt, blieb ich zufällig vor meiner großen Wandkarte von Europa stehen, auf der auch ein Stück von Afrika und Asien mit dargestellt war. Während ich nun in grübelndem Brüten auf die Karte hinstarrte, fiel es mir allmählich auf, daß in der Gegend von Palästina was krabbelte. Zuerst beachtete ich es nicht sehr, aber endlich kam doch der Gedanke bei mir zum Durchbruch: ›Was krabbelt denn da in der Gegend von Palästina?‹ Ich trat näher und sah mit Jauchzen, es war die Wanze. Sie saß ganz nahe beim Toten Meer. Ich nahm meine Feder hinter dem Ohr hervor und zielte mit der Spitze sorgfältig auf das stattliche Tier. Da aber erkannte es die Gefahr, stürzte sich eilends in das Jordantal und floh mit großer Geschwindigkeit gen Norden. Ich mit der Feder immer hinterher. Beim See Genezareth schien es, sie wolle auf Damaskus zu und in Syrien und Mesopotamien ihr Heil versuchen, allein sie änderte ihren Plan, rannte um den See herum und zwischen Libanon und Antilibanon hindurch bis zur Küste des Mittelländischen Meeres und an dieser entlang, bis sich ihr das Taurusgebirge in den Weg stellte. Aber das findige Tier nahm den Kurs wieder nach Norden zwischen Taurus und Antitaurus hindurch, gewann dann in westlicher Richtung die große Salzwüste und holte nun so mächtig aus, daß ich ihr mit meiner Feder kaum zu folgen vermochte. So rannte sie in einer Tour immer westwärts, bis sie in der Gegend von Hissalyk wieder die See erreichte. Hier irrte sie verzweiflungsvoll am Rand des Hellespontes hin und her. Allein sie wagte den Sprung über diese Meerenge nicht, wandte sich nun östlich, bürstete mit außerordentlicher Geschwindigkeit um das Marmarameer herum und erreichte auch glücklich etwas nördlich von Skutari den Bosporus. Die Verzweiflung gab ihr Riesenkräfte, sie setzte an und in gewaltigem Sprung erreichte sie glücklich das europäische Ufer. Von diesem Erfolg scheinbar frisch gestärkt, rannte sie in genau westlicher Richtung quer durch ganz Rumelien, und ihre Züge schienen mir von neuer Hoffnung frisch belebt. Doch meine Geduld war nun zu Ende, ich setzte ihr schärfer nach und endlich in Mazedonien, sieben geographische Meilen nördlich von Saloniki, kriegte ich sie gefaßt. Ich sage Ihnen, meine Herrschaften, ihr Blut – es war eigentlich mein Blut – spritzte über den Balkan hinweg bis nach Bukarest!«

Der größere Teil der Gesellschaft saß in einiger Erstarrung da über diese verdrehte Geschichte und wußte nicht, ob er lachen oder »au« sagen sollte, während nur Hühnchen und Bornemann an diesem barocken Humor eine unbändige Freude hatten.

Die Mahlzeit war unterdessen beendet und nun erschienen die vier Elemente wieder, die von Hühnchen mit einer neuen Aufgabe betraut worden waren. Die »Erde« bot die Zigarren herum, während die »Luft« ein Messer zum Abschneiden der Spitzen darreichte. Wenn die Herren sich nun bedient hatten, so ließ sich das »Feuer« zierlich auf ein Knie nieder und bot das auf seinem Kopf neu wieder entzündete Flämmchen zum Gebrauch dar. Da nun für das »Wasser« bei diesem Geschäft kein Posten übrig blieb, so ging es einfach mit und lächelte freundlich zu allem, was geschah. Dies machte Onkel Nebendahl ungeheuren Spaß. »Das is hier ja grad wie bei so 'n türk'schen Pascha!« sagte er. »Du hast auch zu putzige Einfälle, Lebrecht!«

Als nun aber die vier Elemente zu Hans Hühnchen kamen, sah ich, wie er in Verwirrung geriet, und in dem Augenblick, wo das »Feuer« vor ihm niederknien wollte, sprang er schnell empor und rief fast beschämt:»O das kann ich ja gar nicht verlangen!« und zündete sich, sehr rot im Gesicht, unter hastigem Paffen an dem stehenden »Feuer« die Zigarre an, während dieses die braunen Augen niederschlug und auch ein wenig anglomm, indes die übrigen drei Elemente schalkhaft dazu lächelten.

Die ganze Gesellschaft begab sich nun wieder in die anderen Zimmer, da die Tische fortgeräumt werden mußten, weil man im »Saal« tanzen wollte. Doch um mit der Beschreibung dieses lustigen Abends zu Ende zu kommen, will ich nur noch sagen, daß die nun folgende Polonäse alle Räume des Hauses sowie des Gartens ausnutzte, was allerdings nicht viel sagen wollte, daß meine Mutter mit Herrn Nebendahl unter allgemeinem Beifall einen langsamen Walzer prästierte und daß schließlich das Kunststück geübt wurde, in diesem engen Raum zwei Quadrillen auf einmal zur Ausführung zu bringen, die Onkel Nebendahl, der als junger Inspektor ein Hauptvortänzer gewesen war, in einem fabelhaft plattdeutsch angestrichenen Französisch kommandierte mit einer Stimme, daß die Wände zitterten. Diese Quadrillen boten einen Anblick, als hätte man beabsichtigt, die Verwirrung plastisch darzustellen. Ich sehe noch immer Hühnchen, der von der edlen Tanzkunst nur eine sehr geringe Ahnung hatte, wie er strahlend und hüpfend seine Kometenbahnen verfolgte und mit dem freundlichsten Lächeln von der Welt in die Nachbarquadrille geriet und überall zu sehen war, nur nicht dort, wo er sein sollte. Jedoch seine ungemein taktfeste Partnerin, die Frau Majorin, holte ihn mit säuerlichem Lächeln stets an einem Fittich wieder zurück und drehte ihn an seinen Ort, worüber er denn immer sehr dankbar und ungemein vergnügt war.

So ging denn dieser Abend unter allgemeiner Heiterkeit zu Ende.

3. Hochzeit

Die kirchliche Feier war vorüber und wir befanden uns wieder in den festlich geschmückten Räumen der Hühnchenschen Wohnung. Dreimal hatten wir Spießruten laufen müssen auf dem Weg zur Kirche. Einmal vor dem Hause, wo ein Haufen von Kindern, Dienstmädchen, alten Weibern und solchen Müßiggängern sich angesammelt hatte, die überall stehenbleiben, wo es was zu sehen gibt, sei es ein umgefallenes Droschkenpferd, die Durchfahrt eines Kahnes unter einer Brücke oder sonst irgend etwas. Das anderemal blühte uns dieses Glück vor der Kirche und dort schlugen einige Bemerkungen an mein Ohr, die ich nicht unterdrücken will, obwohl manches nicht schmeichelhaft für mich war.

»Ach so eenfach«, sagte ein aufgedonnertes Dienstmädchen. »Bloß Kaschmir!«

Dann wieder eine andere Stimme: »Vor zwee Jahr' is sie erst injesegnet. Mit meine Hulda zusammen.«

»Ach, so jung!« flötete bedauernd eine ältliche Jungfrau.

»Und nimmt so 'n Ollen!« krächzte eine scheußliche Megäre. Als wenn man nicht mit neununddreißig Jahren heutzutage noch geradezu ein Jüngling wäre.

In der Kirche selbst saßen nun außer den wenigen Leuten, die ein Interesse an der Familie Hühnchen nahmen, erst die wahren Kennerinnen, gewisse Stammgäste, die solchen Schauspielen eine nie erlöschende Teilnahme beweisen und keines versäumen. Aber die Heiligkeit des Ortes dämpfte ihre Stimme zu leisem Flüstern, so daß ihre gewiß tief einschneidenden Kritiken uns nicht vernehmlich wurden.

Die Trauung verlief ohne jeden Zwischenfall. An keinem Pfeiler des Hintergrundes stand ein bleicher junger Mann mit der tiefen Falte des Grams zwischen den Augenbrauen, keine verschleierte Dame brach auf dem Chor beim Ringewechsel ohnmächtig zusammen, kein gebräunter junger Mann, soeben aus fernen Weltteilen mit Schätzen reich beladen zurückgekehrt, trat zufällig in die Kirche und sah erbleichend und mit zusammengebissenen Zähnen, wie der Traum seiner Jugend einem anderen die Hand reichte, kein geheimer Kriminalschutzmann legte mir nach vollendeter Trauung die Hand auf die Schulter und sprach: »Mein Herr, ich verhafte Sie im Namen des Gesetzes«, nein, alles ging ungemein wenig romanhaft und so nüchtern zu, wie man es sich nur wünschen kann.

Die Hühnchensche Wohnung war festlich geschmückt mit Blumen, Girlanden und Grün, und Hühnchens größter Stolz war, daß alles aus seinem kleinen Garten stammte. »Zwar«, sagte er, »kann man nicht leugnen, daß dieser Garten zur Zeit ein etwas abgerupftes Aussehen hat, allein die unverwüstliche Schöpferkraft der Natur wird das alles schon wieder ersetzen.«

An der ebenfalls mit Blumen schön ausgezierten Tafel versammelte sich nun die Hochzeitsgesellschaft in ihrem höchsten Staat. Da war mir zur Seite Frieda in schimmerndem Weiß, mit dem langen, wallenden Schleier und dem zarten Myrtenkranz im Haar, demütig und schön, da war meine Mutter in perlgrauer Seide sehr stattlich anzuschauen, da war Herr Nebendahl, dessen weißes Westenvorgebirge heute noch erhabener schimmerte als gestern und dessen Frack von den ungewohnten Strapazen in allen Nähten krachte, da war der Major in äußerstem militärischem Glanze und seine Frau in Purpur und köstlicher Leinwand, wenn man ihr dunkelrotes, mit Spitzen besetztes Kleid also bezeichnen darf, da zeigten sich die Trauführer neben ihren in schimmerndes Weiß gekleideten Damen, Freund Bornemann, heut fast noch mehr Vorhemd als gestern, Herr Erwin Klövekorn, der zur Feier des Tages so blasiert aussah, als hätte er alle Freuden dieser Welt bereits in der Windel ausgekostet, und Hans Hühnchen, der von Liebesgöttern umspielt neben seiner Brautjungfer, dem »Feuer«, sitzend, seinen Platz mit keinem König getauscht hätte. Den Beschluß machten Doktor Havelmüller und Fräulein Dorette Langenberg, die mir einst von Hühnchen zugedachte Zukünftige. Ein Zug weltschmerzlicher Entsagung, der ihr sehr gut stand, hinderte sie nicht, gegen ihren Nachbarn alle Wasser der Unterhaltung spielen zu lassen.

Wir hatten noch nicht lange bei Tisch gesessen, als Hühnchen sich erhob und eine kleine Rede hielt: »Meine lieben Freunde«, sagte er, »man pflegt im Leben von Glückspilzen und Pechvögeln zu reden, das ist mir immer falsch erschienen, ich für meinen Teil bin immer geneigt gewesen: Pechpilz und Glücksvogel zu sagen. Einen solchen Glücksvogel seht ihr in mir. Denn mir ist alles geglückt, was ich mir vorgenommen habe, ja über meine Wünsche hinaus ist mir liebliche Erfüllung zuteil geworden. Meine Eltern waren zwar sehr arm, aber liebevoll und gut gegen mich, kann man wohl in der Kindheit ein besseres Glück finden? Sie ließen mich eine gute Bildung erwerben, ich konnte das Gymnasium besuchen, doch weiter reichten ihre Mittel nicht. Als ich mich später dann dem Maschinenbau zuwendete, da war es mein höchster Wunsch, auf einer technischen Hochschule mich weiter für meinen Beruf auszubilden, und auch dies ward mir nach Jahren fleißiger Arbeit endlich zuteil. Dort auf dem Polytechnikum zu Hannover fand ich einen Schatz, der seltener ist als mancher weiß und denkt. Dort erwarb ich mir einen Freund, einen Freund fürs Leben, einen solchen, bei dem

Verständnis zu Verständnis sich gesellt,
Und was in einem tönt, im andern klingt
Und wiederhallt.

Und was noch mehr ist, nicht lange darauf gewann ich noch einen größeren Schatz, ein liebes, getreues Weib, das ich nicht anstehe, eine Perle ihres Geschlechtes zu nennen.« Frau Lore ward rot wie eine Purpurrose, und Hühnchen fuhr fort: »Diese meine liebe Frau schenkte mir zwei blühende gesunde Kinder, die ich weiter nicht loben will, denn das würde mir als Vater nicht wohl anstehen. Aber ich darf wohl sagen, daß sie mein Glück, mein Stolz und meine Hoffnung sind. Auch in den geringeren Dingen hat mich das Glück begünstigt, meine lieben Freunde. Nur eines will ich anführen. Schon ein Traum meiner Jugend war es, einmal ein eigenes Häuschen zu besitzen und in der eigenen Gartenlaube mein Abendpfeifchen zu rauchen. Ihr Freunde, die ihr versammelt seid in diesen festlich geschmückten Räumen, ihr wißt es, wie bald auch dieser Wunsch meines Herzens in Erfüllung ging und wie lange schon ich mit Dankbarkeit dies kleine Stück unserer großen Mutter Erde mein eigen nenne und mit welcher Freude ich in meinem Gärtchen die Gaben entgegennehme, die mir die Natur aus ihrem unerschöpflichen Schoße Jahr für Jahr aufs neue spendet.

Aber die Ursache, weshalb ihr heute hier versammelt seid, liebe Freunde, stimmt mein Herz zu besonderer Dankbarkeit und gerührter Freude. Denn die Berechtigung, mich einen Glücksvogel zu nennen, darf ich auch wohl daraus ableiten, daß mir ein Glück gegeben ward, das nicht alltäglich ist in diesem Leben. Ich durfte die Hand meiner einzigen geliebten Tochter legen in die Hand jenes vorhin genannten Freundes, den ich kenne seit früher Jugend, den ich liebe, schätze und verehre, ich durfte es tun mit Zuversicht und freudigem Vertrauen. Das ist bis jetzt der Gipfel meines Glückes, und keinen besseren Wunsch glaube ich deshalb heute aussprechen zu können für meine lieben Kinder, als den: ›Seid glücklich, wie wir es bis jetzt gewesen sind. Seid glücklich, glücklich, glücklich!‹« Hühnchen schwieg eine Weile, da ihm die Stimme versagte, dann fügte er rasch und leise hinzu: »Und darauf wollen wir unsere Gläser leeren!«

Es war eine merkwürdige gedämpfte Stimmung, in die hinein nun die Gläser klangen, und in manchen Augen schimmerten Tränen, deren sich diesmal keiner zu schämen schien.

Doch diese Stimmung machte bald wieder allgemeiner Heiterkeit Platz, zumal als nach einiger Zeit der Major an sein Glas schlug und eine Rede begann, die voll von den merkwürdigsten Pointen war. »Meine sehr verehrten Herrschaften«, begann er, »als ich an dem vergangenen Fastnachtsdienstag von meinem Büro nach Hause kam, da fiel mir der Laden des bekannten Bäckermeisters Bredow in die Augen und da ich nicht wußte, ob meine Frau für diesen Abend bereits die obligaten Pfannkuchen besorgt hätte, so trat ich hinein und erstand mir eine Tüte voll von diesem in Berlin so außerordentlich beliebten Gebäck, ohne das man sich einen Silvester- oder Fastnachtsabend nicht wohl vorzustellen vermag. Als ich aber nach Hause kam, da hatte meine Frau bereits von dem berühmten Konditor Westphal ebenfalls eine Anzahl dieser festlichen Backwerke mitgebracht. Da wir nun dadurch in der Lage waren, Vergleiche anzustellen, so mußten wir konstatieren, daß die Pfannkuchen des Bäckermeisters Bredow nicht allein größer, sondern auch bedeutend besser und wohlschmeckender waren als die des berühmten Konditors Westphal. Ja! – Hieran anknüpfend möchte ich mir die Bemerkung erlauben, daß ich vermöge meiner gesellschaftlichen Stellung« – hier richtete sich die Frau Majorin noch gerader empor als sonst und ein Abglanz ihrer ebenfalls vornehmen Vergangenheit verklärte ihr Antlitz, wie der Abendsonnenschein eine Burgruine – »daß ich vermöge meiner gesellschaftlichen Stellung die Gelegenheit hatte, in adligen und hochangesehenen Kreisen zu verkehren. Ja! Aber ich muß konstatieren, daß es mir dort gegangen ist wie mit den Pfannkuchen, daß ich mich in allen diesen Kreisen nicht so wohl gefühlt habe als in dem, den der einfache bürgerliche Ingenieur, Herr Leberecht Hühnchen, um sich versammelt hat. Ja! – Apropos Ingenieur! Nicht von allen Vertretern dieser Berufsklasse kann man sagen, daß sie sich einer gleichen Geistes- und Herzensbildung erfreuen. Ich habe dabei einen jungen Menschen im Auge, der auf dem Büro, wo ich die Plankammer verwalte, wegen Mangel an Platz auf kurze Zeit zu mir hineingesetzt wurde in mein Zimmer, um dort zu arbeiten. Der junge Mensch hatte in Zürich studiert und war voll von umstürzlerischen Ideen, so daß, als wir binnen kurzem in ein politisches Gespräch gerieten, wir natürlich bald konstatierten, daß sich unsere Ansichten diametral gegenüberständen. Ich sage di-a-me-tral! Nun, das hätte nichts zu bedeuten gehabt, denn wenn ich die Meinung eines ehrlichen Gegners auch nicht teile, so kann ich sie doch achten, allein der junge Mensch ließ sich zu einer Bemerkung hinreißen, die mich förmlich in Erstarrung versetzte, so daß ich vorzog zu schweigen, weil die mir zuteil gewordene Erziehung es nicht zuließ, die Antwort zu geben, die allein am Platz war. Dieser ›Ingenieur‹ behauptete nämlich, daß es unter den Offizieren, besonders unter der älteren Generation, doch manche gebe, denen es an allgemeiner Bildung mangele. Ich war, wie gesagt, starr!

Aber als ich desselbigen Abends auf dem Sofa lag und las wie gewöhnlich, da fiel mir zufällig ein Roman in die Hände, der mir die richtige Antwort in den Mund legte, und am anderen Tag redete ich den jungen Menschen folgendermaßen an: ›Hören Sie mal, Herr Hannemann‹, sagte ich mit einem gewissen Nachdruck, ›es beliebte Ihnen gestern, einige inkrojable Bemerkungen fallen zu lassen über Offiziere und allgemeine Bildung. Darauf kann ich Ihnen nur erwidern, daß ich gestern abend zufällig einen Roman gelesen habe, in dem ein Ingenieur vorkam, der sich über alle Begriffe ungebildet und roh benahm. Ich sage Ihnen, er benahm sich sozusagen fast gemein. Sie sehen also, daß auch in Ihrem Stand die allgemeine Bildung nicht so durchweg verbreitet ist, wie Sie anzunehmen scheinen. Ja!‹ – Da war der junge Mensch, wie man so zu sagen pflegt, ›baff‹ und erwiderte kein Wort. – Aber meine verehrten Herrschaften, Sie werden fragen, warum ich diese Geschichte erzähle in einer Gesellschaft, in der, wie ich wohl weiß, sich drei Ingenieure befinden und einer, der es werden will. Ich erzähle sie, weil dieser junge, vorhin erwähnte Mensch eine der Ausnahmen bildet, die die Regel bestätigen, denn alle anderen Ingenieure, die ich sonst kennenlernte, erwiesen sich als liebenswürdige und fein gebildete Leute. Insbesondere unser hochverehrter Brautvater und Gastgeber, Herr Leberecht Hühnchen, der in so mancherlei Gebieten des Wissens zu Hause ist, gehört gewiß zu den seltenen Menschen, die keine Feinde haben und von allen geliebt werden, die sie kennen. Und was mich betrifft, so habe ich in den freundlichen Giebelzimmern dieses Hauses fröhliche und friedliche Jahre verlebt und mich am Verkehr mit dieser liebenswürdigen Familie erfreut, denn was Herr Leberecht Hühnchen in seiner vorigen Rede über seine Frau Gemahlin und seine Kinder zu äußern beliebte, das kann ich nur voll und ganz unterschreiben. Und was ferner mich betrifft, so bin ich diesem Hause ganz besonderen Dank schuldig, denn hier lernte ich meine jetzige hochverehrte Gattin kennen« – wieder fiel ein Strahl der Abendsonne auf die Burgruine – »ja, ohne das Haus Hühnchen wären meine sinkenden Tage wohl niemals von der Sonne ehelichen Glückes vergoldet worden.« Hier machte der Major eine Pause der Rührung, weil ihm diese letzte Redewendung wohl ganz besonders gelungen erschien, und fuhr dann fort: »Und so, getrieben von den Gefühlen der Dankbarkeit und der Verehrung, fordere ich Sie auf, hochgeschätzte Anwesende, mit mir auf das Wohl des Hauses Hühnchen ein Glas zu leeren. Es lebe hoch, dreimal hoch! Ja!«

Dieser Aufforderung kamen natürlich alle mit ganz besonderer Freude nach. Sodann nahm in dieser redelustigen Gesellschaft die endlose Reihe der Trinksprüche ihren Lauf, denn an diesem Nachmittag wurde alles leben gelassen, was nur leben zu lassen war, sogar der Rabe Hoppdiquax zu Nebendahls großer Entrüstung. Auch dieser brave Onkel hielt seine Rede und zwar eine solche, daß ihr wegen ihrer merkwürdigen Kürze und Schlagkraft allgemein der Preis zuerkannt wurde. Er klopfte mächtig an sein Glas und erhob sich dann feierlich. Sein weißes Vorgebirge strahlte über den Tisch hin, sein rotes Antlitz glänzte. Er hob langsam sein Glas in Augenhöhe, daß der bejahrte Hochzeitsfrack in allen Fugen krachte, und beschrieb damit unter verbindlichem Lächeln einen Bogen über den ganzen Tisch hin, wobei er mit jeder Dame gleichsam mit den Augen anstieß. Dann, indem er sein Glas schnell senkte und hob, wie man mit einer Flagge salutiert, donnerte er die einzigen zwei Wörter hervor: »Die Damen!!«

Gewaltiger Beifall und endloses Gläserklingen folgten dieser Rede. Hühnchen nannte sie »lapidar« und Bornemann »monumental«. Ja selbst auf Herrn Erwin Klövekorns Antlitz zeigte sich ein schwaches Lächeln, etwa wie wenn der Geist eines Nachtschmetterlings um eine welke Blume schwebt.

Onkel Nebendahl hatte diesen jungen Mann, der ihm gegenüber saß und seine Tischnachbarin mit lauter unverständlichen Dingen unterhielt, schon öfter prüfend ins Auge gefaßt. Nun redete er ihn endlich an: »Sagen Sie mal, Herr Klövekorn, was haben Sie eigentlich für ein Geschäft?«

Der junge Mann sah die Nase entlang und zog die Mundwinkel ein wenig nach unten, denn der Ausdruck »Geschäft« sagte ihm nicht zu. Dann antwortete er: »Ich habe mich dem Studium der Kunstwissenschaft ergeben.«

»Du meine Zeit«, sagte Nebendahl, »was heutzutag' auch alles studiert wird. Früher, da studierten die Leute Pastor oder Advokat, oder Schulmeister, oder Doktor, un damit war's aus. Nu aber wird alles mögliche studiert, schließlich wohl noch gar Nachtwächter. Der eine studiert Maschinenbauer, so als wie Hans Hühnchen zum Beispiel, der andere Zahnbrecher, der dritte sogar Landmann. Na, was bei so 'n ökonomisches Studium 'rauskommt, das seh' ich bei meinem Nachbar Schmeckpeper. Das führt immer erhabene Redensarten in 'n Munde von Agrikulturchemie un Superphosphat un Stickstoff un so was, wenn das aber seine Leute anstellen soll, denn laufen sie ihm durcheinander wie die Ameisen, wenn einer mit 'n Stock in ihren Haufen purrt. Un wenn das nach seinen Weizen einfährt, so is es ein Jammer. Also Kunstwisenschaft studieren Sie, Herr Klövekorn? Da kann ich mir gar nichts bei denken.«

»O Herr Nebendahl«, sagte der junge Mann, »das ist in neuerer Zeit eine Wissenschaft von so großer Ausdehnung geworden, daß einer sie nicht mehr beherrschen kann und eine Menge von Spezialisten entstanden ist. Da gibt es welche, die sich nur mit Raffael abgeben und mit dem, was diesen angeht. Ein anderer ist wieder der große Dürerkenner, ein dritter beschäftigt sich nur mit Rembrandt, ein vierter hat sich wieder auf einen bisher ganz unbeachteten Maler geworfen und macht ihn noch dreihundert Jahre nach seinem Tode berühmt, was er bei Lebzeiten gar nicht einmal gewesen ist. Ja denken Sie sich, vor einigen Jahren ist einer auf die Idee gekommen, hauptsächlich die Ohren und die Hände zu beachten auf den Bildern der alten Meister. Darüber hat er ein dickes Buch geschrieben voll von den wichtigsten Entdeckungen.«

»Also die alten Museumsbilder studieren Sie un was sie für Ohren un Snuten un Poten haben?« sagte Herr Nebendahl unter donnerndem Lachen, »das muß ja hundemäßig langweilig sein. Ich geh' ja ganz gern mal ins Museum, jedesmal, wenn ich nach Berlin komm', aber länger wie 'ne Stund' halt' ich's bei den alten Bildern nich aus. Schon von wegen dem süßlichen Geruch nich. 'n paar Bilder sind da, die mag ich woll leiden. Da is so 'n alter Herr mit 'ner Pelzmütz', der hat 'ne Nelke in der Hand, den seh' ich mir immer so lang an, bis ich graulich vor ihm werd', denn er wird immer lebendiger, je länger man ihn ansieht, un zuletzt denkt man, nu fängt er an zu reden. Dann is da so 'ne alte Hex' mit 'ne Eul' auf der Schulter, über die muß ich jedesmal bannig lachen, un denn sind da auch so 'n paar hübsche Dirns abgemalt, zwarst 'n bißchen kurz im Zeug, aber nüdlich zu sehen. Aber das muß ich sagen, es bleibt doch immer dasselbe, un auf die Dauer muß es doch höllisch langweilig werden. Un da erinner' ich mich besonders an einen nackten Menschen, auf den sie mit

130

Pfeilen schießen, daß er schon ganz gespickt ist – ich weiß nich, wie sie ihn nennen ...«

Hier fiel Bornemann plötzlich ein: »Wer stets gespickt und nie gebraten wird, heißt Sebastian, wer dagegen stets gebraten und nie gespickt wird, nennt sich Laurentius.«

»Schön also«, fuhr Nebendahl fort, »dieser Sebastian steht nun Jahr für Jahr in derselbigten Positur, immer wenn ich ihn wiedersah', un tut so, als wenn es ein liebliches Vergnügen wär', mit Pfeilen nach sich schießen zu lassen, un hat immer noch denselbigten Klacks Ölfarbe auf der Nas', über den ich mich schon vor zwanzig Jahren geärgert hab', denn da hat der Maler sich nach meiner Ansicht einfach vermalt. Es bleibt, wie gesagt, immer dasselbe. Da kommen Sie doch mal zu mir 'raus aufs Land. Ich bin nun doch schon Landmann seit fünfunddreißig Jahr', aber das kann ich Ihnen sagen: Ich hab' noch keinen Schlag Weizen gesehen, der ebenso ausgesehen hätt' wie der andere. Un wenn Sie denken, 'n Schaf is 'n Schaf, da sind Sie sehr im Irrtum. Da fragen Sie doch mal meinen Schäfer, der kennt alle seine achthundert Schafe persönlich an ihrer Physiognomie.«

Herr Erwin Klövekorn hatte, während Nebendahl seine schnurrigen Anschauungen über Kunst vorbrachte, nur etwas in seinen zukünftigen Bart gemurmelt, das beinahe klang wie »Idiotischer Banause«, nun aber zog er es vor, sich in erhabenes Schweigen zu hüllen und mit kränklichem Lächeln seinen Kneifer zu putzen. Herr Nebendahl aber war ins Feuer gekommen und fuhr fort: »Na, und überhaupt. Wie man das Leben in solcher großen Stadt wie Berlin auf die Dauer aushalten kann, das begreif' ich nich. Hier draußen geht's ja noch, un Lebrecht hat hier ja sogar seinen sogenannten Garten, worüber ich mich gestern halbtot gelacht hab'. Aber is es nich 'n Jammer, daß solch 'n Finzel Land 'n Garten vorstellen soll. Ich hab' heut schon zu Lebrechten gesagt, an seiner Stell' würd' ich mir nu auch noch 'ne kleine Landwirtschaft anlegen. 'n Stamm Hühner un 'ne Flucht Tauben könnt' er sich ganz gut halten, un an der Stell', wo das alte graugeliche unfruchtbare Rabenvieh in seinem Kasten sitzt, da würd' ich mir 'n kleinen nüdlichen Sweinskoben hinbauen. Da könnt' er sich alle Jahr sein Swein in fett machen und daran sein liebliches un nahrhaftes Vergnügen haben. Aber er will ja nich. Ich glaub', es is ihm nich poesievoll genug. – Na also, wie gesagt, hier draußen geht es ja am Ende noch, aber nu in Berlin selbst. Wenn ich da mitten in der Stadt wohnen sollt' in so 'n großen Häuserkasten, da bleibt mir die Luft weg, wenn ich da bloß an denk'. Un denn, was haben die Menschen auf der Straß' immer zu rennen un zu kribbeln wie die Ameisen. Immer als wenn 'n Theater, oder 'ne Kirch' oder 'ne Volksversammlung aus is, oder als ob's einerwo brennt. Un denn das ewige Gefahr'! Wissen Sie, wie mir das vorkommt, wenn ich da 'ne Zeitlang mitten in bin. Als wenn das all' eigentlich ganz überflüssig wär' un die Leute bloß all 'n Rapps hätten. Na, amüsieren kann man sich ja am End': ins Theater gehn, ins Konzert oder in 'n Tingeltangel oder in 'ne gute Restauratschon. Aber schließlich is es doch auch wieder immer alles dasselbe. Acht oder höchstens vierzehn Tag' halt' ich's woll aus, aber demm krieg' ich ein barbarisches Heimweh. Un denn kommt es mir vor, als wenn mein Konzert bei mir zu Haus dausendmal schöner is als alles, was sie da in Berlin zusammenfiedeln, tuten und streichen. Nämlich wenn ich mit meinem Nachbar Diederichs an so 'n schönen Juniabend vor der Haustür sitz' unter meinem großen alten Lindenbaum bei 'ner Zigarr' un 'ner guten Buddel Rotspon. In meinen Garten singen denn die Nachtigallen un ins Feld schlagen die Wachteln, welche ganz nah un welche ganz weit ab. Un aus der Wies' ruft mannigmal der Snartendart[1] und ganz weit vom Neumühler See her quarren die Frösch'. Sehen Sie, das is mein Konzert.«

Herr Klövekorn hatte unterdes seinen Kneifer fertig geputzt, setzte ihn wieder auf und sagte mit einem Ton nachlässiger Überlegenheit: »Ich denke mir doch die Beschäftigung mit der Landwirtschaft sehr monoton und geistig außerordentlich wenig anregend.«

Herr Nebendahl zog die Stirn kraus und ward noch röter als gewöhnlich: »Was sagen Sie da, junger Mann«, rief er, »na, hören Sie mal, da muß ich Ihnen zuerst eine kleine Geschicht' erzählen. Ich kam mal mit dem Weinhändler Friebe in ein Gespräch über sein Geschäft, und da nahm er sein Glas un witterte so mit der Nas' darüber hin un sagte: ›Wissen Sie‹, sagte er, ›beim Weinhändler ist die Nase die Hauptsache. Mir können Sie die Augen verbinden und halten Sie mir dann eine Rose vor, so sage ich, es ist eine Rose, und halten Sie mir ein Veilchen vor, so sage ich, es ist ein Veilchen, und halten Sie mir eine Nelke vor, so sage ich, es ist eine Nelke, und halten Sie mir alten Käse vor, so sage ich, es ist alter Käse. Glauben Sie ja nicht,

1 Wiesenralle oder Wachtelkönig. Crex pratensis

daß das jeder kann mit verbundenen Augen. Nun, wenn ich einen neuen Lehrling bekomme, so prüfe ich ihn zuerst. Finde ich dann, daß der junge Mensch keine Nase hat, so schreibe ich an seine Eltern: Lassen Sie den jungen Mann studieren, zum Weinhändler ist er zu dumm!‹ Sehen Sie, ganz so is es mit der Landwirtschaft, nur daß da noch 'n bißchen mehr zugehört. Studieren hilft da nich, un Nase auch nich, aber ein Schenie muß man sein. Un warum es leider Gotts weniger gute Landmänner gibt, als wir brauchen könnten in dieser Welt, das will ich Ihnen sagen. Das kommt davon, weil die Schenies überhaupt selten sind!«

Hühnchen, der fürchtete, diese Unterhaltung möchte in einen unerquicklichen Streit auslaufen, wollte schon wieder vermittelnd eingreifen, allein er wurde dessen enthoben, denn meine kleine Frau, die sich vor kurzem von meiner Seite geschlichen hatte, kehrte nun in einem zarten grauen Reisekleid zurück. Die Abenddämmerung war hereingebrochen, und vor der Haustür knallte der Kutscher des bestellten Wagens mit seiner Peitsche. Über den Abschied will ich schnell hinweggehen. Er war gerührt und feierlich, obwohl das Ziel unserer Reise nicht in der weiten Welt, sondern in der engen Nachbarschaft lag. Als wir dann endlich im Wagen saßen, waren Hühnchens letzte Worte, während er uns beide an den Händen hielt: »Seid glücklich, glücklich, glücklich!« Frau Lore stand daneben, hatte das andere Paar unserer Hände erfaßt und die Tränen liefen ihr unablässig die Wangen herab.

Die Hochzeitsreise

1. Hochzeitsreise nach Tegel

Ja nach Tegel ging unsere Hochzeitsreise und nicht weiter. Dort an dem Ort, wo wir uns damals gefunden hatten, wollten wir die ersten vierzehn Tage unserer Ehe verbringen, und zwar in einem Häuschen, das im Ort unter dem sonderbaren und wenig verlockenden Namen »die fröhliche Flunder« bekannt ist. Den Grund dieser Bezeichnung habe ich niemals entdecken können, und so schlagend sonst manchmal dergleichen Namensgebungen des Ortswitzes sind, so wenig zutreffend war mir diese immer erschienen. Die »fröhliche Flunder« ist ein niedliches Fachwerkhäuschen, das zwischen dem Wirtshaus »Seeschlößchen« und dem Eisenhammer liegt in einem kleinen noch erhaltenen Teil der Tegeler Gemeindeheide, die sich früher bis in diese Gegend erstreckte. Es steht sehr freundlich unter den sorglich geschonten Kiefern und zwischen diesen ist allerlei Gebüsch- und Blumenwerk angepflanzt. Von dem kleinen Haus steigt man auf einigen Terrassen zum Seeufer hinunter, wo das aus feuchtem Grund üppiger aufschießende Gebüsch über den leichten Zaun hinüberhängt, und überall an passenden Stellen sind lauschige Sitze oder trauliche Lauben angebracht, von denen aus man durch die Lücken im Buschwerk auf den schimmernden See, seine lieblichen Inseln und die in der Ferne bläulich dämmernden Waldufer hinblickt.

Der Weg von Steglitz nach Tegel beträgt in der Luftlinie gemessen schon zwei Meilen, und unsere Fahrt dauerte deshalb eine ziemliche Weile. Als wir dann endlich über Friedenau, Schöneberg und Berlin die langweilige Tegeler Chaussee erreicht hatten, da war es schon dunkel, der Mond goß sein Licht über die Welt und verzauberte die dürftige Kiefernheide in einen Märchenwald mit schwarzen, phantastischen Zacken, ließ die ärmlichen Häuser, die fast den ganzen Weg begleiten, mit freundlichem Schimmer aus der Finsternis leuchten und hob die staubige Chaussee wie einen silbernen Streifen hervor, so daß wir über die freundliche Verwandlung dieses sonst so häßlichen Weges fast in Verwunderung gerieten. Doch mochte auch wohl in unserem Innern etwas sein, das liebliche Verklärung über alle Dinge dieser Welt ausgoß.

Als wir nach zweistündiger Fahrt in Tegel anlangten und am Seeschlößchen vorüberkamen, da glaubte ich aus einer Laube des Wirtsgartens jemanden lauschen zu sehen, dessen Anwesenheit mich sehr verwunderte, da er bei unserer Abfahrt noch in Steglitz zugegen gewesen war. Ich hätte darauf schwören mögen, daß Doktor Havelmüller dort hervorschaute, als das Rasseln unseres Wagens vernehmlich ward. Möglich war es ja bei Benutzung der Stadtbahn und der Pferdebahn, unsere gemächlichen Mietsgäule zu überflügeln, aber welchen Zweck konnte dies haben? Doch ich zerbrach mir darüber nicht weiter den Kopf, zumal uns bald noch weitere Überraschungen begegneten. Wir fanden die Türe unseres kleinen Häuschens sehr schön mit Blumengewinden geschmückt, in denen farbige Lämpchen freundlich glühten. Auch das Hauptzimmer in der Mitte, das sich auf die Veranda nach der Seeseite zu öffnet, war hell erleuchtet, als hätten Heinzelmännchen ihr Werk getan, überall schimmerte es von Blumen, deren feine Glöckchen und Kelche sich gar zierlich im Glanz der Lichter abzeichneten, und Maiblumenduft durchhauchte alle Räume. Ja, noch eine größere Überraschung stand uns bevor, denn der Tisch vor dem Sofa zeigte sich mit einem schneeweißen Tuche gedeckt, das mit blauem Zierat schön gerändert war, und darauf stand in funkelnagelneuen, fein geblümten Porzellangeschirren ein Abendimbiß für zwei Personen. Der Teekessel summte, alles war bereit, doch keine Menschenseele ließ sich sehen, wahrhaftig, gerade wie in einem Märchen. Wir ließen uns diesen freundlichen Zauber gern gefallen und setzten uns in vergnüglicher Rührung an unser Tischlein-deck-dich. Aus dem Essen ist aber nicht viel geworden, wie man sich wohl denken kann. Wir traten bald hinaus auf die dunkle Veranda und sahen aneinandergelehnt, während wir uns umschlungen hielten, in die Nacht hinaus. Der Mond war hoch ins Blau gestiegen, durch die finsteren Kieferstämme schimmerte der See wie glattes Silber und traumhaft verschwommen lagen die Insel Hasselwerder und die gegenüberliegenden Waldufer in weißlichem Dunst. Ringsum war es still, nur vom Garten des Seeschlößchens her hörte man das Stimmengemurmel der wenigen Gäste und im Park des Eisenhammers sangen die Nachtigallen. Da wurden neue Töne vernehmlich, das taktmäßige Rucksen von Rudern und das Geplätscher des rückfließenden Wassers, und nach einer Weile glitt in den unbewegten Silberspiegel vor uns der schwarze Schattenriß eines Kahnes. Wir hörten, wie die Ruder eingezogen und an Bord genommen wurden, und bald lag das Fahrzeug, in dem dunkle Gestalten sich bewegten, regungslos da. Nach einer Weile ertönte von dort ein schöner vierstimmiger Gesang und nun wußte ich mit einemmal, daß ich vorhin recht gesehen hatte und wem wir alle diese kleinen Überraschungen zu danken hatten. Ja, etwas wie Rührung ergriff mich, denn was dort klang, war mein Lieblingslied, jenes Volkslied aus dem Bergischen mit der seltsam schönen Melodie, das Ludwig Erk in seiner bekannten Sammlung vorangestellt hat.

Verstohlen geht der Mond auf!
Blau, blau Blümelein!
Durch Silberwölkchen führt sein Lauf.
Rosen im Tal,
Mädel im Saal,
O schönste Rosa!

Er stieg die blaue Luft hindurch,
Blau, blau Blümelein!
Bis daß er schaut auf Löwenburg.
Rosen im Tal,
Mädel im Saal,
O schönste Rosa!

O schaue, Mond, durchs Fensterlein,
Blau, blau Blümelein!
Schön Trude lock mit deinem Schein!
Rosen im Tal,
Mädel im Saal,
O schönste Rosa!

Und siehst du mich, und siehst du sie,
Blau, blau Blümelein!
Zwei treure Herzen sahst du nie!
Rosen im Tal,
Mädel im Saal,
O schönste Rosa!

Nach Beendigung dieses Liedes setzte der Kahn sich wieder in Bewegung und fuhr langsam ein großes Stück weiter in den See hinaus. Aus dieser Ferne klang dann ein anderes Lied in lieblicher Weise über die silberne Flut zu uns her. Dann wieder nach längerer Stille schallte es noch einmal ganz fern aus der geheimnisvollen Monddämmerung wie der Gesang seliger Geister über den Wassern. Wir lauschten noch einige Zeit, doch nichts weiter mehr ward vernehmlich, nur der Gesang der Nachtigallen tönte lauter und sehnsuchtsvoller durch das Schweigen der mondhellen Nacht.

Für Tegel haben wir beide, meine Frau und ich, eine kleine Schwärmerei. Das kann man sich wohl denken, denn wir haben dort die lieblichsten Tage unseres Lebens verbracht. Und noch jetzt, da diese sonnigen Frühlingswochen längst entschwunden sind und wie eine freundliche Zauberinsel im Meer der Vergangenheit liegen, da gedenken wir oft an sie, und kein Frühling vergeht, daß wir nicht an einem schönen Tag uns nach Tegel aufmachten, um dort auf unseren eigenen Spuren zu wandeln und alle die idyllischen Orte wieder aufzusuchen. Denn eine Gegend, die an und für sich schon lieblich und voll Anmut ist, wird es doppelt, wenn freundliche Bilder der Erinnerung mit ihr verknüpft sind. Wir sehen uns dann wieder unter der herrlichen Eiche im Park, nicht der größten, aber der schönsten, die ich kenne, deren Äste so mächtig weit ausladen und bis in die höchste Spitze begrünt sind mit üppigem Efeu und deren Kuppel sich wölbt so gleichmäßig, wie die eines gewaltigen Domes. Wir gedenken dann jenes Maimorgens, als wir dort saßen, während die goldenen Schmetterlinge um uns spielten und die Vögel jubilierten, daß man es fast einen Lärm nennen konnte. Und wie die blanke frische Luft erfüllt war mit Sonnenschein, den würzigen Düften der jungen Blumen und Kräuter und lauter Sang und Klang, so war alles dies auch in unserem Innern. Wir sprachen nicht und saßen aneinandergelehnt still Hand in Hand und fühlten, daß wir ein Teil waren dieser unermeßlichen Frühlingswonne.

Ja überall grüßt uns liebliche Erinnerung, wenn wir diesen für uns geweihten Boden betreten. Schon am Eingang in den Park, wo die mächtigen Platanen, Ulmen und Silberpappeln aufragen und eine grüne kühle Dämmerung verbreiten. Wie oft haben wir gemeinsam aufgeschaut zu der gewaltigen Höhe ihrer Wipfel und sind dann wieder niedergetaucht in die Tiefe unserer Augen. Wie oft sind wir an dem kleinen sauberen Schlößchen vorbeigewandelt zu der Höhe, wo wir damals in der Mondnacht dem Gesang des Doktor Havelmüller lauschten, während die funkelnden Glühwürmchen unsere Häupter umspielten. Dort an der Stelle, wo wir uns damals gefunden hatten, ließen wir jetzt an den schönen Frühlingstagen die Blicke in der Ferne weiden, wo hinter grünen Wiesen und jungaufschießenden Rohrwäldern der blanke Spiegel des waldumdämmerten Sees blitzte und in der weiten Ferne aus bläulichem Duft die Türme von Spandau und die mächtige Kuppel von Westend emporstiegen. Doch immer kehrten die Blicke wieder zurück

In deiner Augen heimatliche Sterne.
aus aller Wunderferne

Wie oft wanderten wir durch den feierlichen Kreis der dunklen Fichten, die die Grabstätte der Familie Humboldt umrahmen, und weiter durch Feld, Wiese und Wald. Wie oft saßen wir am Fuß jener uralten mächtigen Kiefer am Ufer des Sees in ungestörter Einsamkeit. Nur ein Gartenlaubvogel sang zu unseren Häuptern, fern rief der Kuckuck und mit leisem Geplätscher schlugen die Wellen des leicht bewegten Sees an das Ufer.

Oft nahmen wir auch ein Boot und fuhren nach Hasselwerder, einem ganz mit Haselbüschen und anderen Sträuchern bewachsenen Eiland von länglicher Form und geringer Größe, gerade ausreichend, um sich dort ein Häuschen zu bauen und einen hübschen Garten anzulegen. Diese Insel betrachteten wir als die unserige, und obwohl wir keine Ahnung hatten, wie es geschehen sollte, und wir wußten, daß sie unverkäuflich war, so stand es uns doch ganz fest, daß wir uns dort einmal ansiedeln und uns sehr behaglich einrichten würden. Einstweilen beschäftigten wir uns im Geiste damit, sie zu bebauen und zu bepflanzen und sie mit allerlei Getier zu bevölkern. Damit konnten wir uns stundenlang beschäftigen und in großen Eifer dabei geraten. Ja, diesen aussichtslosen Projekten hatten wir sogar den ersten kleinen Streit unserer Ehe zu verdanken. Zwar, wo das Haus stehen und wie es beschaffen sein sollte, darüber waren wir uns einig, aber wegen des Gartens kamen wir aneinander. Ich wollte ihn zum größten Teil durch Anpflanzung von dichtem Buschwerk, wie Weißdorn, Schlehen, wilden Rosen, Liguster, Teufelszwirn, Holunder und derglei-

chen, in ein Vogelparadies verwandeln, in Sonderheit den von Rohr-
wald umgebenen Teil der Insel nahm ich in ganzer Ausdehnung für
meine Pläne in Anspruch, während Frieda ihn durchaus zur Hälfte
mit zum Gemüsegarten ziehen wollte, denn in dem kleinen väterlichen
Anwesen hatte sie viel Neigung zu solchen Dingen gewonnen. Umsonst
entwarf ich verlockende Schilderungen von dem entzückenden Gewirr
der Vogelgesänge, das dort im Frühjahr herrschen würde, wenn
Rohrsänger, Grasmücken, Laubvögel, ja vielleicht sogar Nachtigallen
und Blaukehlchen dort miteinander wetteiferten, und welche Fülle
idyllischer Freuden uns erblühen würde aus der Beobachtung des
Familienlebens dieser zierlichen Geschöpfe, allein Frieda entwickelte
plötzlich einen eminent praktischen Sinn und wollte den größten Teil
dieser zukünftigen Poesie für die Prosa des Kopfsalates, der Mohrrüben
und Stangenbohnen geopfert wissen.

»Bedenke doch«, so rief sie eifrig, »wir wohnen dann auf einer Insel
und das Mädchen kann nicht wie in Berlin um jede Handvoll Suppen-
grün nebenan in den Gemüsekeller hüpfen, nein, wir müssen unseren
notwendigsten Bedarf selber bauen und dazu brauche ich diesen Raum
ganz unbedingt.«

»Aber liebe Frieda«, rief ich, »soll ich denn die Erfüllung eines
Lieblingstraumes für ein paar Kohlrabiköpfe hingeben!«

»O«, sagte sie, lief hinzu und zog mit ihrem Sonnenschirm einen
energischen Strich in den Ufersand, »sieh doch nur, dir bleibt ja dieses
ganze große Stück. Da kannst du furchtbar viel Büsche pflanzen, du
mußt sie nur recht dicht aneinandersetzen. Und den ganzen Uferrand
bekommst du auch noch. Ringsherum um die ganze Insel. Bedenke
doch, du willst das Land doch nur für eine Spielerei haben, ich aber
gebrauche es für höchst nötige Dinge.«

»Spielerei?« wiederholte ich fast etwas unwillig, denn ich muß gestehen, daß auch ich nicht frei bin von der Schwäche der meisten
Männer, die stets geneigt sind, ihre Liebhabereien für geheiligte Dinge
zu halten.

»Ja«, sagte Frieda und vertiefte den Strich im Sande durch energisches Nachziehen, »ich kann es nicht anders nennen. Und ganz gewiß,
es geht nicht, es geht wirklich nicht. Hier mußt du nachgeben.« Und
damit sah sie mich fest an und suchte sich einen Anstrich von ent-
schlossener Energie zu geben, der zu ihren sanften Zügen gar nicht
passen wollte.

Ich war schon im Begriff, etwas Törichtes zu erwidern, als mir plötzlich, gerade noch im rechten Augenblick, die große Komik dieser Situation zum Bewußtsein kam, und daß wir im Begriff waren, uns um das Fell des Bären zu zanken, den wir noch gar nicht hatten und höchstwahrscheinlich auch nie im Leben bekommen würden. Diese Überlegung mußte sich wohl sehr deutlich auf meinem Gesicht abspiegeln, denn alsbald fing auch Frieda an zu lachen, wir eilten uns in die Arme und küßten uns und konnten uns lange Zeit nicht von einem stets erneuten Gelächter erholen.

»O wie schrecklich«, sagte Frieda dann, »wir hätten uns ja beinahe gezankt.«

»Und um Luft«, erwiderte ich.

»Aber recht hab' ich doch!« rief sie schnell.

Als ich sie dann etwas befremdet anblickte, lief sie rasch fort, zog an einer anderen Stelle einen kräftigen Strich in den Sand und sagte: »Weil du aber so vernünftig und brav gewesen bist, so sollst du alles haben, was du verlangst, und dieses Stück schenke ich dir noch dazu, du lieber Brummbär.«

Da aber wurden auch in mir die nobelsten Gefühle wach, wir suchten uns nun gegenseitig zu überbieten und unter fröhlichem Lachen und in den Regungen wetteifernden Edelmutes schwang dies erste winzige Steinchen, das in den klaren Spiegel unseres Glückes gefallen war, seine Kreise aus.

An demselben Nachmittag fuhren wir auch nach der Liebesinsel, jenem winzigen Eiland, wo wir im vorigen Jahr am Johannistag die höchst merkwürdigen Ausgrabungen vorgenommen hatten. Da das schöne Wetter erst seit kurzem eingetreten war, so hatte das Inselchen in diesem Jahre wahrscheinlich noch gar keinen Besuch von Berlinern gehabt und lag scheinbar noch ganz so unberührt da, wie es aus dem Schnee des Winters hervorgeblüht und gegrünt war. Auf dem Sand des Landungsplatzes war noch keine Fußspur abgedrückt, kein Hälmchen war geknickt und keine Blume gebrochen, wir konnten uns einbilden, das winzige Eiland sei eben zuerst von uns aufgefunden worden. Das taten wir denn auch und stellten sofort eine Entdeckungsreise an in das Innere, das nach etwa zehn Schritten auch glücklich erreicht wurde, und begannen nach echter Forscherweise alle bemerkenswerten Punkte mit Namen zu versehen. Den von einer Gebüschgruppe umgebenen einzigen Baum der Insel, den Hühnchen damals in liebenswürdiger Übertreibung ein Wäldchen genannt hatte, tauften wir »Leberechts Hain«, die kleine mit Blumen und jungem Gras bewachsene Landspitze »Kap Frieda« und die größte Erhöhung, die mindestens einen Meter über das Wasser und somit zweiunddreißig Meter über den Spiegel der Ostsee hervorragte, »Havelmüllers Höhe«. Der Landungsplatz aber wurde, eben weil dort gar keine Bucht vorhanden war, dem Major zu Ehren die »Pointenbucht« getauft, und so hatten wir bald »die Rollen ausgeteilt und alles wohl bestellt«, so daß wir uns nach dieser Arbeit auf eine kleine natürliche Rasenbank setzen und uns dem Genuß dieser freundlichen Einsamkeit hingeben konnten. Sonderbar war es, wie in den tiefen Frieden des spiegelglatten Sees, den kein Lüftchen bewegte und der im Kranze seiner besonnten Uferwälder in träumerischer Stille dalag, der mahnende Donner des Krieges und das emsige Gehämmer rastloser Arbeit hineintönte. Denn auf dem Schießplatz in der Jungfernheide donnerten unablässig die Kanonen, und wir fühlten deutlich die leise Erschütterung der Luft, die jeden dumpfen Knall begleitete. Vom Eisenhammer her aber schallte ganz aus der Ferne das Brummen der Ventilatoren und emsiges Gehämmer, während die Schornsteine dieser Fabrik sowohl als die der Wasserwerke hohe schwärzliche Rauchsäulen in die fast unbewegte Luft emporsendeten. Doch alles dieses schien uns hier so fern und ging uns ja gar nichts an, es trug nur dazu bei, die holde Abgeschiedenheit dieses kleinen Inselchens so nahe bei dem Brausen einer Riesenstadt und deren geschäftiger und geräuschvoller Umgegend noch mehr hervorzuheben.

Doch der Abend nahte, das ferne Gehämmer verstummte und die Kanonen schwiegen, so daß die herrschende Stille uns nun doppelt schweigsam erschien. Nur das liebliche Geschwätz der Dorngrasmücke, die auch in diesem Jahr wieder das Inselchen bewohnte, tönte aus dem Buschwerk und in fernen Rohrwäldern lärmten die Drosselrohrsänger. Die Sonne versank hinter dem Wald, und in der großen goldenen Glut, die ihr folgte, sah man zuweilen den Flügelblitz eines Vogels, der über die Wipfel dahinzog. Wir bestiegen nun wieder unser Boot, und während ich es im Rudertakt durch die immer rosiger sich färbende stille Flut dahintrieb, summte Frieda die holde Weise eines kleinen Liedes vor sich hin, das ihr durch die Stimmung dieses Abends wohl in den Sinn gekommen war:

»Sinkt der Tag in Abendgluten,
Schwimmt das Tal in Nebelfluten.
Guten Abend, guten Abend!

Heimlich aus der Himmelsferne
Blinken schon die goldnen Sterne.
Guten Abend, guten Abend!

Flieg zu Nest und schwimm zum Hafen!
Gute Nacht, die Welt will schlafen!
Gute Nacht, gute Nacht!«

2. Neugarten

Das Glück war uns günstig in diesen Wochen, wir hatten Tage, von
denen es heißt:

Blauer Himmel, sonn'ge Tage
Ziehn in goldner Pracht vorbei:
Ja, noch ist es keine Sage,
Was der Dichter singt vom Mai.

Ach, selten nur spendet sie dieser berühmte Monat, dann aber sind
sie so schön, daß man sie niemals wieder vergißt und sie seinen
zweifelhaft gewordenen Ruf auf lange wieder befestigten. Denn man
weiß nun doch wieder, dieser Monat kann herrlich sein, wenn er will,
doch leider will er nur allzu selten. Da wir nun aber ganz ungemein
viel Sonnenschein in uns selber trugen, so hätten wir so vieles Äußeren
gar nicht einmal bedurft, und als mal ein trüber Regentag dazwischen
fiel, da fanden wir auch diesen wundervoll. Wie behaglich war es da
auf der geschützten Veranda zu sitzen, während der Regen auf das
junge Laub trommelte, Blumen und Kräuter aromatischen Duft aus-
hauchten, und alles dankbar und erfolgreich die laue Feuchtigkeit
trank, so daß Wiesen und Bäume zusehends grüner wurden. Wie er-
freulich war es, unter sicherem Schutze hinzusehen auf das wimmelnde
Gehüpfe der Tropfen, die mit sanfter Musik auf die Fläche des Sees

niederrieselten und sie wie matt geschliffen erscheinen ließen, während die fernen Ufer und Inseln in feuchte Schleier gehüllt waren.

Am anderen Tag glänzte wieder heller Sonnenschein und die Welt erschien uns noch einmal so blank und strahlend wie vorher. Am Abend dieses letzten Tages unserer Anwesenheit geschah es, daß wir zum erstenmal unser Inkognito brachen und Herrn Doktor Havelmüller auf seinem neuen Grundstück besuchten. Denn hier wird es nun hohe Zeit einzufügen, daß wir uns eigentlich gar nicht in Tegel befanden, sondern am Rhein und in anderen schönen Gegenden. Mein Urlaub war mir erteilt worden zum Zweck meiner Verheiratung nebst anschließender Reise nach Kassel und an den Rhein, und nur die nächsten Freunde wußten, daß wir heimlich in Tegel steckten. Doktor Havelmüller, der in dieser Zeit täglich des Abends herüberkam, um in seinen beiden Gärten zu arbeiten, achtete unser Inkognito auf das strengste, und wir hatten uns bis jetzt kaum begrüßt. Jetzt aber, da mein Urlaub ablief und wir aus unserer behaglichen Zweisiedelei unter die Menschen zurückkehren mußten, beschlossen wir, uns zu erkennen zu geben und Doktor Havelmüller in »Neugarten«, wie er sein neues Grundstück nannte, zu besuchen. Er hatte nämlich schon im Anfang des vorigen Jahres gegenüber dem Park des Eisenhammers einen halben Morgen Kiefernheide gekauft und trug sich mit Plänen, dort ein Häuschen zu bauen. Da er sich jedoch durchaus nicht für irgendeinen Stil entscheiden konnte und fortwährend zwischen einem Tiroler oder Schwarzwälder oder sächsischen Bauernhaus, oder einer gotischen oder romanischen oder Renaissancevilla hin und her schwankte, dann auch den Kajütenstil der Schifferhäuser an der Ost- und Nordsee in Betracht zog, so hatte er sich einstweilen dort eine Erdhütte errichtet und den niedrig gelegenen Teil des Grundstückes in Gartenland verwandelt, während er den höheren, der mit einundvierzig wirklichen Kiefern geziert war, seiner »natürlichen Wildheit« überlassen hatte.

Als wir durch die kleine Pforte in den eingezäunten Raum traten, sahen wir den Doktor beschäftigt, wie er mit mächtigem Eifer Wasser pumpte, das durch blecherne Röhren in hölzerne Tonnen lief, die an verschiedenen Stellen in die Erde versenkt waren. Der Boden war sorglich umgegraben und in Beete geteilt, auf denen zum Teil ein freundliches Grün schimmerte. Im übrigen leuchteten sie in dem schönen weißlichen Gelb des unverfälschten märkischen Sandes. Als der Doktor uns bemerkte, hielt er die Hand über die Augen und sah eine Weile scheinbar befremdet auf uns hin. Dann ging etwas wie freudiges Wiedererkennen durch seine Züge. »Ha, willkommen!« rief er. »Schon zurück vom schönen Rhein? Willkommen in Neugarten!«

Wir lachten ein wenig über die schauspielerische Kunst, mit der er Überraschung heuchelte, da wir uns doch fast alle Tage von ferne gesehen hatten, und dann zeigte er uns die Wunder seiner neuen Besitzung. »Stoßt euch nicht, liebe Freunde, an dem weißlichen Aussehen dieses Bodens«, sagte er, »auf dem märkischen Sand wächst alles, was man verlangt, wenn er nur Dung und Wasser bekommt. Und außerdem ist es Urboden. Seit Menschengedenken war hier Kiefernheide, und es ist nicht anzunehmen, daß es früher anders gewesen ist. Ich bin der erste Mensch, der dieses Land den Zwecken höherer Kultur dienstbar macht. Infolgedessen sind hier im vorigen Jahr schon kannibalische Kartoffeln gewachsen.«

Dann führte er uns dem höhergelegenen Teil zu auf einem schmalen Steig, der an dem niedrigen Abhang empor ging.

Als ich nun hier den »Wald« musterte, fand ich, daß an allen Kiefern ein Stück der Rinde entfernt war und sie an dieser Stelle mit fortlaufenden Nummern gezeichnet waren. Auf meine Frage nach der Bedeutung dieses Verfahrens drehte Doktor Havelmüller wehmütig lächelnd seinen Kinnbart und sagte: »Ja, lieber Freund, es könnte doch einmal vorkommen, daß hier Holz gestohlen wird. Da wäre es mir doch sehr tröstlich, zu wissen, welche Nummer es gewesen ist.«

Wir hatten uns unterdes auf eine sehr ursprüngliche Bank gesetzt, die zwischen dem Park des Eisenhammers und dem der Wasserwerke hindurch eine Aussicht auf den im Sonnenlicht flimmernden See gewährte, und nun zog der Doktor ein in Halbleder gebundenes Buch hervor, schlug es auf und deutete mit einem gewissen Stolz auf seine erste Seite. Ich las: **Grundstück ›Neugarten‹ bei Tegel**. Seine Geschichte, Größe und Bedeutung, seine Bodenbeschaffenheit, seine Flora und Fauna nebst sonstigen Merkwürdigkeiten.«

»Liebe Freunde«, sagte Doktor Havelmüller, »als ich die Idee zu diesem Buche faßte, war ich so glücklich, als hätte ich den Stein der Weisen gefunden. Der Augenblick ist mir noch deutlich in der Erinnerung. Es war im vorigen Juni. Ich lag hier oben auf dem Rücken und schaute mit dem unvergleichlichen Gefühl, auf meinem eigenen Grund und Boden zu ruhen, durch die von der sinkenden Sonne rötlich angestrahlten Kiefernwipfel in das schöne Blau des unermeßlichen Weltraums. Es war ein idyllischer Abend, mein Buchfink, der in Kiefer Nummer 29 sein Nest hatte, sang unablässig, meine Goldammer – sie wohnte unter dem kleinen Dornbusch dort hinten in der Ecke – saß auf dem Zaun und zwirnte ihr einförmiges Lied, das zu vergleichen ist einem feinen Sonnenstrahl, der durch eine Blattlücke fällt, meine siebzehn Ameisenlöwen dort an dem Sandabhang brüllten ...« – »Brüllen die wirklich?« fragte Frieda plötzlich ganz unschuldig dazwischen. »Ungemein!« erwiderte Havelmüller mit eiserner Stirn, und fuhr dann fort: »Also meine Ameisenlöwen brüllten, meine Heuspringer wetzten, meine Fliegen summten, meine Schmetterlinge wiegten sich um meine Blumen und ich sonnte mich in dem wunderbar behaglichen Gefühl, das in dem Wort ›mein‹ liegt. ›Mein, so weit das Auge reicht‹, sagte ich stolz vor mich hin, und das durfte ich, denn man wird sich erinnern, daß ich auf dem Rücken lag. Um mich herum natürlich und auch unter mir hatte mein Grundstück seine Grenzen, in der Tiefe ging es nur bis zum Mittelpunkt der Erde, wo es in einen Punkt zusammenschwand. Das war jedoch der Punkt, wo auch alle Königreiche dieser Welt zu Null werden. Zog man aber von diesem Punkt aus Linien an die Grenzen meines halben Morgens und verlängerte sie bis in die Unendlichkeit, so war es klar, daß sich mein Grundstück kegelförmig in das Weltall hineinstreckte und immer größer und größer wurde, je weiter die Entfernung war. Der Rechenteufel fing an, mich zu plagen, ich nahm mein Taschenbuch hervor und ermittelte zunächst den Flächeninhalt meines Grundstückes, den es einnehmen würde in der Entfernung gleich der unserer Sonne.

›1300 Quadratmeter war es groß hier auf der Erde. Rechnete man nun die Entfernung der Sonne rund zu 24.000 Erdhalbmessern, so ergab sich nach dem Satz, daß der Flächeninhalt eines Kegelquerschnittes sich vergrößert mit dem Quadrat der Entfernung von der Spitze, also in Sonnenweite, folgender Inhalt:

24.000 x 24.000 x 1.300
748.800.000.000 Quadratmeter
oder 748.800 Quadratkilometer‹

Das sind über 200.000 Quadratkilometer mehr als die Größe von Deutschland. Was mache ich mir aus 200.000 Quadratkilometern bei solchem Reichtum? Weg damit! Wir nehmen also an, daß der Inhalt meines Grundstückes in Sonnenweite gleich dem Flächenraum von Deutschland ist. Erhabenes Gefühl, nicht wahr? Aber es kommt noch viel schrecklicher. Einer der uns am nächsten liegenden Fixsterne ist der Sirius, seine Entfernung von der Erde beträgt rund eine Million Sonnenweiten. Ergibt für mein Grundstück in der Entfernung des Sirius eine Größe gleich einer Billion Deutschländer. Eine Billion ist eine furchtbare, entsetzliche, grauenhafte Zahl, die mit zwölf Nullen geschrieben wird und deren Größe kein Mensch sich klar vorstellen kann, selbst der ewige Jude nicht. Weiter habe ich nicht mehr gerechnet, denn ich fühlte bereits, wie der Größenwahn an meinem Gehirn pickte.«

Hier unterbrach sich Doktor Havelmüller plötzlich und rief: »Sehen Sie dort den schlanken Vogel, rasch! Er hat eben die Luft über meinem Grundstück durchschnitten. Kennen Sie ihn?«

Ich folgte rasch seiner zeigenden Hand und sah eben noch, wie blitzschnell ein Sperber um die Waldecke bog. Ich nannte ihm den Vogel. »Schön«, sagte Havelmüller befriedigt, schlug sein Buch auf, unterstrich darin etwas und sah nach der Uhr. Dann sagte er: »*Astur nisus*, festgestellt am 30. Mai, abends 6 Uhr 7 Minuten.«

Darauf fuhr er fort: »Das war nämlich der Gedanke, der mich an jenem Tag so fröhlich stimmte und der sich einfand, nachdem ich jene ungeheuerliche Berechnung angestellt hatte. Ich sagte mir: Was willst du in die Ferne schweifen in den unfruchtbaren Äther und in die unermeßlichen Sternenweiten? Aber dieses kleine Fleckchen Erde, das dir gehört, das willst du kennenlernen nach jeglicher Richtung, seine Geschichte, seine Bodenbeschaffenheit, seine geologischen Verhältnisse, seine Flora und seine Fauna. In der Beschränkung zeigt sich der Meister. Ich will mich auf einen halben Morgen beschränken, den aber will ich kennen. Meine verehrten Freunde, ihr glaubt gar nicht, was ich seitdem schon alles gelernt habe. Die Formation meines Grundstückes gehört dem Diluvium an und im Diluvium weiß ich jetzt Bescheid wie ein Geologieprofessor. Was nun die Flora und die Fauna betrifft, so habe ich in der Pflanzenkunde die meisten Fortschritte gemacht. Denn hier hat man mit einem seßhaften Geschlecht zu tun, das weder mit Beinen noch Flügeln in der Welt herumschwitisiert und nur in seiner Anfangsform als Same einige Beweglichkeit entwickelt. Kinder, ich sage euch, ein reiches Gebiet. Allein, was ich im vorigen Herbst mit meinem Freund Johannes hier für Moose und

Flechten festgestellt habe, das sollte man kaum glauben. Auf dem Boden, an den Rinden der Bäume, an den verwitterten Zaunpfählen, lauter verschiedene Arten. Ja, vertieft man sich ins einzelne, da sieht man erst, wie unerschöpflich reich die Natur ist. Auch der Vorrat an einjährigen Pflanzen, den wir auf diesem Grundstück festgestellt haben, ist sehr bedeutend.«

In diesem Augenblick ertönte über uns ein leises Sit, sit! und als wir schnell aufblickten, bemerkten wir gerade noch ein sonderbares Vögelchen, das wie ein Armbrustbolzen mit etwas zu dickem Kopf anzusehen, mit schnurrendem Flug durch die Luft hüpfte und in den Laubwipfeln des gegenüberliegenden Parkes verschwand.

»Ha«, rief Doktor Havelmüller, »wieder was Neues!«

»Die Schwanzmeise«, sagte ich.

Havelmüller schmunzelte sehr befriedigt, schlug sein Buch auf, sah nach der Uhr und notierte, nachdem er den bereits vorläufig eingetragenen Namen unterstrichen hatte: »*Parus caudatus*, festgestellt den 30. Mai, abends 6 Uhr 11 Minuten.«

Wir gingen nun umher, um die übrigen Merkwürdigkeiten dieses Grundstückes anzusehen. »Ich muß Sie doch mit meinen Mietern bekannt machen«, sagte der Doktor mit seinem gewöhnlichen wehmütigen Ernst. »Allerdings eine merkwürdige Sorte, denn außerdem, daß sie keine Miete bezahlen, machen sie noch Ansprüche auf Ernährung aus den Erträgnissen meines Bodens. Hier also zunächst in diesem Jahr auf Kiefer Nummer 31 wohnt vier Treppen hoch Familie Buchfink, der Mann ist Sänger. Sein Schlag wird aber leider von Kennern unter die Klasse der ›Putzscheren‹ gerechnet, taugt also nicht viel. Die dritte und die zweite Etage sind zu meinem Leidwesen unbesetzt. Dagegen im ersten Stock wohnen dort in meinem größten Wacholderbusch seit diesem Frühjahr Hänflings. Ich würde Sie gern mit dieser liebenswürdigen Familie und mit ihrer niedlichen Häuslichkeit bekannt machen, allein die gnädige Frau sehen bereits zum zweitenmal in diesem Jahr einem frohen Familienereignis entgegen und sind angelegentlichst mit Brüten beschäftigt. Ich möchte nicht stören.« Dies sagte der Doktor mit einer Zartheit, die nicht zu übertreffen war.

Dann fuhr er fort: »Derselbe Grund verhindert mich, Sie mit der Familie Goldammer bekannt zu machen, die, sichtlich mit ihrem Quartier zufrieden, wiederum ihre Parterrewohnung unter dem kleinen Dornbusch dort in der Ecke auch in diesem Jahr bezogen hat. Außer-

ordentlich zufrieden aber bin ich mit der Vermietung meiner Kellerräume. Diese sind am meisten begehrt, zuweilen aber finden sich
unter den Bewohnern auch manche zweifelhafte Existenzen. So wohnt
in diesem ansprechenden und geräumigen Erdloch unter Kiefer
Nummer 13 ein verdächtiges Individuum, das ein liederliches Leben
zu führen scheint, denn es pflegt nur nachts auszugehen, und es gilt
von ihm, was von Peter Gottfried Rempel gesagt wird:

›Ach, er sank noch immer tiefer,
Sumpfte nachts – am Tage schlief er.‹

Nach einer vorgefundenen Visitenkarte ist dies Geschöpf von einem
tierkundigen Freund für einen Iltis erklärt worden. Wahrscheinlich
wegen solcher unliebsamen Nachbarschaft ist dieser benachbarte Ka-
ninchenbau von seinen ursprünglichen Bewohnern verlassen worden,
man munkelt sogar von Mord. Dafür hat sich eine alte freundliche
Kröte dort eingemietet, die abends in ihrer Haustür zu sitzen und
mit goldenen Augen ins Wetter zu schauen pflegt. Wir wollen doch
gleich mal sehen.«

Damit wies er uns an, leise näherzutreten und bald sahen wir auch
das stattliche Reptil in der Öffnung des Kaninchenloches ganz behaglich sitzen. »Das gute Wesen ist fast zahm und frißt beinahe aus der
Hand«, sagte Havelmüller. Er zog eine kleine Dose aus der Tasche,
in der einige Mehlwürmer krabbelten, und warf einen dieser Leckerbissen dem Tier vor die Nase. Die Kröte ward aufmerksam, richtete
sich etwas auf und starrte mit den goldenen Augen eine Weile auf
den schönen gelben Wurm hin. Dann ein plötzlicher Vorstoß mit
dem Kopf, man sah, wie die dicke klebrige Zunge kräftig vorschnellte,
um die Beute anzuleimen, und dann war der Mehlwurm verschwunden.

»Ja, meine liebe Rosaura«, rief jetzt Doktor Havelmüller, »das glaub’
ich wohl, das schmeckt! Sie heißt nämlich Rosaura«, sagte er dann,
während er seine Stimme zu einem geheimnisvollen Flüstern dämpfte,
»und sie ist eine Seele, aber man weiß ja, wie so alte Damen sind.
Von Zeit zu Zeit muß ich ihr eine kleine Aufmerksamkeit erweisen,
sonst kündigt sie.«

»Von den Mietern meiner Kellerwohnungen will ich nur noch die
vornehmsten erwähnen«, sagte Havelmüller, »denn ihre Zahl ist Legi-

on, und so nenne ich nur noch eine Familie Waldmaus und zwei desgleichen Brandmaus, die trotz reichlichen Familiensegens in behaglichen Verhältnissen leben. Ferner einen unheimlichen Gesellen in schwarzem Pelzrock, der wühlerischen Tendenzen huldigt und fortwährend auf Umsturz bedacht ist. Ich habe ihm deshalb bereits im vorigen Jahr die Wohnung gekündigt, allein was soll ich machen, der Kerl geht nicht.« Doktor Havelmüller zuckte die Achseln und sah sehr melancholisch aus.

In diesem Augenblick kam ein sonderbares Individuum an dem Garten vorüber, ein Mann mit etwas zu kurzen Hosen, die unten ausgefranst waren, und mit einem Rock, der in den Tagen, »da Berta spann«, wohl einmal braun gewesen sein mochte, jetzt aber überall in ein unbeschreibliches Grün hinüberschielte, sowie mit einem Hut aus der Konfliktzeit, der ihm zu klein war. Der Mann lehnte sich über den Zaun und sah mit seinen etwas verschwommenen Äuglein eine Weile teilnahmslos auf den Garten hin: »Bei die Witterung wachst et«, sagte er dann.

»Jawohl«, antwortete der Doktor.

»Een zu scheener Maimonat«, sagte dann wieder der Mann, »wie er ins Gedicht steht.«

»Gewiß«, erwiderte Havelmüller.

»So 'n Dichter kriegt zuletzt doch immer recht!« äußerte der sonderbare Fremdling wieder.

»Natürlich«, erwiderte der Doktor, »denn wie singt schon Friederike Kempner:

>Die Poesie, die Poesie,
Die Poesie hat immer recht!<«

»Scheen gesagt!« sagte voller Anerkennung der Fremde. Dann druckste er eine Weile zögernd vor sich hin und schoß endlich mit der Frage hervor:

»Kennen Sie den Dichter Liebig?«

»Meinen Sie den, der den Fleischextrakt erfunden hat?« fragte unser Freund.

»Nee«, antwortete jener, »nich mal mit ihn verwandt.«

Dann nahm er langsam seine runzlige Hand hervor und nachdem er damit eine Weile nachdenklich die achttägigen Bartstoppeln an seinem Kinn gerieben hatte, begann er wieder: »An den hat sick die Menschheit ooch versündigt.«

»Wieso?« fragte der Doktor.

»Na«, antwortete er, »Schillern und Kotzebuen und Quida'n kennt jeder, wer aber kennt Liebigen? Sie ooch nich. Und ick weeß doch, dat Sie 'n Doktor sind und haben Bildung gelernt. Aber det macht der Brotneid heitzudage. Sie lassen eenen nich uffkommen. Et is 'ne heuchlerische Krokodillenbrut, sagt Kotzebue. Kennen Sie Kleisten sein Grab bei Wannsee? – Den haben se verkannt und er hat sick dotgeschossen. Haben Sie neilich in die Zeitung gelesen von Lindnern? Den haben se ooch verkannt und er is verrückt geworden. Ebenso verkennen se Liebigen, und wie't mit den noch mal kommen wird, det weeß ick nich. Mahlzeit die Herrschaften.«

Damit wandte er sich energisch ab und schob, allerlei Unverständliches vor sich hinmurmelnd, gesenkten Hauptes weiter.

»Kinder, Kinder«, sagte Doktor Havelmüller dann, als der Mann außer Hörweite gekommen war, »mir ist vorhin, als dieses Individuum seine letzte Rede hielt, eine Erleuchtung gekommen. Das war nämlich der Dichter Liebig selber. Ich habe bereits von ihm gehört. Er betreibt neben dem beschaulichen und nachdenklichen Gewerbe des Topfbindens auch die Kunst, einige kümmerliche Scherben alter gebrauchter Reime durch den dünnen Draht fadenscheiniger Gedanken zu sogenannten Gedichten zu verbinden. Seht, liebe Freunde, nun habt ihr zum Schluß auch noch ein verkanntes Genie hiesiger Gegend kennengelernt, nun könnt ihr in Frieden nach Hause fahren.«

Wir verabschiedeten uns nun und wanderten noch einmal, während die Sonne immer näher den Wipfeln des Tegeler Forstes zusank, durch das freundliche Dorf zu all den geliebten Plätzen, die die glücklichsten Stunden unseres Lebens gesehen hatten. Wir nahmen Abschied von ihnen und von einer Zeit, in der es uns vergönnt war, das Glück des Lebens zu kosten, rein und ohne jede Trübung, in einer Weise, wie sie wohl nie wiederkehren wird. Wir nahmen Abschied von Tagen, die voller Sonne gewesen waren in uns und außer uns und deren wärmender Glanz durch unser ganzes Leben leuchten sollte. Ich ging wieder meiner alten Arbeit entgegen und wir beide einem neuen unbekannten Leben, durch das wir wandeln wollten, treu verbunden Hand in Hand. Erst als die Dunkelheit gekommen war und nur über den Wipfeln des Waldes ein leises Rot noch träumte als letzte Spur der versunkenen Sonne, kehrten wir in unser kleines Häuschen zurück.

3. In der neuen Wohnung

Als am Nachmittag des folgenden Tages zu der bestimmten Zeit unser Wagen in die Frobenstraße einbog, sahen wir Hühnchen und Frau Lore am offenen Seitenfenster des Erkervorbaues unserer Wohnung stehen, und alsbald erhob sich dort ein heftiges Winken mit weißen Taschentüchern. »Heil! Heil! Heil!« rief Hühnchen mit so gewaltiger Kraft, daß die Leute auf der Straße stehenblieben, und ein vorübergehender Schutzmann aus dem Auge des Gesetzes einen finsteren Blick auf ihn warf. Aus der bekränzten Tür kamen sie uns entgegen, und eine Begrüßung fand statt, als kämen wir nicht nach vierzehntägiger Abwesenheit von einem nahe gelegenen Nachbarort, sondern nach langjähriger Reise aus dem Innern von Afrika, wo es uns gelungen war, unter fürchterlichen Gefahren den letzten weißen Fleck auf der Karte zu beseitigen. Frau Lore schluchzte, als sie ihren Liebling, von dem sie sich bisher in ihrem Leben noch keinen Tag getrennt hatte, wieder in den Armen hielt, und Hühnchen suchte wie gewöhnlich seine Rührung durch allerlei ausschweifende Redensarten zu verdecken.

»Kinder«, rief er, »eure Wohnung ist ein Paradies. Alles glänzt von Sauberkeit und Ordnung, Neuigkeit und Frische. Es ist ordentlich schade, darin zu wohnen. Und die letzten Blumen und das letzte entbehrliche Grün hat sie heute meinem Garten gekostet. Er sieht jetzt aus wie die Pfauen des Advokaten Wulf, als ihnen der berühmte Affe die sämtlichen Schwanzfedern ausgerupft hatte. Aber es schadet nichts. Und wie meine Frau und Lotte hier in den letzten Tagen gearbeitet, gescheuert, geklopft, gewischt und gewütet haben, das entzieht sich jeder Vorstellung. ›Das Unbeschreibliche hier ist's getan‹ und ›das ewig Weibliche‹ hat sich hier ausgetobt nach jeder Richtung. Apropos Lotte. Ihr habt ja Lotte noch gar nicht begrüßt.«

Jetzt erst wurden wir auf etwas frisch gewaschenes Weibliches aufmerksam, das im Hintergrund stand und über das ganze rosige stumpfnasige Gesicht hin aus Leibeskräften lächelte. Es war Lotte, unser Dienstmädchen, das uns meine Mutter aus Mecklenburg besorgt hatte. Sie war eine rundliche und saubere Person und hatte in ihrem gutmütigen Gesicht nur einen Fehler, der mich störte, solange sie unsere Wohnung durch ihre Gegenwart verschönte. Sie trug nämlich einen ganz kleinen zierlichen Leberfleck auf der Nasenspitze, doch dieser saß nicht in der Mitte, sondern etwas seitwärts. Das hatte etwas durchaus Peinigendes für mich, denn da ich in meinem Fach als Ingenieur gewöhnt war, überall auf Symmetrie und Gesetzmäßigkeit zu sehen, so konnte ich nie von diesem Leberfleck abkommen, wenn ich mit ihr sprach, und mußte ihn stets mit den Augen in die Mitte rücken, welches aussichtslose Unternehmen auf die Dauer etwas Nervenangreifendes hatte. Sonst gefiel sie uns wohl, zumal der Drache noch in ihr schlief und die Genien des Wohlwollens und dienstwilliger Freundlichkeit ihre stattlichen Lippen umschwebten.

Dann besahen wir die Wohnung. Wir waren ihre ersten Mieter in diesem neuerbauten Hause und dies kam dazu, den Eindruck des Funkelnagelneuen noch zu erhöhen. Die Fußböden glänzten, die Decken schimmerten in unberührtem Weiß, die Gardinen glichen dem frischgefallenen Schnee, die Öfen leuchteten und die Möbel blitzten. Im Berliner Zimmer war mit nie gebrauchtem weißem Leinenzeug der Tisch gedeckt, und darauf befand sich Geschirr, das noch niemand je benutzt hatte, Messer, mit denen noch niemals geschnitten worden war, und Gabeln, die keiner je zum Munde geführt hatte. Die Schlafzimmer machten den gleichen Eindruck und in der Küche nun gar hatte Lotte ihr Übrigstes getan. Die Messingkessel glänzten wie die Sonne, der Mörser blitzte wie der Helm des Mambrinus und die Bunzlauer Töpfe, Papa und Mama und sieben Kinder, trugen alle an derselben Stelle auf ihrem satten Braun ein sanftes Glanzlicht zur Schau. Es herrschte dort geradezu ein unnatürlicher Schimmer und Glanz. In der Speisekammer kam Überraschendes zum Vorschein, denn Frau Lore hatte sie ein wenig für uns eingerichtet. Hühnchen versenkte sich bewundernd in ihren Anblick und nannte sie ein Füllhorn der Üppigkeit. Dort war die Eierbrettpyramide angefüllt mit schimmernden Eiern, denen man es ansah, daß Lotte sie alle einzeln mit der Bürste schneeweiß gescheuert hatte, dort waren alle Porzellantonnen gefüllt und trugen ihre stattlichen Aufschriften nicht mehr umsonst, dort stand Eingemachtes in Büchsen und Gläsern und wer weiß was sonst noch für gute und nützliche Dinge. Zudem hatte Onkel Nebendahl seine Frau veranlaßt, in die Schätze ihrer Rauch- und ihrer Vorratskammer zu greifen und am Tage vorher war ein mächtiger Korb aus Mecklenburg für uns angelangt, mit einem Inhalt, als gelte es, eine Schwadron ausgehungerter Pommerscher Kürassiere zu versorgen. Aus ihm war ein Megaterium von Buttertopf hervorgekommen und ein Leberkäse, dessen riesenhafter Anblick uns fast mit Entsetzen erfüllte. Dazu hingen dort in einem Florbeutel ein ganzer Schinken sowie zwei Mettwürste, so groß wie die Schlachtkeulen der Eingeborenen von Nukahiwa, nebst einer halben Speckseite, die wir mit ehrfurchtsvollem Schauer betrachteten, denn es dünkte uns, sie stamme von einem Schweine-Goliath. Wir dachten fast mit Zittern daran, daß wir uns durch dieses Schlaraffenland durchessen sollten. Doch das sind Schrecknisse, die sich ertragen lassen.

Wir streckten sodann zum erstenmal in unserem Leben die Beine unter den eigenen Tisch und bewirteten unsere ersten Gäste, wobei große Fröhlichkeit herrschte. Doch diese wurde ein wenig gedämpft durch eine Mitteilung von Hühnchen, die eigentlich hätte geeignet sein sollen, das Gegenteil zu bewirken. Aber wir hingen alle so sehr an dem kleinen Häuschen in Steglitz, mit dem so viele frohe und freundliche Erinnerungen verknüpft waren, daß der Gedanke, wir sollten uns von ihm trennen, uns wehmütig stimmte.

»Der Mann mit den drei Unterkinnen und dem Austernbegräbnisplatz«, sagte Hühnchen, »hat die Axt an meine Wurzeln gelegt und so mächtige Hiebe darauf geführt, daß ich meinen Wipfel wanken fühle. Er hat sein Gebot für Haus und Garten noch erhöht und ich bin nun einmal nicht reich genug, um auf Gold wandeln zu dürfen. Bis morgen habe ich Bedenkzeit und ich bin gesonnen, das Gebot anzunehmen, obwohl es mir außerordentlich schwer wird. Ich sage, der Mammon stiftet doch nichts als Unheil in der Welt. Wenn man bedenkt, unser kleines freundliches Häuschen mit seinem niedlichen Garten soll diesem Götzen zuliebe vom Erdboden verschwinden, um von so einem modernen Mammutsungetüm von Mietskaserne übergeschluckt zu werden wie ein unschuldiges Kaninchen von einer Boakonstriktor, da möchte man weinen. Sieh mal, Freund und Schwiegersohn, um das Haus tut es mir so leid, als ob es ein Mensch wäre. Und wenn man bedenkt, daß unser braver Gravensteiner Apfelbaum im vorigen Jahr nahezu einen ganzen Scheffel und der Napoleonsbutterbirnbaum über einen Scheffel getragen hat, in freudiger Vergeltung liebevoller Pflege, erscheint es nicht da wie himmelschreiender Undank, wenn man sie in die Hand der Mörder verkauft und sie der todbringenden Axt ausliefert. Denke nur, im Spätsommer soll der Bau schon beginnen und wenn dann im nächsten Frühjahr unser Fliegenschnäpperpärchen zurückkehrt, um dort nach gewohnter Weise sein Nest in das Weinspalier zu bauen, dann wird es dort weiter nichts finden, als Greuel der Verwüstung, Sand und Mauersteine, und durch die kleinen Vogelseelen wird ein Schwert gehen.«

»Aber, Papa, warum tust du es denn«, sagte Frieda fast ein wenig weinerlich, »warum verkaufst du denn unser liebes Haus?«

Hühnchen versuchte etwas wie einen erhabenen Ernst in seine Züge zu legen, was ihm nur mäßig gelang, und antwortete: »Erstens, weil ich, wie gesagt, nicht reich genug bin, um auf Gold wandeln zu dürfen; zweitens, weil ich ein schwacher Mensch bin und auf die Dauer den Verlockungen des Mammons nicht zu widerstehen vermag; drittens, weil ich Kinder habe, um derentwillen ich dies vorteilhafte Gebot nicht ausschlagen darf; und viertens, weil sie mich sonst einbauen werden. Seht, liebe Kinder, dies gibt den Ausschlag. Nehme ich das Gebot nicht an, dann wird um mich herumgebaut. Ein Jahr lang werde ich leben in einer Atmosphäre von Kalkstaub und Maurerflüchen, und dann werden um mich herum nach Süden, Osten und Westen himmelhohe Wände entstanden sein und nur nach Norden, nach der Straße zu, wird es offen sein. Ich werde dann wohnen auf dem Grund eines feuchten Loches, das weder Licht noch Luft, noch Sonne hat, und wenn meine Bäume und Pflanzen es noch nicht während des Bauens getan haben, so werden sie es jetzt tun, sie werden Feierabend machen und ausgehen. Und ich werde dasitzen wie der berühmte Lohgerber, als ihm die Felle weggeschwommen waren, und werde keinen Mammon haben, aber auch keine Gravensteiner und keine Napoleonsbutterbirnen, und das Hohngelächter des Mannes mit den drei Unterkinnen und dem Erbbegräbnis für Austern und Fasanen wird schallen vom Aufgang bis zum Niedergang. – Ja, Kinder«, fügte er dann ganz bedrückt hinzu, »es ist mir manchmal, als sei ich gar nicht der Alte mehr. Die Sorgen des beginnenden Wohlstandes lasten auf mir und meine stille Sympathie für Johann den munteren Seifensieder wächst täglich.«

Am Abend verließen uns meine guten Schwiegereltern, um vergnügt wieder nach Steglitz zu fahren, und am nächsten Tag ward ich wie ein Rad, das man zur Reparatur gegeben hat, wieder in die Maschine der täglichen Arbeit eingefügt und der gewohnte tägliche Kreislauf begann aufs neue. Aber als ich jetzt zum erstenmal heimging, kam ich in mein eigenes Nest, und das war wunderbar behaglich. Frieda wehte zart mit einem kleinen weißen Tüchlein, als sie mich um die Ecke kommen sah, und gestand mir nachher, sie hätte schon seit einer Stunde am Erkerfenster gestanden und auf mich gewartet. Zu Mittag gab es Koteletts. Ich habe mir sagen lassen, daß es in jedem jungen Ehestand der zivilisierten Welt zum ersten Mittagessen Koteletts gibt. Sie waren ein wenig angebrannt und an der Suppe war das Salz vergessen, trotzdem fand ich alles herrlich. Nach Tisch, als Lotte das Geschirr abnahm, bemerkte ich ein starkes Mitteilungsbedürfnis an ihr und die Neigung, einem Landsmann gegenüber sich auszusprechen. Ich entfesselte deshalb den Strom ihrer Rede, der nun eine Weile unaufhaltsam floß, während meine Augen mit seltsamem Bann immer wieder zu dem kleinen Leberflecken auf ihrer Nase gezogen wurden: »Ich kann das hier noch gar nich an werden«, sagte sie, »das is hier all so anders. Un denn, daß sie hier alle hochdeutsch sprechen, die Straßenjungs un die Arbeitsleut' un die Leut' in'n Keller, das is mich szu schnurrig. Ich fang' noch immer auf platt mit sie an un denn verstehn sie mir nich un lachen sich. Un die Leut' mit ihr Hoch versteh' ich auch nich ümmer. Denn hier haben sie ümmer für allens ganz andre dwatsche Nams. Szu grüne Erbsen sagen sie Schoten un szu gelbe Wurzeln Mohrrüben, un Senf heißt hier Mostrich, un Zwiebeln da sagen sie Bollen szu. Un denn mit das Geld. Das is ja nu sonst grad wie bei uns, aber fünf Fennig das is hier'n Sechser un fünfunzwanzig Fennig da sagen sie zwee Jute szu un szu fufzig Fennig vier Jute. Da soll nu einer aus klug werden. Un so kommt ümmerszu was Neus, ich glaub', ich werd' das hier gar nich an.« Und sie schüttelte melancholisch den Kopf.

Es erschien mir angemessen, diesen niedergedrückten Geist wieder ein wenig aufzurichten, und so sagte ich denn: »Aber, Lotte, das kommt Ihnen nur zuerst so vor. So 'n kluges Mädchen wie Sie, die lernt das in acht Tagen.«

Lotte war so geschmeichelt, daß sie fast die Teller hätte fallen lassen, aber einstweilen rutschten nur die Messer und Gabeln zu Boden, und als sie sich danach gebückt hatte und sich wieder erhob, da war sie hochrot im Gesicht, strahlte wie ein blankgeputzter Kupferkessel und lächelte sehr.

»Na, ich will mal sehn«, sagte sie. »Wenn ich mir Müh' geb'.«

Leberecht Hühnchen als Großvater

1. Es kommt Besuch

Der achtundzwanzigste August des nächsten Jahres war ein bemer-
kenswerter Tag, denn als ich am Nachmittag von meinem Büro nach
Hause kam, war unterdessen ganz plötzlich Besuch angekommen.
Frau Lore, die sich schon am Vormittag zufällig eingefunden hatte,
um sich nach ihrer Tochter umzusehen, kam mir strahlenden Angesichts mit dieser Nachricht entgegen. Dieser Besuch stellte sich dar
als ein höchst sonderbarer kleiner Herr mit mangelhaftem Haarwuchs
und einem ältlichen, verdrießlichen Gesicht, das so rot war wie eine
Schlackwurst. Sein Benehmen war höchst anspruchsvoll und seine
erste Tat bei der Ankunft in unserer Häuslichkeit war gewesen, mit
ungemein lauter Stimme und mit grenzenloser Rücksichtslosigkeit
sein allerhöchstes Mißfallen mit allem und jedem auszusprechen. Drei
Frauenzimmer, meine Schwiegermutter, Lotte und eine fremde weise
Frau von behäbigem und freundlichem Aussehen hatten sich bemüht,
allen seinen Wünschen gerecht zu werden, sie hatten ihm die
schmeichelhaftesten Dinge gesagt, sie hatten ihm ein Bad bereitet, sie
hatten ihn in köstliche weiche Leinwand gekleidet, ihn sanft in Kissen
gehüllt und ihn in einen schönen funkelnagelneuen Wagen gelegt,
der sonderbarerweise schon seit einiger Zeit im Hause bereit stand.
Dies hatte ihn endlich so weit beruhigt, daß er in einen tiefen Schlaf
gefallen war. Man sagte mir, daß Schlafen und Trinken die einzigen
Beschäftigungen des kleinen Herrn wären, die nur unterbrochen
würden durch Äußerungen kräftigen Unwillens und andere sehr
wichtige Tätigkeiten, die fortwährend Veranlassung zu kleinen Wäs-
chen geben. Trotz aller dieser wenig empfehlenden Eigenschaften des
neuen Gastes herrschte Glück und Freude über ihn in der ganzen
Wohnung, und auch ich muß gestehen, daß ich über seine Ankunft
außerordentlich vergnügt war, und daß ein ungekanntes Gefühl von
Würde mich durchströmte wegen der Standeserhöhung, die mir durch
diesen Besuch zuteil geworden war. Am glücklichsten aber war wohl
Frieda, die zwar etwas blaß, aber mit seligem Lächeln in ihrem Bett

lag, den Kopf immer ein wenig nach jener Seite hingewendet, wo der kleine Mann in seinem Wagen ruhte.

Nach einer Weile klingelte es und als ich hinging, um zu öffnen, stand Hühnchen vor der Tür. »Ich weiß alles«, rief er, »Lore hat mir eine Postkarte geschickt. Hurra!« Dann ging er eilig in das große Vorderzimmer und zog mich geheimnisvoll an der Hand nach sich. Er öffnete die Tür des Berliner Zimmers und sah vorsichtig hinein. »Sie sind alle hinten, was?« fragte er dann. Ich bejahte dies.

»Teuerster«, sagte er dann, »du siehst mich jetzt an der Schwelle des Greisenalters stehen. Ich bin zwar erst sechsundvierzig Jahre alt und habe noch kein graues Haar, aber die Tatsache ist nicht zu leugnen: Ich bin Großvater, ein richtiger veritabler, unanfechtbarer Großvater. Das freut mich ganz unmenschlich und ich muß, teuerster Schwiegersohn, ich muß, und wenn es mein Leben kosten sollte, ich muß in diesem feierlichen Augenblick einen Indianertanz loslassen, sonst gehe ich zugrunde. Es soll meine letzte Jugendtorheit sein, und keine Handlung sollen deine Augen ferner von mir sehen, die nicht eines Großvaters würdig wäre, und als solche nicht im Panoptikum ausgestellt werden könnte. Hurra! Hurra! Hurra!«

Und damit tanzte er los ohne Gnade und schwang sein Bein wie ein Jüngling und, ich will es nur gestehen, ich tanzte mit, daß die Möbel zitterten, die Uhren klirrten und die ganze leicht gebaute Mietskaserne ins Wackeln kam, und am anderen Tag in der Zeitung stand, Falbs Theorie der kritischen Tage habe sich wiederum bewährt, denn in dem Haus Frobenstraße Nummer 36 habe Herr Doktor Ramann (der über uns drei Treppen hoch wohnte) am achtundzwanzigsten August nachmittags vier Uhr fünfundfünfzig Minuten die Spuren eines leichten Erdbebens bemerkt.

»So«, sagte Hühnchen, indem er nach Beendigung dieser Orgie doch ein wenig schnaufte, »nun ist mir wieder ganz wohl, sonst wären mir die versetzten Großvaterfreuden am Ende in die Glieder gefahren. Tanzen in solchen Fällen ist furchtbar gesund. Schon in alten Zeiten tat man das. Denk nur an David.«

Dann aber hob er den Zeigefinger auf und sprach mit großer Wichtigkeit: »Nun aber, lieber Schwiegersohn, kommt eine Frage von ungeheurer Bedeutung und diese lautet: Wie soll dieser Sohn heißen?«

»Ja«, sagte ich, »wir schwanken. Ich bin für Werner, Frieda für Konrad und deine Frau für Gottfried.«

Nun hätte man aber das pfiffige Gesicht sehen sollen, das Hühnchen machte, und den Ausdruck erhabenen Triumphes hören, mit dem er sagte: »Ja, hättet ihr Großvatern nicht!«

Dann nahm er mich an den Schultern, schob mich vor sich her in mein Zimmer vor dem Abreißkalender und rief: »Nun, was steht da: August, 28. Donnerstag. W. v. Goethe geb. 1749. Merkst du was? O, du bist doch so ein halber Literaturmensch und mußt dir das von mir erst sagen lassen. Wie also soll dieser Sohn heißen?«

»Wolfgang!« antwortete ich.

»Gut!« rief Hühnchen, »setz dich einen 'rauf.«

In diesem Augenblick ertönte vom Schlafzimmer her ein krähendes Geschrei und Hühnchen spitzte die Ohren. »Ha«, sagte er, »das ist Musik, das ist noch mehr wert als Wachtel sein hohes C, das ist Nachtigallengesang in meinem Ohr. Wolfgang schreit, mein Enkel meldet sich. Die Gelegenheit ist günstig. Auf zur Besichtigung!«

Ich muß hier nun offen gestehen, daß ich, was die Bewunderung neugeborener Kinder betrifft, ein Barbar bin wie die meisten Männer. Es war mein Sohn, es war sogar mein erster Sohn, dieses froschartige rötliche Etwas mit dem merkwürdigen Faltenwurf an den Beinen, und ich liebte ihn und war stolz auf ihn, ganz gewiß. Auch konnte er wundervoll durchdringend schreien, bei welchem Geschäft er mit Leib und Seele war, und beträchtlich zappeln mit seinen kleinen Gliedmaßen, aber schön war er durchaus nicht. Er hatte, wie überhaupt alle Neugeborenen, wenig Menschenähnliches an sich. Die Augen der Frauen sehen darin anders, und als Frau Lore ihn ausgebündelt hatte, sah sie ihn mit schwärmerischem Gesichtsausdruck von der Seite an und sagte mit dem Ausdruck tiefster innerlicher Überzeugung: »Ein schönes Kind, ein wahrer Engel, und ganz der Vater!« – »Ganz der Vater!« wiederholte Lotte, die ihn von der anderen Seite ebenso schwärmerisch betrachtete. »Ganz der Vater«, fuhr Hühnchen fort, indem er mich etwas schalkhaft dabei ansah.

Als ich dann einen schüchternen Versuch machte, meine gegenteiligen vorhin geäußerten Ansichten zum Ausdruck zu bringen, kam ich schön an.

»Aber Männchen!« sagte Frieda, und:

»O pfui!« Frau Lore.

»Rabenvater!« rief Hühnchen.

Lotte sagte nichts, aber ich merkte, sie räsonnierte inwendig und unterdrückte Majestätsbeleidigungen.

Als ich nachher mit Hühnchen wieder allein war, sagte er zu mir: »Lieber Schwiegersohn und junger Vater, ein Mann von Erfahrung, ein Großvater spricht zu dir Worte der Weisheit. Merke wohl, was ich dir sage: Neugeborene Söhne sind immer schön, sie mögen aussehen wie sie wollen; sie sind immer ›ganz der Vater‹ und darüber hat dieser glücklich zu sein. Seine Opposition hat er zu unterdrücken, selbst wenn es ihm noch so sauer wird. Denn nützen wird sie ihm niemals etwas, ebensogut könnte er gegen Naturgesetze ankämpfen und die Schwerkraft leugnen, oder die Tatsache, daß zweimal zwei vier ist. Und daß das weibliche Geschlecht so denkt und mit anderen Augen sieht als wir, das mußt du achten, denn das ist ein Ausfluß jener herrlichsten Eigenschaft, die Gott in die Seele des Weibes gelegt hat, jener Kraft, die höher ist als Berge und tiefer als die See, – man nennt sie Mutterliebe.«

Ich schwieg ein wenig beschämt.

Frau Lore ließ es sich nicht nehmen, bei uns zu bleiben und die erste Pflege des Kindes zu übernehmen, und ich siedelte für die nächste Zeit in das kleine dreieckige Fremdenzimmer über. Hühnchen, der nun so lange einsam in Steglitz hauste, aß mittags bei uns, ehe er in sein neues Heim zurückkehrte. Denn im vorigen Jahr bereits hatte er sein kleines Haus verkauft und sich einstweilen ein anderes ebenso kleines mit einem etwas größeren Garten gemietet mit der Absicht, später, wenn er ein passendes Grundstück fände, sich anzukaufen und sich dort ein ganz wunderbares Haus zu bauen.

»Eine Dichtung soll es werden«, sagte er, »zwar ganz einfach und ohne jeglichen ›Schtuck‹, aber sinnig durchgearbeitet wie eine Novelle von Theodor Storm. Zweckmäßigkeit und Behaglichkeit sollen wie ein sanfter Schimmer von ihm ausstrahlen, man soll die Empfindung haben, alles in diesem ganzen Haus könne gar nicht anders sein, als wie es ist. Aber das ist eine ganz besonders schwierige Aufgabe«, schloß er dann mit sorgenvoller Miene und gerunzelter Stirn.

In seiner freien Zeit saß er denn auch regelmäßig am Reißbrett und »dichtete«, wie er es nannte, das heißt er entwarf Grundrisse von Häusern mit dazu gehörigen Gartenplänen. Er hatte schon eine ganze Mappe voll gedichtet. Oder er streifte mit Frau Lore auf Nachmittagsspaziergängen durch Steglitz und Umgegend und besah sich Grundstücke, wodurch er fortwährend wieder zu neuen Plänen angeregt wurde. In solcher Beschäftigung des steten Projektmachens gefiel er sich so wohl, daß eigentlich niemand mehr an den Ernst dieser Sache glaubte.

Frieda erholte sich rasch und blühte bald wieder wie eine Rose, und die kleine Knospe an ihrer Brust nahm ebenfalls zu an Weisheit und Schönheit und ward jeden Tag ein wenig menschenähnlicher. In der letzten Hälfte des Oktobers wollten wir taufen und Hühnchen, Onkel Nebendahl, Bornemann und Doktor Havelmüller sollten Gevatter stehen. Frieda betrieb die Vorbereitungen zu diesem kleinen Fest mit großer Wichtigkeit, denn bis jetzt hatten wir wohl zwei oder drei Freunde des Abends bei uns gesehen, doch noch niemals so viele wie diesmal zu Mittag, und obwohl nur, uns mit eingeschlossen, sieben Personen zu bewirten hatten, so bangte sich ihr kleines Hausfrauenherz doch ein wenig.

Die ersten, die kamen, waren Hühnchen und Frau. Hühnchen zog, als er kaum eingetreten war, eine kleine Schachtel aus der Tasche und holte daraus einen einfachen silbernen Becher hervor. »Mein Angebinde für den Sohn«, sagte er. »Dieser Becher hat Zauberkraft, denn trinkt man daraus hundert Jahre lang jeden Morgen regelmäßig, ganz einerlei welches Getränk, so wird man unfehlbar uralt. Möge er daraus Kraft und Gedeihen saugen und möge ihm wie seinem großen Geburtstagsgenossen ein Leben voller Glück und segensreicher Arbeit zuteil werden.«

Bald hernach fand sich Doktor Havelmüller ein, zog mit geheimnisvoller Miene etwas in Seidenpapier Gewickeltes hervor und sagte: »Denkt euch nur, liebe Freunde, mein Grundstück Neugarten in Tegel ist unerschöpflich in Überraschungen. Seit ihr im vorigen Mai dort wart, habe ich seine Fauna mit einundzwanzig Spezies und seine Flora gar um neununddreißig bereichern können. Und unter der Gruppe der Raubtiere befindet sich etwas ganz Großartiges, nämlich ein Bär, ein unzweifelhafter wirklicher Bär, *Ursus arctos*. Der ist aber auch mit einem dicken roten Strich ausgezeichnet. War seinem Führer, einem braven Polacken weggelaufen, hatte sich durch eine Zaunlücke gezwängt, hatte mir sämtliche Johannisbeeren abgefressen und sonst noch schauderhafte Verwüstungen angerichtet. Und ich genieße das Glück, darüber zuzukommen. Sie sagten nachher alle, ich könne Entschädigung von dem Kerl verlangen. ›Was Entschädigung‹, sagte ich, ›ich bin ja selig. Soll ich dem armen Vagabunden, der seine kümmerliche Nahrung aus diesem hungrigen Tier zieht, seine paar Groschen abzwacken? Nein, meine Entschädigung steht hier‹, sagte ich und zeigte auf mein Buch, wo es angemerkt war, wie gesagt, schön dick rot unterstrichen: *Ursus arctos*, festgestellt am 16. Juli abends 7 Uhr 3 Minuten. –

Mit den Pflanzen ist es aber scheinbar nicht ganz mit rechten Dingen zugegangen. Ich hege einen düsteren Verdacht gegen meinen Freund Johannes, der im vorigen Jahr, wenn wir Pflanzen bestimmten, sich oftmals dort in höchst verdächtiger Weise zu tun gemacht hat. Denn in diesem Jahr zeigte sich eine ganz merkwürdige Bereicherung der Flora mit Pflanzen, die hier gar nicht vorkommen, wie zum Beispiel roter Fingerhut, Zimbelkraut und ähnliches. Da ich nun weiß, daß er sich allerlei Samen von seinen Reisen mitbringt oder aus Erfurt bezieht, um ursprünglich wildwachsende Pflanzen in seinem Gärtchen zu ziehen, so vermute ich hier schändlichen Betrug. Doch dies alles nur nebenbei. Denn was ich eigentlich erzählen wollte, ist noch viel merkwürdiger. Als ich aufgefordert wurde, hier Gevatter zu stehen, da sagte ich mir: was schenkst du deinem Patchen? Da ich nun, wie ihr wißt, des Gebrauches der Wünschelrute kundig bin, so dachte ich: ›Wer weiß, ob mir nicht mein Grundstück Neugarten, das so unerschöpflich reich an Merkwürdigkeiten ist, auch hier aushilft?‹ In der letzten Vollmondnacht machte ich einen Versuch mit der Rute und richtig, nach einigen Hin- und Widergängen schlug sie mächtig, ganz in der Nähe von Kiefer Nummer 11. Ich grub und grub nun in fieberhafter Aufregung ein fürchterliches Loch so tief, daß ich fast schon die Antipoden Hurra schreien hören konnte, und endlich, endlich stieß ich auf etwas Hartes. Es war ein Stein von der Größe eines Kinderkopfes. Unter diesem Stein aber – wer beschreibt mein Staunen, meine Wonne, meine Überraschung – fand ich dies hier, verehrten Freunde.«

Damit beseitigte er rasch das Papier und bot einen Becher von sogenanntem oxydierten Silber dar.

»Offenbar römische Arbeit«, sagte Havelmüller und betrachtete das Gefäß wohlgefällig von der Seite. »Jedenfalls zur Zeit der Völkerwanderung dort vergraben.«

Merkwürdige Ahnungen beschlichen mich, als nun Bornemann, rot und leuchtend wie der Vollmond beim Aufgang, ebenfalls mit einem Paket von höchst verdächtigem Aussehen in der Hand, eintrat. Dieser machte nicht viel Worte, sondern wickelte sein Papier auseinander und zog daraus, wie das bei seiner durstigen Gemütsart ja auch gar nicht anders zu erwarten war, ebenfalls einen Becher hervor und zwar einen, der gegen die anderen ein Riese war.

»Geräumiges Lokal, was?« sagte er wohlgefällig. »Daraus soll dein Sohn immer trinken.«

Ich bedankte mich natürlich herzhaft und stellte den Becher zu den übrigen. »Warum«, dachte ich seufzend, »hast du nicht sieben Paten geladen? Bei so seltener Einmütigkeit hätte dein Sohn für jeden Tag der Woche einen Becher gehabt und reizvolle Abwechslung hätte bereits die Tage seiner frühesten Jugend verschönt.«

Dann kam der Pastor mit seinem würdevollen Adjutanten und die feierliche Handlung nahm ihren Anfang.

Mein Sohn benahm sich während dieser sehr angemessen, und sämtliche Vertreterinnen des weiblichen Geschlechtes rechneten ihm das hoch an und betrachteten dies als einen schlagenden Beweis seiner frühzeitigen Klugheit und Bildung. Nachdem nun der kleine neue Christ, der ganz grell aus seinen weißen Spitzen und rosa Schleifen hervorschaute, genügend gelobt und bewundert war – selbst Bornemann ließ sich hinreißen, ihn für ein »ganz manierliches Würmchen« zu erklären – verabschiedete der Geistliche sich, und der Täufling zog sich unter Aufsicht einer Frau aus den unterirdischen Regionen, die Frieda für diesen Tag angenommen hatte, wieder in seine Gemächer zurück. Wir aber »erhoben die Hände zum lecker bereiteten Mahl«.

Es war natürlich, daß wir alle seit jener Zeit zum erstenmal wieder vereinigt waren, daß wir des Polterabends, der Hochzeit und ihrer lustigen Zwischenfälle gedachten, und Hühnchen sagte dann ganz traurig. »All die kleinen behaglichen Räume, wo wir damals so lustig waren, sind nicht mehr. Bald nachher mußte ich mein Häuschen verkaufen, wie ihr wißt. Es wurde abgebrochen und in wahnsinniger Hast ein großer Kasten dort aufgeführt. Jetzt ist er schon bewohnt, und gerade dort, wo sich mein kleiner Garten befand, hat sich ein Materialwarenhändler eingemietet. Ich war heute morgen dort, um mir eine Kleinigkeit zu kaufen, und bei dieser Gelegenheit mit wehmütigen Gefühlen die schaudervolle Veränderung zu betrachten, die dort stattgefunden hat. Ach, wo sonst an dem Weinspalier unser Fliegenschnäpperpärchen sein Nest zu bauen pflegte, war jetzt die

Backplaumenschiebelade. Wo mein Springbrunnen seinen feinen Strahl in die Lüfte sendete, lief jetzt die Essigtonne. An der Stelle, wo meine Rosen blühten in üppiger Pracht, dufteten Berliner Kuhkäse, Limburger und andere liebliche Sorten, und an dem Ort meines Napoleonsbutterbirnbaums stand ein fettglänzender Kommis und verkaufte mit einem Lächeln wie Sirup für'n Sechser Essig und für'n Sechser Öl. *Sic transit gloria mundi.*«

In diesem Augenblick schallte draußen die Haustürglocke und der Postbote brachte ein Paket an mich von Onkel Nebendahl, dem vierten Paten. Zu meiner Beruhigung war es ziemlich umfangreich und gab deshalb zu einer von uns bereits gehegten stillen Befürchtung keine Veranlassung. »Auspacken!« hieß es allgemein. Obendrauf lag ein Brief, und nachdem ich ihn durchflogen hatte, mußte ich unwillkürlich auflachen. Ich las die Stelle vor, die diese Wirkung auf mich gehabt hatte. »Meine Frau hat ein paar fette junge Hähne eingepackt, davon soll Frieda sich ordentlich stärken, und von mir ist das andere kleinere Paket. Aus dem silbernen Becher, der darin ist, soll euer Wolfgang – warum habt ihr ihm aber so einen schnurrigen Namen gegeben, der gar keine Mode mehr ist – daraus soll er also viele schöne fette Milch trinken, daß er strebig und stämmig wird und ein tüchtiger Jung'.«

Das war nun der vierte Becher, und ich stellte ihn unter dem donnernden Gelächter der Anwesenden zu den übrigen. »Sie wollen deinen Sohn mit Gewalt zu einem Saufbold machen«, sagte Bornemann, dem diese Sache offenbar eine gewaltige Freude bereitete.

Wir hatten die Suppe, den Zander und die Hammelkoteletts mit Gemüse hinter uns, und nun erschien ein Gericht, das Hühnchen zu kühnen Vergleichen mit den schwelgerischen Gastmählern der alten Römer anfeuerte, nämlich Krammetsvögel, die mit den Füßen durch die Augen gespießt und mit Speckschürzchen angetan, stilvoll zugerichtet, bräunlich und schön eine große Schüssel füllten. Alle sahen mit Wohlgefallen auf dieses Gericht, nur Frieda schien mir es mit einer scheuen Ängstlichkeit zu betrachten, was ich auf den Umstand schob, daß sie sich bisher noch nie mit der Zurichtung dieser wohlschmeckenden Tierchen befaßt hatte. »Sehr gut!« sagte Hühnchen, nachdem er den ersten Vogel zerlegt und gekostet hatte. »Vorzüglich!« rief Havelmüller. »De-li-kat!« schmunzelte Bornemann. Doch alle diese schmeichelhaften Urteile reichten nicht hin, Friedas Unruhe zu beseitigen, die immer größer wurde, und es schien mir, als wenn ihre

Blicke angstvoll von Teller zu Teller schweiften. Hühnchen war mit dem zweiten Vogel beschäftigt und es herrschte eine Weile Schweigen, nur das geschäftige Klappern der Messer und Gabeln war vernehmlich. Da sagte Hühnchen plötzlich mit einem Ausdruck leichten Schauers vor dem Geheimnisvollen und Unerklärlichen: »Die Wunder der Natur sind doch unerschöpflich. Dies ist nun schon der dritte Magen, der aus diesem Krammetsvogel hervorkommt.«

»Mir dagegen«, sagte Havelmüller, »ist es höchst angenehm aufgefallen, daß der Krammetsvogel, den ich soeben zerlegte, zwar durchaus keinen ungenießbaren Magen, dagegen eine Fülle von delikaten Lebern und zwei Herzen enthielt.«

»Da muß meiner sehr gefräßig gewesen sein«, rief Hühnchen.

»Und meiner sehr gefühlvoll«, sagte Havelmüller. Frieda aber saß da hochrot und mit einem Ausdruck zwischen Weinen und Lachen und rief nun endlich: »Ja, nun ist es heraus! Es ist nämlich ein Unglück geschehen. Lotte hat die Dinger noch niemals zurechtgemacht, und als ich nun heute im Berliner Zimmer mit Tischdecken zu tun hatte, da fiel mir mit einem furchtbaren Schreck ein, daß ich ihr gar nicht gesagt hatte, sie dürften nicht ausgenommen werden. Fast in demselben Augenblick war ich auch schon in der Küche. ›Lotte‹, sagte ich ›sind die Krammetsvögel schon gerupft?‹ – ›Jawoll‹, sagte sie ›und ausgenommen hab' ich ihr auch schon‹. Ich dachte, der Boden sollte unter mir wegsinken. ›O Lotte‹, rief ich, ›was hast du gemacht, die dürfen ja nicht ausgenommen werden‹. ›Ja, wo kann ich das wissen‹, sagte Lotte, ›ich hab' das Eingetüm da all in die Schal' gemacht‹. Das war ein Hoffnungsstrahl. Ich holte zwei Teelöffel und nun saßen wir und füllten das ›Eingetüm‹ sorgfältig wieder hinein und dachten, es sollte niemand was merken. Zuletzt war noch was übrig, das haben wir verteilt, wo Platz war, Zuletzt banden wir sauber die kleinen Speckschürzchen darüber und gaben uns den schönsten Hoffnungen hin. Aber Papa ist zu schlau, der läßt sich nichts vormachen.«

»Anatomische Kenntnisse, mein Kind!« sagte Hühnchen und schmunzelte pfiffig dazu.

Frieda war aber noch immer dem Weinen nahe und bat nun in rührend kindlichem Ton: »Nicht wahr, es schadet doch nicht so sehr, es ist doch nicht so unverzeihlich schlimm.«

Ich nickte ihr freundlich zu, und während Hühnchen und Lore sie von beiden Seiten streichelten, legte Bornemann seine mächtige Hand auf die Stelle seines ungeheuren Vorhemdes, wo er sein Herz vermutete, und strahlte voller Wohlwollen auf sie hin. Havelmüller aber sagte: »Sie haben die Anziehungskraft dieses an und für sich schon köstlichen Gerichtes nur vermehrt, indem Sie ihm durch das eingeschlagene Verfahren alle Reize des Glückspiels verliehen haben. Wäre ich ein Kochbuchschreiber, so würde ich diese Zubereitungweise unter dem Namen Krammetsvögel à la Lotto in mein Werk aufnehmen.«

Diese Wendung, die Havelmüller der Sache zu geben verstand, ward mit Zustimmung begrüßt und wir alle priesen den Geist unseres Freundes, der es so geschickt verstanden hatte, die Nessel des Irrenden in den Lorbeer des Erfinders zu verwandeln.

2. Es kommt noch mehr Besuch

Ich will einen hohen Preis aussetzen für den, der mir ein Dienstmädchen nachweisen kann, das einen Vetter hat, und bin überzeugt, daß ich mein Geld behalten werde. Einen »Cousin« dagegen haben sie alle ohne Ausnahme und sollten sie ihn aus der Erde graben. Diese liebliche verwandtschaftliche Beziehung dient ihnen gern zur Entschuldigung, wenn sie in einem vertraulichen Umgang mit männlichen Wesen getroffen werden, und ist natürlich sehr geeignet, die Herrschaft zu entwaffnen, denn wer wollte wohl ein solcher Barbar sein, mit rauher Hand in den Verband einer Familie zu greifen und nahe Verwandte am Verkehr miteinander zu hindern. Unter Umständen aber tritt für den Cousin auch der »Landsmann« ein, der von ihnen ebenfalls wie eine Art Verwandter, etwa im Sinn der schottischen Clanschaft, betrachtet wird. Lotte war merkwürdigerweise schon über zwei Jahre bei uns und hatte sich noch immer sowohl ohne Cousin als auch ohne Landsmann beholfen, als Frieda einmal gegen Abend ganz blaß aus der Küche kam und zu mir sagte: »Du, ich habe mich sehr erschrocken, denn eben als ich in die Küche kam, war bei Lotte ein Mann. Sie hatten mich wohl nicht gehört, weil ich auf Hausschuhen ging, und als ich plötzlich in die Küche trat, da war es mir, als führen sie auseinander. Lotte war hochrot und tat, als ob der Mann gar nicht da wäre, und klapperte mit den Ringen auf dem Feuerherd, obgleich es heute abend gar nichts zu kochen gibt. Der Mann aber stand da und wußte nicht, wo er mit seinen Händen und seinen Augen bleiben sollte, und tat ebenfalls, als ob er gar nicht da wäre. Und in der ganzen Küche roch es nach Pferden. Ich war so erschrocken, daß ich gar nicht wußte, was ich sagen sollte, und nahm nur schnell ein Sahnetöpfchen, als sei ich darum gekommen, und ging wieder hinaus. – Was macht man nun dabei? Es geht doch nicht, daß fremde Männer Lotte in der Küche besuchen.«

»Die noch dazu nach Pferden riechen«, sagte ich.

»Ach scherze doch nicht«, erwiderte Frieda, »es ist mir sehr ernst.«

»Na, ich will mal hingehen«, sagte ich.

»Aber werde nur nicht so heftig«, bat sie. »Sieh mal, du bist ja sonst immer so ruhig, aber wenn du außergewöhnlicherweise mal aus dir herausgehst, dann wirst du gleich so furchtbar wild.«

»Sei nur ohne Sorge«, sagte ich, »ich will sein wie ein Lamm, aber wie ein energisches Lamm.«

Als ich in die Küche kam, befand sich der Mann dort nicht mehr, und Lotte putzte mit verzehrendem Eifer irgendein Geschirr.

»Lotte«, sagte ich, »was hatten Sie eben für Besuch?«

»Das war ja man bloß mein Landsmann«, sagte sie und hörte auf zu scheuern, denn arbeiten und zugleich sprechen, das überschritt ihre geistige Befähigung. Dann fuhr sie mit einer gewissen Entschlossenheit fort, indem sie zwischendurch immer ein Stückchen putzte: »Er is mit mich aus ein Dorf. – Er kennt mir schon lang'. – Wir sind zusammen eingesegnet. – Er is bei die Anibusgesellschaft bei die Ferde. – Er verdient sich sein schönes Lohn.«

»Ja«, sagte ich, »das ist alles ganz gut, aber Sie wissen doch, was wir gleich zu Anfang ausgemacht haben, daß Sie Bräutigambesuch in der Küche nicht haben dürfen.«

Nun fing sie aber an ganz mächtig zu kichern und rief: »Er is ja gar nich mein Bräutigam, er is ja bloß mein Landsmann.«

Da ich nun auf diese feinen Unterschiede nicht eingearbeitet war, so beruhigte ich mich dabei, und es ward nun ausgemacht, daß ein fernerer Austausch heimatlicher Erinnerungen und landsmannschaftlicher Gefühle abends nach getaner Arbeit und nach vorher eingeholter Erlaubnis vor der Haustüre stattzufinden habe, und somit ward diese Angelegenheit zu allgemeiner Zufriedenheit erledigt.

Wir sahen denn die beiden später auch manchmal um die Zeit der Abendröte in spärlicher Unterhaltung nebeneinander wandeln oder zusammen vor der Haustüre stehen. Da diese sich neben meinem kleinen Zimmer befand, so fing ich bei geöffnetem Fenster zuweilen drollige Bruchstücke ihrer Gespräche auf. Einmal unterhielten sie sich über die Titel des Großherzogs von Mecklenburg-Schwerin. »Ja«, hörte ich Lotte sagen, »unser Großherzog[1] hat auch szu un szu viele Titels.«

»Wie heißen sie doch man all noch?« fragte der Pferdemensch, »Großherzog von Mäkelburg, Fürst zu Wenden, Schwerin und Ratze- burg, auch Graf zu Schwerin, der Lande Rostock und Stargard Herr … ich krieg's gar nich all mehr zusammen, es is noch 'n ganz Teil mehr.«

»Wo Sie das all auswendig wissen!« sagte Lotte bewundernd.

»Ja«, fuhr der Pferdemensch fort, »un nu könnt' er sich ja noch mehr Nams geben nach seine Güter un was ihn sonst noch gehört. Er könnt' sich ja noch nennen: Herr zu Ludwigslust[1] und Herr von Raben-Steinfeld[1] un so. Aber das tut er nich, das is ihn viel zu klein.« Das Gespräch ward für eine Weile durch das Rollen eines Wagens übertönt und deshalb verlor ich den Übergang zu der nächsten Un- terhaltung, die sich, wie es schien, um gesalzene Heringe drehte. Denn ich hörte nur noch, wie der Landsmann den großartigen Ausspruch tat: »Ja, das muß ich nu sagen, so 'n rechten schönen weichen Matjes- hering, der is mich viel lieber as 'n schlechten.« Nun waren aber die beiden guten Leute beim Essen angelangt, eine Unterhaltung, bei der jedem echten Mecklenburger ganz besonders das Herz aufgeht, und damit kamen sie in flottes Fahrwasser und steuerten alsbald auf die Gans los.

Als mein Freund Bornemann einmal gefragt wurde, welcher Vogel den größten poetischen Reiz auf ihn ausübe, antwortete er ohne Zö- gern: »Die Bratgans.« Ähnlichen Anschauungen huldigten auch Lotte und der Landsmann. Sie sprachen von diesem Vogel mit Hochachtung, Sachkenntnis und Liebe und zeigten sich wohl bewandert in den verschiedenen Formen seiner Zubereitung. Als sie aber auf das hei- matliche Schwarzsauer kamen, nahmen ihre Stimmen einen elegischen Klang an und ich merkte, es war ihnen zumute wie dem Schweizer, wenn er in der Fremde das Alphorn hört. »Ja, hier kennen sie das

1   das Wort ist zu betonen wie folgt: Gróßherzóg

1   das mecklenburgische Potsdam

1   ein dem Großherzog gehörendes Mustergut in der Nähe von Schwerin

nich«, sagte Lotte in mitleidigem Ton, »un all so 'n schönes Essent, als wie Apfel un Getoffel un rote Grütz' un Mehlgrütz' un Mehlbutter un Musgetoffel mit Buttermilch un all so was, das kennen sie hier auch nich.«

»Ja, in Mäkelburg is 's schön«, sagte nun der Landsmann elegisch, »un was 'n richtigen Mäkelbürger is, der wird's in die Frömde nie recht an.«

»Jawoll«, erwiderte Lotte, »das muß ich Beifall geben. Un was ich sonst noch sagen wollt, nu denken Sie sich bloß mal an: Was hier in 'n Keller den Schuster seine Frau is, die is aus Dräsen, un die hat mich erzählt, in Sachsen da füllen sie die Gäns' mit Beifuß. Haben Sie woll so was mal gehört?«

»Ne, wo is 's einmal möglich?« rief der Landsmann, und die unglaubliche Tatsache, daß man für diesen Zweck anstatt der uralt geheiligten Äpfel und Backpflaumen ein bitteres Unkraut nehmen könne, das an Feldwegen wächst, mußte unendlich viel Komisches für die beiden haben, denn sie brachen in ein anhaltendes Lachduett aus.

Derartig harmloser Art waren die Unterhaltungen dieser beiden Landsleute und da auch der Pferdemensch uns in seinem Wesen sehr wenig von einem Don Juan zu haben schien, so sahen wir diesem Verkehr bald mit Beruhigung zu.

Als unser Wolfgang schon bald zwei Jahre alt war und fleißig auf seinen kleinen Beinchen im Hause herumpuddelte, kam plötzlich wieder Besuch, und zwar diesmal in Gestalt eines lieblichen Fräuleins, das ebenfalls nach Aussage aller weiblichen Wesen übermenschlich schön und »ganz die Mutter« war. Hühnchen ließ sich durch dieses Ereignis sogar zu Versen hinreißen, die lauteten:

> »Welch wundervolles Märchen!
> Hurra, hurra! Ein Pärchen!«

In der Taufe sollte dieses kleine Mädchen den Namen Helene erhalten und zu dieser feierlichen Handlung hatten wir außer anderen auch Tante Lieschen eingeladen, eine alte Dame, die früher eine kleine Stellung im großherzoglichen Schloß zu Schwerin innegehabt hatte und nun von ihrer Pension und den Zinsen eines kleinen Vermögens in derselben Stadt ganz behaglich lebte. Es hatte sie einen großen Entschluß gekostet, die Reise nach Berlin anzutreten, einem Ort, den sie sich vorzugsweise von Mördern, Dieben, Einbrechern, Bauernfängern, Falschmünzern, Betrügern und Angehörigen ähnlicher interessanter Geschäftzweige bewohnt dachte, die nur darauf lauerten, sie sofort beim Betreten dieses Gomorras um das Ihrige zu bringen. »Mein lieber Neffe«, hatte sie geschrieben, »hole mich doch ja vom Bahnhof ab, ich sterbe sonst vor Angst, wenn du nicht da bist.« Nun, ich fand mich auch zur rechten Zeit dort ein und hatte das Glück, gerade neben dem Wagen zu stehen, wo von rückwärts etwas sehr bekanntes, eingemummeltes Weibliches, in der einen Hand eine Reisetasche, in der anderen einen Pompadour, hinausstieg. Ich nahm ihr leise, ohne ein Wort zu sagen, die Reisetasche aus der Hand und sah im nächsten Augenblick in ein von Angst versteinertes Gesicht. Doch ihre Züge verklärten sich, als sie mich erkannte, und sie rief: »Gott sei Dank, du bist es! Gott sei Dank! Ich dacht', es ging' schon los.«

Dann als wir mit dem Strom der Menschen dem Ausgang und der Gepäckausgabe zustrebten, fielen ihre Augen auf eine Tafel, auf der stand: »Vor Taschendieben wird gewarnt!«

»O wie schrecklich, wie schrecklich!« flüsterte Tante Lieschen: »Sieh mal, was da steht! Und ich habe über hundert Mark bei mir. Wo ist denn mein Portemonnaie? Gott sei Dank, ich hab' es ja noch!«

Dann blickte sie sich scheu um und flüsterte mir wieder zu: »Du, hinter uns geht einer, der hat solche Diebsaugen.«

»Liebe Tante«, sagte ich, »das ist ein harmloser Arbeiter, Taschendiebe sehen vornehmer aus.« Ich setzte sie nun in eine Droschke und ließ sie zu ihrem Entsetzen allein, um das Gepäck zu besorgen. Der Zug war stark besetzt gewesen, und es dauerte etwas lange, bis ich mit einem Gepäckträger und dem stattlichen Korb zu dem Wagen zurückkehrte. Sie hatte unterdessen sichtlich wieder entsetzliche Angst ausgestanden und ihr Gesicht klärte sich sehr auf, als sie sich wieder unter meinem Schutze befand.

»Du, dem Kutscher trau' ich nicht, er sieht so veniensch aus!« sagte sie. »Wenn er uns nur richtig fährt. Und denk' mal, unterwegs bin ich, weil das Damencoupé besetzt war, ›für Nichtraucher‹ gefahren, mit drei Männern zusammen, die waren ganz gewiß Bauernfänger. Denn, stelle dir nur vor, sie spielten Karten. Es war gewiß das fürchterliche ›Kümmelblättchen‹, denn sie brauchten ganz schreckliche Ausdrücke dabei, wie zum Beispiel ›der grüne Junge‹ und der ›rote Junge‹, und ›Null auf'n Bauch‹, und sprachen eine Art Gaunersprache, wovon ich kein Wort verstand. Denk' dir meine Angst. Wenn sie mich nun aufgefordert hätten zum Mitspielen, was hätt' ich da machen sollen?«

Ich lachte laut auf. »Aber, Tantchen«, sagte ich, »das waren drei harmlose Philister, die Skat spielten.«

Tante Lieschen war aber schon wieder auf neue Angstgedanken gekommen. »Du«, sagte sie, »der Kutscher fährt und fährt und biegt in immer neue Straßen ein, paßt du denn auch auf, wo er uns hinfährt? Wenn er nun … o du mein Schöpfer, wo ist meine Handtasche?« – »Hier, Tantchen, es ist ja alles da!«

Wir kamen nach Hause zu einer früheren Zeit, als man uns erwartet hatte, und als ich die Tür aufschloß, fand ich inwendig die Kette vorgehängt. Klingeln konnte ich nicht, weil dieser Mechanismus, einer Lieblingsgewohnheit von ihm folgend, einmal wieder nicht in Ordnung war, und auf mein Klopfen ward mir nicht aufgetan. Pauline, das neue Kindermädchen, war mit Wolfgang nach den Schöneberger Wiesen, Frieda von notwendigen Besorgungen noch nicht zurückgekehrt, und Lotte konnte dies Klopfen, wenn sie sich hinten in ihren Regionen befand, nicht hören. Die vorgehängte Kette und die Schwierigkeiten, in die Wohnung zu kommen, beunruhigten Tante Lieschen sehr. »Ach, da sieht man ja, wie ihr euch einschließen und einriegeln und einketten müßt!« jammerte sie. »Bei uns in Schwerin ist das nicht nötig. Wenn ich da ausgehen will, da schließe ich zu und hänge den Schlüssel auf die Türangel. Dann weiß jeder, der mich besuchen will, daß ich nicht zu Hause bin, und Diebe gibt's da nicht.«

Wir mußten uns zur Hintertür der Wohnung begeben und als wir über den Hof gingen, sah ich Lottes Kopf am Fenster des Fremdenzimmers. Sie lugte, durch das Geräusch unserer Schritte aufmerksam gemacht, dort aus und kam dann, wie es mir schien, mit sehr rotem Kopfe und einer seltsamen Verwirrung, um uns die Hintertür zu öffnen. Ich schickte sie fort, damit sie den Reisekorb von der Droschke hole, und als Tante Lieschen und ich dann bei dem kleinen Fremdenzimmer vorbeikamen, führte ich sie hinein und überließ sie dort eine Weile sich selber.

Schrecken über Schrecken stürzten auf die arme Tante ein, seit sie den Fuß in das fürchterliche Berlin gesetzt hatte, und die zufällige Zukettung der Tür war ein wichtiges Glied zu einer Verkettung von Umständen, wie sie bei der Gemütsart von Tante Lieschen nicht schrecklicher ausgedacht werden konnte. Denn kaum war sie kurze Zeit in dem kleinen Zimmer gewesen, als sich Fürchterliches ereignete. Sie hatte ihre Reisebekleidung abgelegt und ordentlicherweise wollte sie diese gleich in den Kleiderschrank hängen. Als sie aber die Tür dieses Möbels öffnete, stand darin – o Grauen und Entsetzen – ein Mann, ein Mann, der, wie sie auf den ersten Blick hätte sehen müssen, fast noch mehr Angst hatte als sie, der an allen Gliedern zitterte und vor entsetzlicher Verlegenheit nicht vermochte, den Mund aufzutun. Dafür aber hatte Tante Lieschen kein Auge. Sie sah nur, daß es wirklich so zuging in dem entsetzlichen Berlin, wie sie es sich gedacht hatte, und daß der erste Schrank, den sie öffnete, gleich einen schauderhaften Einbrecher enthielt. Sie war so entsetzt, daß sie nicht einmal einen Schrei auszustoßen vermochte. Aber sie nahm sich zusammen, denn hier, so sagte sie sich, ging es ums Leben. Mit zitternder Hand grub sie ihr Portemonnaie hervor und hielt es dem entsetzlichen Mann entgegen. »Nehmen Sie, nehmen Sie, lieber Herr Einbrecher, und schonen Sie mein Leben. Es ist alles, was ich habe!«

»Ich bin ja man bloß der Landsmann von das Mädchen«, stotterte der vermeintliche Einbrecher, »von die Lotte. Die Herrschaften haben uns ja übergerascht und da hab' ich mir in das Schrank verstochen. Ach, verraten Sie mir nich un lassen Sie mir gehn.«

»Nehmen Sie alles, nehmen Sie meine Reisetasche, aber gehn Sie doch!« jammerte Tante Lieschen, die in ihrer Aufregung und Angst gar nicht verstand, was der Mann sagte.

»Ach, verraten Sie mir nich un lassen Sie mir doch gehn!« wimmerte der Landsmann wieder in seiner Angst, und so lamentierten sie eine Weile in gegenseitiger Furcht gegeneinander an. Die Tür des geöffneten Schrankes verdeckte nämlich zum Teil den Ausgang des engen Zimmers und in der Lücke stand die zitternde Tante, die nicht zu fliehen wagte, aus Furcht, sowie sie den Rücken wendete, den Mordstahl im Nacken zu haben. So konnte der unglückselige Landsmann nicht hinaus, ohne meine Tante beiseite zu schieben, und das wagte er nicht. Nun aber kam ein Umstand hinzu, der ihn alle Rücksicht vergessen ließ, denn ich war aufmerksam geworden auf die seltsamen jammernden Stimmen, die sich dort vernehmen ließen, und das Geräusch meiner nahenden Schritte brachte den Landsmann zur Verzweiflung. Er faßte einen furchtbaren Entschluß, stürzte aus dem Schrank hervor, schob meine Tante zur Seite auf einen Stuhl und entfloh. Ich hörte einen furchtbaren gellenden Schrei und dann das Geräusch polternder Schritte über den Korridor nach der Küche hin, und als ich nun schnell hinausstürzte, fand ich die gute Tante bleich und zitternd in einer entsetzlichen Verfassung.

»Ist er fort?« flüsterte sie fast tonlos.

»Wer?« fragte ich.

»Der Räuber, der Einbrecher, der schreckliche Mörder!« wimmerte sie. »Er fuhr auf mich los und wollte mich umbringen. Er machte Augen wie ein Tiger!«

Ich wollte zur Küche eilen, doch Tante Lieschen schrie: »O Gott, er läßt mich allein!« Sie klammerte sich krampfhaft an meinen Arm und ich mußte sie mitnehmen. In der Küche fand ich Lotte mit schlotternden Knien, bleich und von Tränen überströmt.

»Herr du meines«, jammerte sie, »es war ja doch man bloß mein Landsmann. Er bimmelte an die Küchentür un wollte mich bloß mal was sagen, un indem daß ich keine Zeit hätte, indem daß ich doch die Fremdenstub' zurechtmachen müßt', da hab' ich ihn gesagt, er sollt' man 'ne Momang bei mich reinkommen. Un da is gleich der Herr übern Hof gekommen un da verfehrte ich mir ganz fürchterlich, indem daß der Herr das doch verboten hätte, un in mein Angst un meine Biesternis verstach ich ihm in das Schrank!« Die letzten Worte brachte sie nur noch mühsam hervor und brach dann in ein schluchzendes Geheul aus.

Ich hatte Mühe, mir das Lachen zu verbeißen, nahm aber gewaltsam all meine Würde zusammen und hielt Lotten eine schöne Standrede. Dann kehrte ich mit Tante Lieschen in die vorderen Zimmer zurück und hier sagte diese mit finsterer Entschlossenheit: »Du, wann geht der nächste Zug nach Schwerin?«

»Das weiß ich nicht, liebe Tante!« antwortete ich.

»Aber ich muß es wissen!« sagte sie, »denn du kannst nicht verlangen, daß ich noch eine Stunde in diesem fürchterlichen Ort bleibe. Muß ich noch einmal so etwas erleben, so ist es mein Tod. Ich fühle schon so ein Ziehen im Rücken, ich glaub', ich krieg' meine Zustände.«

Ich wandte alle Mittel der Beredsamkeit an, doch anfangs wollte es mir gar nicht gelingen, sie zu beruhigen. Dann kam Frieda nach Hause und half mir Öl auf die aufgeregten Wogen der Tantengefühle zu gießen, und als dann endlich Wolfgang erschien und ihr rosig freundlich und zutraulich entgegenlief, da sah man, wie sie schwankend ward. Nachdem wir sie endlich glücklich am Eßtisch hatten und es uns gelungen war, ihre zerrütteten Nerven mit Beefsteak und Bratkartoffeln zu kräftigen und ihren gesunkenen Lebensmut durch ein Gläschen süßen Weines wieder aufzurichten, da entschloß sie sich wenigstens, einen Versuch zu machen, wie es sich in dieser Mördergrube leben ließe. Als dann am Abend Hühnchen und Frau Lore erschienen, und ihr mit sonniger Gutherzigkeit freundlich entgegen kamen, da schien das Spiel gewonnen, denn sie mußte sich doch wohl im stillen sagen, daß ein Ort, wo so harmlose und gute Leute friedlich und fröhlich lebten, doch nicht ganz von Gott verlassen sein könnte.

Trotzdem war die Nacht, die diesem Tage folgte, für sie und uns nicht ruhevoll. Ich hatte ihr kleines Zimmer am Abend sorgfältig abgeleuchtet, um festzustellen, daß nirgendwo ein Mörder sich verborgen halte, ja sogar die Waschtischschiebelade hatte ich scherzweise aufgezogen und untersucht, ob sie nicht etwa einen einbrecherischen Däumling berge, doch trotzdem ließ ihre rege Phantasie die arme Tante nicht ruhen, und ein jedes unbekannte Geräusch schreckte sie aus kurzem Schlaf wieder empor. Das erstemal klopfte sie leise, aber eindringlich etwa um Mitternacht. Ich sprang aus dem Bett, und sie flüsterte durch das Schlüsselloch: »Hörst du denn nicht, da draußen bohrt immer was.« Ich beruhigte sie, so gut ich konnte. Nach einer Stunde etwa erschreckte sie das Stampfen der Pferde, die ihren Stall auf dem Hofe hatten, und ich mußte wieder hinaus und sie durch das Schlüsselloch aufklären. Dann gab's eine Weile Ruhe, bis endlich gegen fünf Uhr ein neues Entsetzen sie erfaßte.

»Hörst du denn nicht«, flüsterte sie durch das schon mehrfach benutzte Sprachrohr, »wie es arbeitet im Keller? Dort brechen sie durch die Decke.« Und ich merkte, wie ihre Stimme vor Angst zitterte.

»Ach, teuerste Tante, so schlafe doch«, sagte ich fast ein wenig unmutig, »das ist ja nur die Wasserpumpe.« Das Haus war nämlich noch nicht an die Leitung angeschlossen und wurde durch eine im Keller stehende Pumpe versorgt, die einen Behälter auf dem Boden füllte und frühmorgens in Betrieb gesetzt wurde. Das allergrößte Entsetzen aber erfaßte sie, als kurz vor sechs Uhr Lotte vorne in der Wohnung die Rolljalousien der Fenster nach der Straße zu aufzog. Dieses fürchterliche und unbekannte Geräusch brachte sie mit einem Satz aus dem Bett und an das Schlüsselloch.

»Hörst du denn wieder nicht«, rief sie, »das sind Brecheisen!« Ich mußte natürlich wieder hinausklettern, sie zu beruhigen, und so ging es die ganze Nacht bettaus, bettein, Policke, Polacke, und meine gute Tante verfuhr wie Macbeth gegen mich, sie mordete den Schlaf.

Jedoch trotz alledem verlor sie ihre Furcht vor dem entsetzlichen Berlin in einiger Zeit, und als wir, nachdem unsere kleine Helene getauft war, einmal mit ihr ins Panoptikum gingen, war sie merkwürdigerweise nicht davon abzuhalten, sich die Schreckenskammer anzusehen, und schien zwischen all den scheußlichen Puppen mit den starren wächsernen Mördergesichtern ein wundervolles Grausen zu empfinden. Zwar fuhr sie alle Augenblicke entsetzt zusammen, wenn so ein ausgestopftes Scheusal hinter ihr stand und es ihr dann vorkam, als rege es sich, zwar sagte sie bei Betrachtung der Folterinstrumente und der Richtschwerter, auf denen sie noch Spuren von Verbrecherblut zu sehen glaubte: »Igittegittegitt, wie greulich!« zwar huddelte sie sich sehr vor dem Massenmörder Thomas, der trotz seiner schwarzen Seele so friedlich aussieht wie ein Brauereibesitzer, und dennoch war sie nicht eher wegzubringen, bis sie die letzte aller dieser Scheußlichkeiten in sich aufgenommen hatte. Wir sind stark geneigt zu glauben, daß der Besuch dieses Tempels der Greulichkeit den Glanzpunkt ihrer Berliner Erinnerungen bildet.

Wenn Tante Lieschen sich in unserer Wohnung aufhielt, so ging ein bestimmter Prozentsatz des ganzen Tages damit verloren, daß sie ihre Brille suchte, ein Sport, an dem sich das ganze Haus eifrig zu beteiligen pflegte mit Einschluß des kleinen Wolfgang, der mit großem Eifer an den unmöglichsten Orten nach ihr forschte. Mir ist in meinem Leben kein optisches Instrument dieser Art bekannt geworden, das eine so geringe Anhänglichkeit an seine Herrschaft und eine solche Abneigung gegen einen ständigen Wohnsitz gezeigt hätte, wie dieses. Nun hatte unser Kindermädchen Pauline zwei- oder dreimal das verlorengegangene Seheisen mit großer Geschwindigkeit wieder aufgefunden und war deshalb bei Tante Lieschen in den Geruch einer guten Spürnase gekommen, so daß sie gleich bei Beginn der Suche zu rufen pflegte: »Pauline, Pauline, haben Sie meine Brille nicht gesehen? Ach, suchen Sie doch mal, Sie können ja so schön finden!« Und merkwürdigerweise entdeckte mit wenigen Ausnahmen Pauline den Flüchtling an den unglaublichsten und verstecktesten Orten mit großer Schnelligkeit.

Wir waren darüber einigermaßen verwundert, denn auf Pauline paßte sonst treffend der Ausspruch aus Hermann Marggraffs »Fritz Beutel«, der so lautet: »Denn sie war damals noch sehr dumm, fast dümmer noch, als sie aussah, obwohl sie ihrem Aussehen nach doch immer noch dümmer hätte sein können, als sie war.« Dieser Dummheit ward nur von ihrer Unordnung die Waage gehalten, und wie Fritz Reuter mal von einem polnischen Wirtshaus sagt: »Dor streden sick nu Hiring, ollen Kes' un Fuselbramwin, wer am düllsten stinken wull«, so waren auch jene beiden obengenannten Eigenschaften bei Pauline in einem steten Wettstreit begriffen, und noch jetzt, nachdem sie lange schon unser Haus verlassen hat, vermögen wir nicht zu entscheiden, ob sie unordentlicher als dumm oder dümmer als unordentlich war. Heruntergefallene Haarflechten, ausgerissene Rockfalten, Löcher in den Hacken, oder zwei verschiedenfarbige Strümpfe, irgendein solches Kennzeichen, oder auch manchmal alle zugleich, waren immer an ihr bemerklich. Mir ist sie besonders erinnerlich geblieben durch das einzige Lied, das sie kannte und dem kleinen Wolfgang und der noch kleineren Helene unermüdlich vorsang. Aber auch davon weiß ich nur noch den ewig sich wiederholenden Refrain, der lautete:

Grünkohl, Grünkohl!
Ist die beste Pflanze!

Darf man von diesem Bruchstück auf das Ganze schließen, so kann man wohl annehmen, daß sein Dichter von den vielen Stufen, die zum Gipfel des Parnasses führen, eine der untersten bewohnt hat. Ich für meinen Teil habe Liebigen in Verdacht.

Das war also Pauline, und um so mehr fiel es uns auf, daß sie bei dieser einen besonderen Gelegenheit eine so große Findigkeit und Geschicklichkeit bewies. Wir glaubten schon, es läge hier ein Fall vor, der öfter in der Natur vorkommt, wo ganz besonders bornierten Persönlichkeiten oft einzelne sehr hervorragende Fähigkeiten verliehen sind, zum Beispiel die Geige zu streichen, oder Wortwitze zu machen, oder im Schachspiel sich auszuzeichnen. Ich kannte auch mal einen Mann, der weiter nichts verstand, als auf zehn Schritte durch ein Schlüsselloch zu spucken, aber das auch unfehlbar. So glaubten wir denn, die Natur habe sich bei Pauline erschöpft, indem sie ihr einzig und allein die Fähigkeit erteilt hatte, verlorengegangene Brillen mit unfehlbarer Sicherheit wieder aufzufinden. Jedoch damit ging es uns wie jenem Junggesellen, der seinen seit kurzem verheirateten Freund antraf, wie er sich einen Knopf annähte. »O, was machst du da?« rief er, »ich denke, du bist verheiratet?« – »Ja glaubst du«, rief der Ehemann, »daß meine Frau dazu Zeit hat?« – »O weh«, sagte der andere ganz betrübt, »nun fällt das auch noch weg!«

Denn angeregt durch ihre ersten wirklichen Erfolge in dem Auffinden dieser Brille, hatte Pauline, wie später herauskam, um dieses Ruhmes noch öfter teilhaftig zu werden, mit der bekannten Dummpfiffigkeit, die manchmal den Beschränkten eigen ist, das der Tante unentbehrliche Instrument an allen möglichen Orten versteckt, um es nachher mit scheinbar wunderbarer Spürkraft wieder aufzufinden. Tante Lieschen aber versank fast in Tiefsinn über ihre zunehmende Zerstreutheit und Vergeßlichkeit, die sie veranlaßten, ihre Brille auf dem Grund von Papierkörben, in Ofenröhren, unter Tischdecken und an anderen wunderlichen Orten zu deponieren, ohne daß ihr nachher eine Erinnerung davon blieb.

An die Greuel von Berlin, die bei näherer Besichtigung in nichts versanken, hatte sich die Tante, wie gesagt, bald gewöhnt, doch wurde sie zuletzt durch ein anderes Schrecknis vertrieben, das ihr in ihrem Heimatort ebensogut drohte wie hier. Tante Lieschen war nämlich mit einer entsetzlichen Gewitterfurcht behaftet, und als es eines Tages zu blitzen und zu donnern begann, zog sie sich in den finstersten Winkel der Wohnung zurück und hörte nicht auf zu lamentieren und zu klagen. Da ich nun nicht wünschte, daß Wolfgang dadurch mit derselben Gewitterfurcht angesteckt würde, die mir die eigene Kindheit verbittert hatte, so hielt ich ihn möglichst von ihr fern und ließ ihn mit Pauline vorne sich aufhalten, während Frieda und ich der Tante Gesellschaft leisteten, denn allein gelassen unter solchen Umständen, wäre sie vor Angst gestorben. »Ach«, sagte Tante Lieschen, »in meiner jetzigen Wohnung in Schwerin, da geht es ja, aber als ich noch aufm Schloß wohnte, da waren die Gewitter viel stärker. – O du mein Schöpfer, das war ein Blitz, das hat eingeschlagen. Hör' doch den Donner!« Es kam aber dennoch eine kleine Pause, und nur der Regen strömte stärker und rauschender herab. Ich suchte sie zu trösten damit, daß es in Berlin eigentlich nie einschlüge und daß sogar des Nachts wegen eines Gewitters niemand aufstände, sondern ruhig weiter schliefe, wenn er es vor dem Lärm könnte. Doch das erregte nur ihren

Zorn und sie fand es barbarisch und unchristlich. »Sieh mal, liebe Tante«, sagte ich, »hier sind so viele hohe Häuser und Giebel und Zacken und Eisenspitzen und Fahnenstangen und Telephonleitungen, da weiß das Gewitter vor lauter Auswahl gar nicht, wo es hineinschlagen soll, und läßt es lieber ganz.«

Das wollte ihr aber nicht einleuchten und sie fand meine Rede sehr frivol. Als dann die Blitze sich wieder mehrten und der Donner stärker rollte, rief sie mit einemmal:

»O du hast ja wohl Stiefel an?«

»Ja, warum nicht liebe Tante?«

»Da sind doch Nägel drin!« rief sie, »und Eisen zieht doch den Blitz an. Das wissen ja sogar die drei Realschüler, die bei dem Schuster in Pension sind, wo ich meine Wohnung gemietet habe. Sie sind sonst Bambusen, wie alle Jungs in diesem Alter, aber wenn ein Gewitter ist, dann leisten sie mir Gesellschaft und ich geb' ihnen 'n bißchen Kuchen und 'n klein' Glas Wein, denn solche Jungs können ja essen und trinken, wenn auch Pech und Schwefel vom Himmel fällt. Aber als sie in der Schule gehabt haben, daß Eisen den Blitz anzieht, da haben sie sich immer draußen die Stiefel ausgezogen und sind auf Socken zu mir gekommen.«

Ich konnte ihr nun nicht wohl sagen, daß dies ein alberner Schülerstreich gewesen sei, und daß die Bengels sie sicher zum besten gehabt hätten, und mußte wahrhaftig hinaus, um mir die Stiefel auszuziehen, damit mir der Blitz nicht in die Beine führe.

Das Gewitter nahm aber mehr und mehr an Stärke zu, und Pauline graute sich in dem Vorderzimmer, mit dem kleinen Wolfgang allein zu sein. Ich ließ sie deshalb nach hinten gehen, nahm den Jungen auf den Arm, blieb dort, damit er das angstvolle Lamentieren der Tante nicht hören sollte, und zeigte ihm, am Erkerfenster stehend, die Blitze als ein schönes Schauspiel. Wenn dann so ein recht starkes Himmelsfeuer sein verzweigtes Flußnetz über den regengrauen Himmel schoß, so sah der kleine Wolfgang mich an und sagte: »Vater, der war doch schön!«

Das Gewitter nahm jedoch fortwährend an Stärke zu, die Blitze häuften sich und wurden rasch von einem kurzen Donner gefolgt, der klang, als wenn ein ungeheures Eisengerüst plötzlich zusammenstürze. Dann plötzlich ein blendend heller Schein, als ob die Luft in Feuer stände, und damit zugleich: »Rack!« ein furchtbarer Knall. Das war dem kleinen Wolfgang denn doch ein wenig zu viel. Er schlug beide Händchen vor die Augen und sagte mit etwas schüchternem Ton: »Vater, das war wohl sehr schön?« – »Ja, mein Kind«, sagte ich, »das war sehr schön!« obgleich mir doch ein wenig blümerant zumute war. Jedoch nun schien sich die Macht des Gewitters erschöpft zu haben, allmählich vergrollten die Donner in der Ferne, der Regen verrauschte und bald schien die Sonne durch die letzten funkelnden Tropfen, während die überschwemmte Straße sich mit unternehmenden Jünglingen füllte, die mit nackten Beinen in den trüben Wasserlachen jauchzend herumwateten.

Tante Lieschens Verfassung kann man sich denken. Bei dem entsetzlichen Schlag war sie emporgefahren und hatte sich einige Male um sich selbst gedreht. Da sie sich aber nicht entscheiden konnte, aus welcher der drei Türen des Zimmers sie fliehen sollte, so war sie kraftlos wieder auf den Stuhl zurückgesunken, hatte die Hände vors Gesicht geschlagen und stöhnte. Nach einer Weile ließ sich das Bimmeln der Feuerwehr vernehmen. »Was ist das, was ist das?« rief Tante Lieschen.

»Das ist die Feuerwehr!« sagte Frieda ganz ruhig.

»Mein Gott«, rief Tante Lieschen nun, »findest du nicht auch, daß es hier so sengerich riecht? Wie kannst du nur so ruhig sein? Wo ist denn das Feuer?«

»Das weiß ich nicht«, sagte Frieda, »aber es scheint mir, als wenn die Wagen hier ganz in der Nähe halten!«

Das war nun Tante Lieschen außer allem Spaß, und da das Gewitter so plötzlich nachgelassen hatte, wagte sie sich in das Vorderzimmer, wo ich mit Wolfgang stand und den Arbeiten der Feuerwehr, die einige Häuser weiter vor einem Hause hielt, zuschaute.

»Da stehst du so ruhig und guckst!« rief Tante Lieschen, »packt ihr denn nicht eure Wertsachen zusammen?« Und sie fingerte mit zitternden Händen an ihren Ohrringen herum, zog ihre beiden Ringe ab, löste ihre Amethystbrosche vom Halse und steckte in ihrer Verwirrung alles säuberlich in die Tasche.

»Aber liebe Tante«, rief ich lachend, »es ist ja drei Häuser weit ab. Und hier kannst du es, wer weiß wie oft, sehen, daß, wenn ein Dachstuhl brennt, die Leute drei Treppen hoch im Vertrauen auf ihre Feuerwehr ruhig aus dem Fenster sehen!«

»O wie entsetzlich!« sagte Tante Lieschen.

»Und außerdem handelt es sich hier gar nicht um Feuer«, fuhr ich fort. »Bei der Überschwemmung durch den Platzregen ist ein Keller voll Wasser gelaufen und die Feuerwehr pumpt es nun wieder heraus.«

Das wirkte sehr beruhigend auf die Tante und sie bemerkte nun mit einemmal, daß ihre Ringe fehlten. »Du mein Schöpfer«, rief sie, »wo sind meine Ringe? Und meine ...« Hier ward sie plötzlich dunkelrot, ging ganz kleinlaut vor den Spiegel und tat sich ihre Schmucksachen wieder an.

Damit war aber die Sache noch nicht abgetan, denn den ganzen Nachmittag über fürchtete sie sich vor der Rückkehr des Gewitters.

»Diese Art Gewitter kenn' ich«, sagte sie, »die kommen immer wieder und, wenn's nicht eher ist, in der Nacht.«

Und obwohl sie damit nicht recht behielt, kamen wir wiederum diese ganze Nacht nicht zur Ruhe. Denn bald hielt sie das Rollen eines Wagens für fernen Donner, bald das Laternenlicht des Kutschers, der über den Hof ging, nach seinen Pferden zu sehen, für einen Blitz, bald schien es ihr sengerich zu riechen, und so spielten wir wiederum bis zum Morgen Policke, Polacke, und die letzte Nacht, die sie in unserem Hause zubrachte, war ebenso unruhig wie die erste.

Denn diese war wirklich ihre letzte Nacht in Berlin, und das entschied sich am nächsten Morgen, als die Zeitung kam. Dort fand sich folgende Notiz: »Ein Gewitter, das in den gestrigen Nachmittagsstunden, begleitet von einem gewaltigen Platzregen, über Berlin niederging, hat mannigfachen Schaden angerichtet und in den verschiedensten Stadtgegenden ward die Feuerwehr zu Hilfe gerufen, um das in die Kellerräume gedrungene Wasser zu entfernen. Auch schlug ein Blitz in das Haus Frobenstraße Nummer 37 und zertrümmerte einen Schornsteinaufsatz, ohne zu zünden oder sonst weiteren Schaden anzurichten.«

»Du meine Zeit«, jammerte Tante Lieschen, »das ist ja das Haus nebenan. Und das kriegen wir erst heut aus der Zeitung zu wissen. O welch eine entsetzliche Stadt! Nun frag' ich aber: Wann geht der nächste Zug nach Schwerin?«

Sie ließ sich durchaus nicht mehr halten und am Nachmittag dampfte sie ab. Den Eindruck, den der vermeintliche Einbrecher auf sie hervorbrachte, hatte sie überwunden, aber dies ging über ihre Kräfte. An einem Ort, wo man erst am anderen Tage aus der Zeitung erfuhr, daß im Nebenhause der Blitz eingeschlagen hatte, da konnte sie nicht länger leben. Es hieß auch ferner bei ihr: »Einmal und nicht wieder!« Berlin hat sie nie wieder gesehen.

3. Allerlei von Kindern

Hühnchen als Großvater zu sehen, war eine wirkliche Freude, und obwohl er in sehr jugendlichem Alter zu dieser Würde gelangt war, so mußte man doch sagen, er war dazu geboren. Die Mischung von großväterlichem Ernst und kindlicher Vertraulichkeit in seinem Wesen war bewunderungswürdig und ward nur durch die Geduld übertroffen, mit der er sich den phantastischen Launen seiner Enkelkinder fügte. Er war alles, was sie wollten, ein Elefant, ein Pferdebahnwagen, ein Kamel, eine Dampfmaschine, ja sogar scheußliche Lindwürmer darzustellen gab er sich her. Denn einst, als er bei uns war und sich mit den Kindern auf dem Teppich balgte, während ich in meinem kleinen Zimmer noch eine notwendige Arbeit zu erledigen hatte, ward ich gerufen, um ein lebendes Bild in Augenschein zu nehmen, das die drei darstellten und das an die Phantasie des Beschauers die ungeheuerlichsten Anforderungen stellte. Es betitelte sich: »Der Ritter Sankt Georg mit dem Drachen.« Hühnchen wand sich als Lindwurm am Boden, während der vierjährige Wolfgang, auf den Knien liegend, das Pferd darstellte. Auf ihm saß die kleine zweijährige Helene als Ritter Georg und zielte mit einem Spazierstock auf den furchtbar aufgesperrten Rachen des greulichen Ungetüms, während dieses mit seinen Krallen mächtig ausholte.

Sogar zu Dichtungen regten ihn seine Enkel an. Als der kleine Wolfgang zwei Jahre alt war, spielte er vorzugsweise mit zwei wolligen Holztieren, einem Lamm und einem Hund, deren Fell er mit einem Kamm und einer kleinen Bürste eifrig bearbeitete, an welchem seltsamen Spiel er ein unerschöpfliches Gefallen fand. Dazu machte Großpapa ein kleines Märchen, das später zum eisernen Bestand der Kinderstube gehörte und allen unseren Kindern, wenn sie in gleichem Alter waren, nicht oft genug erzählt werden konnte. Es lautete: »Es waren einmal ein Wauwau und ein Mählamm, und es waren einmal ein Kamm und eine Bürste. Da sagte das Mählamm zur Bürste: ›Komm, Bürste, bürste mich!‹ Da sagte aber der Wauwau zur Bürste: ›Nein, Bürste, bürste mich!‹, Nun sagte das Mählamm zum Kamm.

›Komm, Kamm, komm, kämme mich!‹ Aber gleich sagte auch der
Wauwau zum Kamm: ›Nein, Kamm, komm, kämme mich!‹ Da taten
Kamm und Bürste sich in ihr Futteral und sprachen: ›Alles zu seiner
Zeit! Geduld, Geduld verlaß mich nicht!‹«

Von den vielen Versen, die er auswendig konnte und den Kindern
zu ihrem Jubel vorsang und vorsagte, will ich nur ein kleines Gedicht
mitteilen, das mir bemerkenswert ist, weil es mir vorkommt, als
müßte der Verfasser Hühnchens gekannt und sie unter dem Bild
dieser Vogelfamilie dargestellt haben. Es lautete:

Bei Goldhähnchens

Bei Goldhähnchens war ich jüngst zu Gast!
Sie wohnen im grünen Fichtenpalast,
In einem Nestchen klein,
Sehr niedlich und sehr fein.

Was hat es gegeben? Schmetterlingsei,
Mückensalat und Gnitzenbrei,
Und Käferbraten famos –
Zwei Millimeter groß.

Dann sang uns Vater Goldhähnchen was:
So zierlich klang's wie gesponnenes Glas.
Dann wurden die Kinder besehn:
Sehr niedlich alle zehn!

Dann sagt' ich: »Adieu!« und: »danke sehr!«
Sie sprachen: »Bitte, wir hatten die Ehr',
Und hat uns mächtig gefreut!«
Es sind doch reizende Leut'!

Und was konnte Großpapa nicht alles machen! Das erste war, wenn
er kam, daß ihm alle Invaliden gebracht wurden, an denen es in einer
Kinderstube nie fehlt, und daß er sich den Fischleimtopf holte.
Hühnchen brachte sie alle zurecht, er setzte den Pferden neue Beine
an und den Wagen gab er die Räder wieder. Soldaten, die höchst
unmilitärischerweise ihre Gewehre verloren hatten, bewaffnete er aufs

neue und kein Tier in der Arche Noahs gab es, das nicht schon einmal in seiner Kur gewesen wäre. Wolfgang hatte aber auch einen solchen felsenfesten Glauben an die unfehlbare Kunst seines Großvaters, daß einst, als ein kleiner Knabe bei einem wilden Straßenspiel das Bein gebrochen hatte und die Mutter darüber weinte und lamentierte, er auf diese zuging und sagte: »Nich weinen, Frau! Großpapa mit Fischleim wieder heil machen!«

Schon als Wolfgang vier Jahre alt war, baute Hühnchen ihm einen gewaltigen Drachen, und als wir ihn einst in Steglitz besuchten, ließen die beiden ihn steigen. Nachher sagte Hühnchen zu mir: »Eigentlich habe ich hier nicht ganz ehrlich gehandelt, denn der Junge ist für dieses Vergnügen noch viel zu klein und hat sehr wenig davon. Ich will dir nur offen gestehen, daß mich schnöde Selbstsucht geleitet hat, denn obwohl ich Großvater bin: Drachen steigen lassen, macht mir noch ganz ungeheuer viel Spaß!«

Unter Hühnchens Fingern ward jedes Stückchen Papier zum Spielzeug und nahm hunderterlei Form und Gestalt an, und was für komische Männchen, Tiere, Mützen und sonstige Dinge er aus einem Taschentuch gestalten konnte, war einfach unglaublich. Gab man ihm eine Anzahl schwedischer Streichholzschachteln, ein wenig steifes Papier, ein bißchen Zwirn, einige Streichhölzer, etwas Siegellack und eine Schere, so machte er daraus die halbe Welt. Zum Beispiel eine schöne Waage mit Schalen aus Streichholzschachteln, oder ganze Güterzüge mit Achsen aus Streichhölzern und Rädern von steifem Papier, die sich zur großen Wonne der Kinder »ordentlich drehten«, oder den Palantin der Prinzessin von China, den Staatsschlitten des Kaisers von Rußland, Mühlenräder, die mit Sand getrieben wurden, und wer weiß was sonst noch.

Jedes Weihnachtsfest und jeder Geburtstag brachte ein neues Bilderbuch seiner Fabrik, wozu er die Bilder aus illustrierten Journalen, Anzeigen und dergleichen sammelte und sorgfältig in einen Band aus steifen Papier klebte. Komische Unterschriften oder kleine selbstgemachte Verse bildeten den Text zu diesen Bilderbüchern. Im Hühnchenschen Hause kam überhaupt nichts um. Jedes Stückchen Stanniol, jede Scherbe bunten Glases, jeder blanke Knopf, jedes Gummibändchen und was sonst an Wertlosigkeiten und Abfall im Haus vorkommt, wurde aufbewahrt und fand gelegentlich eine manchmal geradezu geniale Verwendung.

Am ersten Ostertag fuhren wir alle stets nach Steglitz und in Hühnchens Garten wurden Eier gesucht. Er mußte wohl ein besonders gutes Verhältnis mit dem Osterhasen haben, denn in Hühnchens Garten legte dieser rätselhafte Vierfüßler, der seinen einzigen Kollegen in der Eierproduktion, das wunderliche Schnabeltier, sowohl in der Reichhaltigkeit seiner Erzeugnisse so fabelhaft übertrifft, die herrlichsten Eier. Da gab es goldene und silberne und solche, die in allen Farben des Regenbogens glänzten. Da gab es welche, die nach der Methode, die im Spreewald angewendet wird, mit den herrlichen Ornamenten geziert waren, und einige sogar hatte ihr Erzeuger mit seinem eigenen Bildnis geschmückt und mit deutlicher Pfote darunter geschrieben: »Z. fr. Erg. Der Osterhase.«

Großpapa Hühnchen war natürlich infolge so trefflicher Eigenschaften der Liebling aller meiner Kinder und selbst der kleine Werner, der zwei Jahre nach Helene geboren war, streckte ihm schon, als er noch ganz klein war, vom Arme seines Mädchens die Händchen entgegen und krähte vor Vergnügen. Sein besonderer Liebling aber war Helene. Unsere Kinder hatten alle etwas Sonniges in ihrem Wesen, das mochte wohl eine Erbschaft von ihrem Großvater sein, aber Helene hatte diese Eigenschaft im höchsten Grade. Wir nannten sie nur das Sonnenkind oder Großpapas Sonnenschein. Von ihrem freundlichen Gesicht ging stets ein heller Schimmer aus und auf ihrem braunen Haar lag es wie ein goldiger Glanz. Sie hatte auch mit dem Sonnenschein ein besonderes Verhältnis und spielte sogar mit ihm. Als das Kind fast vier Jahre alt war, rief mich meine Frau einmal um die Mittagszeit, als die Sonne zwischen den Vorhängen hindurch einen breiten Strahl in das Schlafzimmer sendete, und zeigte mir ein holdes Bild. Dort kniete Helenchen vor einem Stuhl, auf den das himmlische Licht mit ganzer Kraft funkelte, und griff mit den zarten Händchen in den hellen Sonnenschein und versuchte ihn mit zierlicher Bewegung der Finger in die dunklen Ecken zu streuen. Außer dem Sonnenschein liebte sie die Blumen, die seine Kinder sind, und oft rührte es mich tief, wenn sie bei unseren Spaziergängen das kleine dürftige Blumenwerk, das an den staubigen Wegen wuchs, mit heller Freude begrüßte und die kümmerlichen Glöckchen und Sterne sorglich in der kleinen warmen Hand nach Hause trug. Wie arm sind doch die Kinder einer so großen Stadt gegen die auf dem Lande. Wir waren in dem Sommer, da Wolfgang sechs Jahre alt wurde, und nun zum Herbst die Schule besuchen sollte, vom Onkel Nebendahl auf sein Pachtgut eingeladen und ich werde nie vergessen, wie ich mit den beiden älteren Kindern das erstemal im Felde spazieren ging. Wir gelangten auf einem Fußsteige durch Kornfelder zu einem wenig befahrenen Landweg, der über und über mit Blumen bewachsen war und weithin in schimmernder Farbenpracht vor uns lag. Die Kinder betrachteten dieses Paradies anfangs mit einer heiligen Scheu, und Helene sagte nur wie überwältigt: »O Blumen, Blumen, Blumen!«

Dann stellte Wolfgang mit zaghafter Schüchternheit die Frage: »Dürfen wir uns hier wohl ein paar pflücken?«

Ich sagte: »Sie gehören euch alle! Pflückt so viele ihr wollt!«

Dies erschien ihnen wie ein Märchen, denn sie waren nur an die staubigen Wegränder der nächsten Berliner Umgegend und an das Nolimetangere des Tiergartens gewöhnt, und so unzählig wie herrenlose Blumen hatten sie noch niemals beieinander gesehen. Sie stürzten sich nun wie zwei jauchzende Schwimmer in diesen Blumenstrom und gerieten in einen förmlichen Rausch über die Fülle dieser Reichtümer. Bald tauchten sie unter zu den roten Blüten des Klees, bald erhoben sie sich wieder und stürzten zu den goldenen und weißen Tellern der Wucherblume, bald wurden sie gelockt von den großen hellblauen Blütensternen des Wegewarts, bald von den roten Büscheln der Flockenblumen oder den goldenen Knöpfen des Rainfarns. Als sie nun aber im angrenzenden Kornfeld die purpurnen Köpfe des Mohns, die leuchtenden Raden, den dunkelblauen Rittersporn und vor allem die Kornblumen, nach ihrem Sinne die Königin dieser ganzen Gesellschaft, erblickten, da glaubten sie sich in einem Zauberlande. Das sind nun allerdings wieder Freuden, die ein Landkind, das mit dergleichen als gemeinen Dingen groß geworden ist, niemals kennenlernt.

So rauften und rupften sie, bis sie so viel von der schimmernden Farbenpracht dieses Ortes zu großen Büscheln vereinigt in den Händen trugen, daß diese den Reichtum nicht mehr zu fassen vermochten. Ich band ihnen die Sträuße mit Binsen zusammen und wie große Schätze trugen sie sie nach Hause.

»Vater«, sagte Wolfgang dann, nachdem er eine Weile still und ernsthaft nachgedacht hatte: »Onkel Nebendahl ist wohl sehr, sehr reich?«

»Warum meinst du das, mein Kind?«

»Weil er so furchtbar schrecklich viele Blumen hat!«

Onkel Nebendahl und seine Frau, die ebenso behäbig, rundlich und glänzend aussah wie ihr Mann, hätten unsere Kinder in aller Gutmütigkeit fast umgebracht, wenn wir nicht stets auf der Hut gewesen wären. Wie so manche Landleute geneigt, das städtische Leben als ein Hungerleben anzusehen, waren sie stets darauf aus, sowohl während als außerhalb der regelmäßigen Mahlzeiten, deren es täglich fünf gab, unsere Kinder bis obenhin voll guten Sachen zu stopfen. In Sonderheit Onkel Nebendahl war der Ansicht, ein ordentlicher Junge auf dem Lande müsse stets, wie er sich ausdrückte, »mit den Vorderfüßen im Fliegenschrank stehen«, so habe er es auch gemacht und er sei darum auch stets ein »Bostbengel« gewesen. Als Mittel, solches Ziel auch bei Wolfgang zu erreichen, empfahl er die reichliche Vertilgung von Butterbroten in der Zwischenzeit und zwar von dem großen Landschwarzbrot, dessen Scheiben ungefähr einen halben Quadratfuß Oberfläche haben. Ein einziges solches Ungetüm, ungefähr zwei Zentimeter dick und mit einem halben Zentimeter Butter und desgleichen Leberkäse darauf, hätte meinen Sohn, der an so schweres Geschütz nicht gewöhnt war, auf der Stelle niedergeworfen.

Helene, obwohl sie ihn im Punkt des Essens ebenfalls nicht befriedigte, war auch sein Liebling. »Diese kleine Dirn'«, sagte er, »is immer vergnügt un so fix zu Bein wie'n Brummküsel, un tanzt un singt un springt den ganzen Tag. Wenn ich manchmal so sitz und grätz mich un ärger' mich über die Wirtschaft, un die kleine Dirn' kommt rein, un so drat sie man in der Tür is, da is sie auch schon bei mir un sitzt mir aufn Schoß un guckt mich an mit'n Gesicht, als wenn die Sonn' in 'n goldenen Becher scheint – ja denn ist aller Ärger gleich weg. Un alle Kreatur is ihr gut, das mit Wasser wird' ich mein Lebtag nicht vergessen.«

»Wasser«, hieß nämlich ein ungemein böser Kettenhund, der einzig und allein nur vor dem Onkel und dem Mann, der die Kühe fütterte und auch ihn mit Nahrung versorgte, Achtung hatte, die übrige Menschheit aber ohne alle Ausnahme in die Waden biß, wenn er ihrer habhaft werden konnte. Diese bösartigen Naturanlagen hatten ihn, nachdem er eine genügende Anzahl von Kindern und großen Leuten in unverantwortlicher Weise geschädigt hatte, eine andauernde Anstellung als Kettenhund eingetragen, und die ewige Gefangenschaft, die solcher Beruf mit sich brachte, hatte sein Gemüt natürlich nur noch mehr verdüstert. So lebte er denn in seiner geräumigen Hütte einsam als ein Sonderling und Menschenfeind, keine andere Freude kennend als, sobald ein fremder Mensch den Hof betrat, an der rasselnden Kette einem Teufel gleich herumzutoben und zu rasen und seinem sinnlosen Zorn und Ingrimm durch ein fanatisches Gebell und durch Beißen in Steine Luft zu machen. Wegen der oftmaligen Wiederholung dieses Manövers war rings um seine Hütte ein tief ausgetretener Kreis beschrieben und in diesen wagte sich weder Mensch noch Tier, mit Ausnahme der frechen Sperlinge, die vor nichts der Welt Respekt haben.

Nun ward am zweiten Tage unserer Anwesenheit auf dem Gut bald nach Tisch bemerkt, daß Helene verschwunden war. Man suchte und rief sie im Hause und im Garten, allein es kam keine Antwort. Endlich sah jemand zwei zierliche Kinderstiefel neben dem Kopf des bösen Kettenhundes, der scheinbar tückisch brütend in seiner Hütte lag. Ein tödlicher Schreck befiel uns alle, als dies bekannt wurde, Frieda ward leichenblaß und selbst Onkel Nebendahl verfärbte sich. Er ging allein auf die Hütte zu, indem er uns anwies, im Hintergrund zurückzubleiben. Der Hund richtete sich auf, als er seinen Herrn sah, fletschte die Zähne und knurrte bedenklich. In diesem Augenblick vermochte sich Frieda nicht mehr zu halten und sie rief mit lauter Stimme: »Helene! Helene!«

Da rappelte sich in der Hütte etwas empor und neben dem zottigen Kopf des Hundes erschien das rosige Angesicht des kleinen Mädchens. Es rieb sich anfangs ein wenig verschlafen die Augen und sah dann von Glück strahlend auf uns hin.

Frieda wagte nicht mehr zu rufen, sondern winkte nur eindringlich mit der Hand. Da sagte die kleine Helene zu ihrem Nachbar: »Adjö, Hund, nun muß ich wieder zu meine Mama«, und dabei tätschelte sie ihm den zottigen Kopf, während der Köter gerührt winselte, ihr die Hand zu lecken versuchte, und mit dem Schwanz wedelte, wie man aus dem Klopfen gegen die Wand der Hütte vernehmen konnte. Dann, als sie ruhig und seelenvergnügt zu uns ging, folgt ihr der Hund bis an den Kreis, der die Grenzen seines Reiches bezeichnete, und winselte und günste nach ihr und stellte ein Bild dar, unter das man gleich hätte schreiben können: »Die Sanftmut in Hundegestalt.«

Nachher erzählte sie: »Ich war so traurig von den Hund, daß er immer so allein is und an der Kette und kann gar nicht rumspringen

186

wie Karo und Fips und Bergmann. Und da bin ich hingegangen und hab' ihm viele schöne Blumen gepflückt. Die mocht' er aber gar nicht leiden und hat sich gar nich gefreut. Und da war seine Wasserschale ganz leer und er hatte immer die Zunge 'raus und den Mund auf und machte immer so.« Sie ahmte das Jichern eines Hundes nach. »Und da bin ich an den Trog gegangen und hab ihm Wasser in seine Schale gefüllt. Und das hat er all ausgetrunken und seine Zunge wie einen Löffel dabei gemacht und es hat immer schlapp, schlapp, schlapp gesagt. Und da sind wir beide in sein Haus gegangen und da hab' ich ihm die Geschichte von dem Wauwau und dem Mählamm erzählt. Die mocht' er woll gern leiden und hat immer mit'n Schwanz an seine Hütte geklopft. Und dann haben wir beide 'n bißchen geschlafen. Und dann hat mich Mama gerufen. Und nun ist die Geschichte aus.«

Dies war das letzte Jahr, da wir die Zeit unserer Sommerfrische uns selber auswählen durften, denn im nächsten Herbst kam Wolfgang zur Schule und von dieser Zeit an geriet natürlich das ganze Haus unter den Zwang dieser öffentlichen Einrichtung. Mir kommt es nach meinem bescheidenen Verstand manchmal so vor, als wenn der Schule eine Wichtigkeit beigelegt würde, die nicht ganz der Übertreibung ermangelt. Eine mir bekannte Dame ward kürzlich von einer Freundin gefragt, warum sie so niedergeschlagen aussähe – Da rief jene aus: »O die Schande, die Schande! Ich weiß nicht, wie ich es ertragen soll! Ich kann niemandem mehr in die Augen sehen!« Und so lamentierte sie noch eine ganze Weile weiter. Nachher kam es heraus, daß weiter sich nichts ereignet hatte, als daß ihr ältester Junge nicht versetzt worden war und sich nun mit seinem zwei Jahre jüngeren Bruder in einer Klasse befand. Und man glaube ja nicht, daß eine solche Anschauung so vereinzelt dasteht. Die Menschen scheinen ganz vergessen zu haben, daß man das beste im Leben erst nach der Schule lernt.

Die Schule, wie sie heute besteht, ist eine Art von Forstkultur, und die einzelnen Klassen bedeuten Schonungen verschiedenen Alters. Sieht man eine Kiefer, die sich frei nach allen Seiten hat entwickeln können, so wird man erfreut durch die kraftvolle Eigenart dieses Baumes, den man dann gar wohl der südlichen, um so vieles berühmteren Pinie vergleichen kann. In der Schonung aufgewachsen aber werden alle Stämme gleich lang und schlank und ebenmäßig, und sind oben mit einem öden grünen Büschel versehen, aber sie geben ein vortreffliches Nutzholz. Das gleiche erzielt auch die Schule. Sie drückt die Begabten herab zur schönen goldenen Mittelmäßigkeit und zerrt die minder Begabten zu dieser begehrenswerten Stufe empor. Und wie das Auge des Forstmannes lacht, wenn er eine so gut bestandene Schonung betrachtet, wo ein Baum aussieht wie der andere, so freut sich auch der richtige Schulmeister, wenn er seine schöne gleichmäßige Ware an die nächste Klasse abliefern kann.

Dieses Forstmeisterprinzip mag wohl ganz gut und nützlich sein, aber richtige Kiefern sind das nicht mehr, die man dort erzielt, sondern Bauholzkandidaten. Und wenn nicht manchmal trotz alledem ein solcher Baum durch günstige Umstände Luft und Licht um sich bekäme, daß er sich entwickeln kann nach seiner zwar einer etwas knorrigen Eigenart zu kraftvoller und eigentümlicher Schönheit, so wüßten wir am Ende gar nicht einmal mehr, wie eine Kiefer wirklich aussieht.

Es war ein wichtiger Tag, als ich hinging, um meinen jungen Pflänzling in diese große Baumkultur einzureihen. Er ging frisch gewaschen und gekämmt und sauber angezogen gar fröhlich und erwartungsvoll mit, denn er wußte ja nicht, daß die schönste Zeit seines Lebens, da er im Sonnenscheine fröhlich wachen und seine jungen Zweige nach allen Seiten breiten konnte, nun vorüber sei. Von nun an galt es, in Reihen zu stehen unter dem Zwang einer unerbitterlichen Dressur.

Ein Saal nahm uns auf, in dem die feierliche Stille nur durch gedämpftes Flüstern unterbrochen und jedes unschuldige helle Kinderstimmchen, das sich erhob, gleich wieder zur Ruhe getuscht wurde. In der Mitte dieses Saale stand ein ungeheurer grüner Tisch und um dieses herum saßen die Mütter, eine jede mit ihrem ebenfalls wohlgekämmten und säuberlich angezogenen Sprößling zur Seite. Die in weit geringerer Anzahl versammelten Väter standen mit den ihrigen an den Wänden herum. Dann ward die Tür nicht schüchtern und vorsichtig, sondern mit herrischem Ruck geöffnet, und unter erwartungsvollem Flüstern erschien der Herr Direktor und begab sich mit raschem Schritt an das obere Ende des Tisches. Zu beiden Seiten von ihm nahmen zwei Unterlehrer Platz und die Sache wurde feierlich. Für diesen Tag hatte der Gewaltige einen Teil seiner erhabenen Größe abgelegt und indem er mit beiden Händen seinen grauen Backenbart auszog, blickte er wie ein wohlwollender und gut aufgelegter Monarch über die zukünftigen kleinen Schüler dahin, deren unschuldige Kinderaugen auf ihn gerichtet waren. Dann wurde der erste Name aufgerufen und alle diese kleinen Menschenkinder nacheinander in die neue Fessel eingeschmiedet. Der Gewaltige schien guter Laune zu sein und machte allerlei kleine Scherze, die mit beifälligem Gemurmel aufgenommen wurden, und schien sehr verwundert, als eines dieser Knäblein trotzdem von der Feierlichkeit dieses Moments so ergriffen wurde, daß, als es seinem zukünftigen Oberlehrer die Hand reichen sollte, es in ein lautes Schluchzen ausbrach. »Du ahnungsvoller Engel du«, dachte ich, während andere dieser Knirpse im Bewußtsein ihrer stärkeren Männlichkeit lächelnde Blicke auf ihre Mütter oder Väter warfen. Dann ward ein neuer Name aufgerufen und eine blühend aussehende Dame trat hervor, die dem Direktor schon bekannt zu sein schien. »Der wievielte ist denn das, den Sie uns bringen?« fragte er wohlwollend.

»Der fünfte!« sagte die Dame und ein leichtes Rot stieg ihr in das blühende Antlitz. Der Direktor nickte wohlwollend und legte wie segnend dem Kleinen die Hand auf das Haupt, während in der Korona ein murmelndes Geflüster des Beifalls und der Bewunderung laut wurde und die glückliche Mutter mit unterdrücktem Stolz vor sich hin blickte. Der Zufall wollte es dann, daß auf ein zwerghaftes kleines Männlein, das kaum über den Tisch blicken konnte, ein Enakssohn folgte, ein Riesenkind, das die meisten seiner Genossen um mehr als Haupteslänge überragte. Der Direktor legte sich in den Stuhl zurück und maß den Jungen mit bewundernden Blicken. »Wie alt bist du, mein Sohn?« fragte er. »Sechs Jahr!« ertönte ein festes aber dünnes Stimmlein. »Alle Achtung!« rief der Direktor, »du bist ja ein Riese!« Wieder allgemeines Vorbeugen und bewunderndes Geflüster rings im Umkreis und possierlich war es zu sehen, wie alle Mütter und alle Väter die ihrigen mit den Augen maßen, um sie dann mit jenem Riesenkind zu vergleichen, während der zu diesem gehörige Vater sich große aber vergebliche Mühe gab, Gleichmut zu heucheln. Endlich kamen auch wir an die Reihe und im Nu war mein kleiner Wolfgang aus einem freien Spielkind in einen Schüler der dritten Vorschulklasse verwandelt und in die große Schonung eingereiht.

Wir waren zu derselben Zeit aus der Frobenstraße fortgezogen und hatten eine neue Wohnung in der Flottwellstraße, nahe dem Karlsbad. An dieser Wohnung fand Hühnchen ganz besondere Vorzüge. »Dergleichen«, sagte er, »kann man doch nur in einer Großstadt haben. Aus den Vorderfenstern schaut ihr auf den Güterbahnhof der Potsdamer Bahn und habt das brausende Treiben des Weltverkehrs vor Augen, aus den Hinterfenstern blickt ihr aber in das Idyll friedlicher, blühender und ausgedehnter Gärten, wo lauter Grün und Vogelgesang ist, wo junge Mädchen in hellen Kleidern auf den Steigen wandeln und fröhliche Kinder spielen. Da ist für jede Stimmung gesorgt.«

Von dieser Wohnung aus machte Wolfgang seinen ersten Schulbesuch, und da der Weg zu meinem Büro ebenfalls in dieser Richtung lag, so begleitete ich ihn des Morgens, während das Mädchen ihn nachher wieder abholte. Doch nach einigen Tagen kam der große Moment, wo er zum erstenmal allein gehen sollte, und dieses Unternehmen erfüllte ihn mit großer Wichtigkeit. Ich hatte mir vorgenommen, ohne sein Wissen hinterherzugehen, um zu sehen, wie die Sache abliefe, denn wir trauten seinem Ortssinn nicht so recht.

Ich sehe das kleine tapfere Männchen noch immer vor mir, wie es mit dem Ränzel auf dem Rücken so wichtig und zuversichtlich in die mächtige Riesenstadt hineinstapfte. Zuerst unter der Überführung der Potsdamer Bahn hindurch, dann am Kanal entlang, immer vorwärts, ohne sich umzusehen. Bei der Schöneberger Brücke mußte er links abbiegen, das tat er aber nicht, sondern tüffelte immer mutig weiter. Nun, er konnte auch über die Möckernbrücke gehen, obwohl es etwas weiter war; vielleicht hatte das Mädchen mit ihm schon einmal diesen Weg gemacht. Aber auch an der Möckernbrücke ging er ohne Zaudern vorüber und immer weiter den Kanal entlang. Mich überkam etwas wie Rührung, als der kleine Mann so unverdrossen und zuversichtlich auf seinem falschen Wege fortpilgerte, immer geradeaus in die weite Welt hinein. Denn wenn er auf diesem Wege fortfuhr, dann kam er wohl schließlich über Südrußland und Westsibirien nach China, aber niemals in seine Schule.

Nun wollte ich die Brücke an der Großbeerenstraße noch abwarten, nur um zu sehen, ob ihm auch dann noch keine Bedenken kämen, allein auch hier schickte er sich an, ohne Zaudern weiterzuwandern, immer in schnurgerader Richtung auf China los. Doch nun beschleunigte ich meine Schritte und holte ihn ein. »Junge, wo willst du denn eigentlich hin?« fragte ich.

Er wunderte sich natürlich gar nicht darüber, daß ich plötzlich da war, sondern sagte ganz ruhig: »Ich will in meine Schule, Vater.«

»Aber, was gehst du denn für einen Weg?« fragte ich, und er antwortete. »Ich geh' doch so lange, bis das Wasser alle ist, und dann kommt doch der Platz, wo all die Kohlen sind, und dann der, wo immer die Pferde reiten, und dann der große Torweg« – er meinte den Tunnel, der unter den Anhalter Bahn durchführt – »und dann bin ich gleich da.«

Nun war es heraus. Er hatte niemals beachtet, daß wir stets über die Schöneberger Brücke nach links abgebogen waren, und daß aus diesem Grunde dann das Wasser »alle« geworden war, und wartete nun, immer geduldig weiterschreitend; daß diese Erscheinung endlich eintreten sollte. Ach, der Kanal mündete in die Spree und das Wasser wäre ihm immer zur Seite geblieben bis nahe der böhmischen Grenze, wo dieser Fluß entspringt, da endlich erst wäre es »alle« geworden.

So unbedeutend dies kleine Erlebnis auch ist, so werde ich es doch nie vergessen, und solange ich lebe, werde ich es vor mir sehen, wie der kleine Mann mit seinem Ränzel auf dem Rücken so unverdrossen und voll kindlichen Vertrauens in die weite Welt hinauswanderte.

4. Dunkle Stunden

Es gibt Wege, von denen Kinder und große Leute nicht zurückkehren, wenn sie sie einmal gewandert sind.

In diesen Blättern, die von Leberecht Hühnchen und seinen Nachkommen handeln, hat bisher eitel Sonnenschein geherrscht und sie waren angefüllt mit der Schilderung des bescheidenen Glückes harmloser und friedfertiger Menschen. Darum scheue ich mich fast fortzufahren und möchte einhalten vor der finsteren Unbegreiflichkeit, mit der das Schicksal seine Lose streut.

Doch nicht vollkommen wäre dieses Lebensbild, wollte ich verschweigen, was ferner geschah. Auch vermag ich es jetzt niederzuschreiben, was mir vor kurzem noch unmöglich erschien. Denn also ist das menschliche Gemüt von einem gütigen Schöpfer eingerichtet, daß das Düstere und Traurige im Laufe der Zeiten verblaßt und sich verschleiert, das Liebliche und Holde aber stets in helleren Farben glüht. Und so mag es denn niedergeschrieben werden!

Ich war einst an einem schönen Novembertag – denn auch dieser Monat hat solche, die voll künftiger Frühlingsahnung sind – mit meinen beiden ältesten Kindern zum erstenmal hinausgegangen bis zum Kreuzberg, der damals noch nicht wie jetzt mit Anlagen, Wasserfällen, Teichen und Felsgruppen bedeckt war, sondern seinen geböschten sandigen Abhang kahl zur Schau trug und den beliebtesten Spielplatz der Kinder in der Umgegend darbot. Es ist sehr leicht, über den Kreuzberg zu spotten und zu lachen, aber bei Bergen und Menschen kommt es ganz darauf an, in welcher Umgebung sie sich befinden, wenn man sie nach ihrem Wert schätzen soll. Der Bürgermeister von Kuhschnappel ist bei sich zu Hause ein großer Mann, in Berlin aber ein ganz kleiner Provinziale, und einer von ungeheuer vielen. Ebenso sinkt der Brocken neben dem Gaurisankar zu einem Maulwurfshaufen zusammen, und vergleicht man den Brocken wieder mit dem Kreuzberg, so darf man diesen kaum einen Erdkrümel nennen. Aber der Gaurisankar liegt in Asien und der Brocken ist weit, und da nun in der unmittelbaren Nähe des großen Präsentiertellers, auf den Berlin gebaut ist, keine größere Erhebung sich vorfindet, als der Kreuzberg, so muß er mit seinen sechsunddreißig Metern, die er über den niedrigsten Punkt dieser Stadt emporragt, für einen sehr vortrefflichen Berg gelten. Und ich glaube fast, daß weder der Gaurisankar noch der Brocken meinen Kindern ein solches Vergnügen bereitet haben würde, wie dieser behagliche Sandhaufen, auf dessen sanfter Böschung sie eilig in die Tiefe rennen konnten, um sie alsbald wieder mit glühendem Eifer emporzuklettern. Und sie erkannten ihn an und bewunderten ihn. »O so hoch, so hoch!« sagte Helene, als wir an seinem Fuße standen, und Wolfgang rief aus: »Vater, ich hätte nie gedacht, daß es so hohe Berge gibt!«

Als wir aber von diesem Spaziergange gegen Abend wieder nach Hause kamen, wollte Helene nichts essen, legte sich auf das Sofa und klagte über Schmerzen. Wenn sonst sehr lebhafte und muntere Kinder sich auf das Sofa legen und teilnahmlos werden, ist immer etwas Bedenkliches im Anzug, und wir ließen noch an demselben Abend unseren alten guten Arzt kommen. Dieser machte ein bedenkliches Gesicht, verordnete etwas und versprach, am nächsten Morgen wiederzukommen. Die Nacht war schlaflos und voller Schmerzen für das Kind. Rührend war es, wie das kleine tapfere Mädchen sein Wimmern zu unterdrücken versuchte, um das jüngste kleine Brüderchen nicht zu wecken. Am anderen Morgen kam der Arzt und war sichtlich erschrocken über die Fortschritte der Krankheit. Ich glaube, er hatte schon damals keine Hoffnung mehr. Er verordnete Eisumschläge und Opium gegen die Schmerzen. Als ich vom Büro nach Hause kam und mein Kind sah, in hohem Fieber liegend und mit von Angst und Schmerzen verzerrten Zügen, da fiel es mir plötzlich wie eine schwere Last aufs Herz. Frieda war rastlos tätig in der Pflege und voller Hoffnung, ich ließ ihr diesen Anker. Hühnchen und Frau, die benachrichtigt waren, kamen und sprachen tröstliche Worte. Sie wußten eine Menge von glücklichen Fällen der Errettung aus solcher Krankheit, aber es schien mir, sie glaubten selbst nicht daran.

Als sie spät am Abend gingen, konnte Hühnchen weiter nichts sagen als: »O lieber, lieber Freund! Wir wollen beten zu Gott!«

Und dann kam die Nacht, die lange, furchtbare Nacht, von der ich ganz gewiß zu wissen glaubte, es sei die letzte. Wir gingen nicht zu Bett, Frieda saß im Schlafzimmer und wachte und ich wanderte meist ruhelos in der Wohnung umher. Es war eine dunkle, wolkenverhangene Novembernacht und an dem dunstigen Himmel kein Stern zu schauen. Und wie ich so wanderte und wanderte, immer von den hinteren zu den vorderen Räumen und wieder zurück, und bald aus dem Küchenfenster in die nächtlichen Gärten starrte, bald auf der Straßenseite auf die verschwommenen Lichtschimmer des ausgedehnten Bahnhofes, da sprach es in mir unaufhörlich: »Warum, warum? – Warum diese liebliche, unschuldige Mädchenblüte? Was hat sie denn getan? Warum, warum?«

Und eine andere solche ruhelose, entsetzliche Nacht fiel mir ein, als vor einem Jahr Wolfgang schwerkrank danieder lag und ich allein bei ihm wachte, weil er wegen der Ansteckung abgesperrt war. Es war der Höhepunkt der Krankheit, und als ich mich gerade mit den Kleidern ein wenig aufs Bett gelegt hatte, begann der Junge zu phantasieren. Plötzlich lag er auf seinen Knien und spielte eifrig mit eingebildeten Dingen. Er legte etwas, das man nicht sah, bald hierhin, bald dorthin, und dann huschte er schnell mit der Hand hinterher, als entliefe es ihm. »Wolfgang, was machst du denn?« fragte ich.

»Ich spiele doch mit meinem Kaufladen!« sagte er, »aber es läuft mir ja immer alles fort, da ... da ... da ...«

»Kind«, sagte ich, »du träumst!« und drückte ihn sanft wieder in die Kissen. »Ach ja!« sagte er dann und legte sich geduldig auf die Seite. Aber nach einer Weile trieb er wieder dasselbe Spiel. Da ergriff mich dieselbe Unruhe wie heute, und ich fing an zu wandern, immer leise im Zimmer auf und ab. Und als ich dann einmal am Fenster stand und in die nebelige Nacht hinausstarrte, die ebenso hoffnungslos ausschaute wie die heutige, da sah ich etwas oder glaubte etwas zu sehen. War es ein Bild, das meine aufgeregte Phantasie mir vorlog? Dort zwischen den Büschen des Vorgartens stand es wie eine lange hagere, zugeknöpfte Gestalt schemenhaft, aber erkennbar. Es war, als warte es auf jemanden. Und nun schien es mir, dieses schattenhafte Wesen nehme eine Uhr hervor und blicke forschend darauf hin, und dann aus finsteren Augenhöhlen zu dem Fenster empor, wo ich stand. Und dann nickte sie, als wollte sie sagen: »Es ist Zeit.« Da sprach es in mir, inbrünstig, obwohl ich keinen Laut auf meine Lippen brachte: »O geh, geh, du Entsetzlicher, Grausamer, Erbarmungsloser, geh fort und laß ihn mir. Ich flehe dich an aus den Tiefen meiner Seele. Es sind ja so viele, die sich sehnen nach dir, denen du kommst als ein Erlöser, als ein lieblicher Bote des Friedens. Dorthin wende deinen Schritt und laß ihn mir, laß mir mein Kind!«

Und mir war, als zaudere er, der grausige Schatten. Bückte er sich nicht und pflückte ein dürftiges Blümchen, das dort zwischen spärlichen Halmen stand, und schwand dann hinweg wie Rauch, daß nur der einsame traurige Nebel dort blieb? Vom Bett meines Sohnes hörte ich ruhige Atemzüge zum erstenmal in dieser Nacht. Er schlief. Am anderen Morgen kam der Arzt und seine Augen leuchteten, als er das Kind sah. »Gott sei Dank!« rief er, »nun sind wir durch!«

Es kam etwas wie Trost aus dieser Erinnerung. War ich nicht auch damals so tödlich verzagt gewesen, und mein Herz war doch so bald wieder leicht und fröhlich geworden. Aber ich sehnte mich nach einem Zeichen. Und so wanderte ich wieder ruhelos durch die ganze Wohnung und sah bald hier, bald dort aus dem Fenster in die dunstige, wolkenverhangene Novembernacht und suchte nach einem Stern. Wenn ich nur einen fände, ein ganzes, kleines, winziges Himmelslicht, nur ein Fünkchen, dann sollte es ein Hoffnungszeichen sein. Überall war aber nur das einförmige, schwimmende Grau und so starrte ich, bald hier, bald dort sehnsüchtig suchend, in die düstere, trostlose Wolkennacht, bis der trübe Morgen heraufdämmerte.

Dann kam der letzte entsetzliche Kampf. Wir saßen zu beiden Seiten des Bettchens und mußten sehen, wie unser holder Liebling mit dem Entsetzlichen rang. Dann wieder schien sie schmerzlos zu sein und schöne holde Bilder zu schauen, vielleicht schon aus einer besseren

Welt. In den Augen lag ein überirdischer Glanz und mit rührendem Stimmchen sang sie ihre kleinen Lieder. Dann pflückte sie Blumen, bald hier, bald dort, von der Decke und vom Bettrand, und ordnete sie zierlich in der Linken, beschaute sie und sagte »ah!« dazu in einem holden Ton. Dann wieder waren es Früchte, sie führte sie zum Mund, machte »ei!« und klopfte sich mit dem Händchen die Brust. Und zuletzt schlief sie ein, das Köpfchen ein wenig zur Seite geneigt und die Augen halb geschlossen. Immer langsamer und seltener wurden die Atemzüge, zuletzt hob sich die Brust noch einmal kaum merklich – ein zarter, leiser Hauch, und es war zu Ende. –

Ich legte ihr die Hände zusammen und drückte ihr die Augen zu. Wir beide hatten in diesem Augenblick dieselbe unerwartete Empfindung. Unsere Herzen waren leicht, als sei eine schwere Last von ihnen genommen und eine wunderbare, fast selige Ruhe kam über uns. So sehr überwog das Gefühl, daß unser Kind den Frieden gefunden, und die Erlösung von furchtbaren Leiden in diesem Augenblick den Schmerz über seinen Tod.

Bald darauf kamen Hühnchen und Frau, doch ich verzichte darauf, ihren Schmerz zu schildern. Zum erstenmal in meinem Leben sah ich Hühnchen ganz gebrochen. »Grausam, lieber Freund, grausam, grausam!« sagte er und rang die Hände umeinander.

Die notwendigen Verrichtungen lenkten meinen Geist wohltätig ab davon, mich in den nach der kurzen Ruhe um so heftiger ausbrechenden Schmerz zu vertiefen. Und während ich all das Notwendige bei der Polizei, bei dem Standesamt, bei dem Prediger, dem Leichenwagenfuhrmann, dem Totengräber, dem Buchdrucker und was sonst erforderlich war, besorgte, umgaukelten meine aufgeregte Phantasie fortwährend wechselnde Bilder. Ich sah mein holdes Kind immer, wie es noch lebte, und zu allen diesen Vorstellungen gingen mir tönende Worte durch meinen Sinn, es war ein Kampf, den mein innerer Mensch auf eigene Hand unternahm, um alle die schrecklichen Eindrücke des Leidens und des grausamen Todes zurückzudrängen.

Ich sah sie, wie sie mit dem Sonnenschein spielte, o so deutlich erblickte ich den schimmernden Kranz loser Härchen um ihr liebliches Haupt und die zierlichen Finger vom himmlischen Licht rosig durchleuchtet. Dann war sie wieder um mich her wie bei unseren Spaziergängen, leicht wie eine Elfe und flink wie eine Eidechse. Ich sah die Fingerchen hinabtauchen in das staubige Gras der Wegeränder und sah und hörte das zierliche Mädchen, wie es mir mit leuchtenden Augen drei kümmerliche Blümchen entgegen hielt und dazu rief: »O Vater, sieh wie schön!« Und dann wieder sah ich sie jauchzend untertauchen in eine unerschöpfliche Blumenfülle des Landweges, oder schaute sie am Rande des Kornfeldes, das hoch über ihr Haupt ragte, wie sie zierlich und vorsichtig die blauen Sterne der Kornblumen und die feurig leuchtenden Köpfe des Mohnes hervorholte. Ach, es war ja gar nicht zu glauben, daß dies alles dahin war und statt dessen ein blasses, starres und kaltes Bild. »Du lebst, du lebst in mir!« sagte ich unwillkürlich vor mich hin.

Vom anderen Tage ab kamen die Blumen, herrliche und kostbare Kränze von Freunden und Bekannten in reicher Fülle. O so viel schöne Blumen hatte sie nie gehabt, als sie noch lebte. Und doch, wieviel kostbarer waren sie damals gewesen, die drei armen kleinen Blümchen in ihrer lebenswarmen Hand.

Als Helene schon im Sarg lag, kam ein kleines, fünfjähriges Mädchen, armer Leute Kind, aus der Nachbarschaft und brachte ein dürftiges Sträußchen, das sie sich wohl beim Gärtner erbettelt hatte. Helene hatte öfters mit diesem Kind gespielt, und da mich diese Gabe rührte, so gab ich der Toten die halb verwelkten Blumen in die starren Hände. Später aber kam von Freundeshand ein herrlicher Strauß des Schönsten, das in dieser ungünstigen Jahreszeit zu haben war. Als ich nun darauf dachte, ihn unterzubringen, da erschien mir das andere Sträußchen doch gar zu vertrocknet und häßlich, und ich beschloß, dafür meinem Kind die neuen Blumen in die Hände zu geben. Doch wie durchschauerte es mich, als ich den sanften Versuch machte, ihr das Sträußchen zu entziehen, denn ich hob die Hände mit auf; sie hielt es fest. »Ja«, rief ich, »du sollst sie behalten, mein Kind!« und legte die anderen Blumen daneben.

Dann kam das Begräbnis, und was an diesem Tag geschah, steht wie ein Traum vor meinen Augen. Sie kamen alle, die guten Freunde und Bekannten, und sprachen tröstliche Worte, wenn sie es vermochten, oder drückten die Hand, wenn ihnen dies nicht gegeben war. Aber was sind tröstliche Worte für einen frischen Schmerz, den auch die Zeit nicht heilen, sondern nur lindern kann. Und als der Prediger sprach, sah ich nur Friedas bleiches Gesicht und ihre starren Augen, die noch keine Tränen gefunden hatten. Dann kamen die vier schwarzen Männer und hoben den mit Blumen über und über bedeck-

196

ten Sarg empor. »In Gottes Namen!« sprachen sie dabei und gingen im Taktschritt davon.

»Sie nehmen mir mein Kind!« rief Frieda plötzlich, trat einen Schritt vor und blickte mit irren Augen auf die Männer hin. Man umringte sie und sprach ihr Trost zu, und ich eilte mit Hühnchen hinab zu den Wagen. Ein paar andere Freunde folgten in einem zweiten Gefährt. Es war ein grauer, trüber Novembertag; zuweilen stäubte ein wenig Regen.

Das Grab auf dem Zwölfapostelkirchhof hatte Hühnchen ganz mit Blumen und Grün ausschmücken lassen, und so in lauter Blumen haben wir unseren Liebling begraben und mit Blumen haben wir ihn zugedeckt.

Als ich mit Hühnchen wieder zurückfuhr, faßte er meine beiden Hände und sagte: »O du mein lieber, guter, beklagenswerter Freund! Nun bin auch ich kein Glücksvogel mehr. Sieh mal, als meine guten Eltern starben, da waren sie alt und müde. Sie fielen ab vom Baume des Lebens wie eine überreife Frucht an einem stillen, dämmernden Herbstabend, wenn kein Luftzug geht. Es war der Lauf der Natur. Dies aber ist anders. Dies Kind war die schönste der Natur. Wie gerne mochte ich mir ausmalen, zu welch herrlicher, köstlicher Frucht sie noch einmal ausreifen würde, zu einer solchen, die ihre ganze Umgebung mit lieblichem Duft erfüllt und allen Menschen wohlgefällig ist. Und nun ist alles dahin, mit grausamer Hand plötzlich vernichtet. Ja, lieber Freund, nun bin ich kein Glücksvogel mehr!« Und er drückte beide Hände vors Gesicht, seine Brust ward von heftigem, mühsam zurückgekämpftem Schluchzen erschüttert und die Tränen liefen ihm unter den Fingern hervor.

Von nun ab hatten wir in den folgenden Jahren ein neues Ziel für unsere Spaziergänge. Das war der kleine Efeuhügel auf dem Zwölfapostelkirchhof. Zu Häupten liegt darauf ein weißer Marmorstein und ein wilder Rosenstrauch ist in seine Mitte gepflanzt. Um diesen herum tauchen im ersten Frühling die hellblauen Sterne der Szilla und die farbigen Becher des Krokos aus dem dunklen Efeulaub hervor mit lieblichem Schimmer, und im Juni steht der üppig wachsende Rosenstrauch in blaßroten Blüten. Um diese Zeit war ich kürzlich mit meinen beiden Knaben dort. Es war ein schöner, sonniger Junitag und auf dem von Efeuranken fast verdeckten Stein, gerade auf dem

Namen, saß eine schön gestreifte Eidechse und sonnte sich. Regungslos, mit etwas erhobenem Kopf blickte sie mit den goldenen Augen auf uns hin. Die Kinder sahen mich schweigend an und der kleine Werner, der jetzt sechs Jahre alt ist, forderte mich nicht auf, wie er sonst unfehlbar getan haben würde, sie zu greifen, sondern sagte zuletzt halb fragend und halb überzeugt von der Richtigkeit seiner Anschauung: »Das ist Helenchens Eidechse!«

»Ja«, antwortete ich, »das ist Helenchens Eidechse!« und ein holder Schauer durchrieselte mich, da ich gedachte, wie im Leben dies Kind gerade so zierlich und flink gewesen war wie diese Eidechse, die auf seinem Grab saß und uns mit geheimnisvollen Augen anblickte.

5. Ein neues Haus und neues Leben

Hühnchen hätte nicht er selber sein müssen, wenn nicht in kurzer Zeit der unverwüstliche Sonnenschein seines Innern wieder zum Durchbruch gekommen wäre, nur mit dem Unterschied, daß sich unter den Saiten seines Gemütes nun eine befand, die wehmütig nachklang, so oft sie auch nur leise berührt wurde.

Im nächsten Sommer nach dem Tode unseres Kindes kam er, nachdem er sich fast acht Tage lang gar nicht hatte sehen lassen, in der freudigsten Aufregung zu uns.

»Teuerster Freund«, sagte er, als er kaum das Zimmer betreten hatte, »vor kurzem habe ich eine Idee gehabt, die mich förmlich berauschte. Du weißt, wie glücklich ich war damals über den Einfall, dich zu bitten, zu uns zu ziehen, als hätte ich damals schon ahnen können, wieviel Liebes und Holdes daraus für uns alle erwachsen würde. Aber diese neue Idee ist noch viel glanzvoller. Wie ein Blitz aus blauer Luft kam sie mir plötzlich und sie lautet so: Warum baue ich mir eigentlich kein Haus, in dem für uns alle Platz ist, für euch und uns. Ich frage dich, gibt es was Einfacheres und Gesünderes als diesen Einfall, und doch hat es über fünf Jahre gedauert, bis er mir kam. Nun weiß ich endlich, weshalb mir alle meine vielen Pläne bis jetzt nicht gefielen, denn ich dachte dabei immer nur an uns zwei einsamen Leute. Und denke dir, kaum hatte ich diese Idee gefaßt, da kam einer und bot mir ein Grundstück an. ›Ein Fingerzeig des Himmels!‹ sagte ich mir. Als ich aber dies Grundstück sah, da dachte ich bloß: ›O Isis und Osiris!‹ Denke nur, den schönsten Traum meines Lebens sah ich vor mir verkörpert, denn es war ein Teich darin. Verstehst du? Ein ganz unzweifelhafter, veritabler Teich mit Wasserrosen, Schilf und Rohrbomben. Ich fing fast an zu zittern vor Angst, ich könnte meine Begier nach diesem Grundstück zu deutlich verraten. Ich sage dir, mit wahrhaft übermenschlicher Anstrengung habe ich Gleichgültigkeit geheuchelt, während die verlockendsten Phantasiebilder von Gondelfahrten im Mondschein, von Entenzucht und Fischereivergnügen mich umgaukelten. Was meinst du, wenn ich in der Mitte eine Insel anschütte mit einem Schwanenhäuschen darauf. Für Schwäne ist der Teich allerdings nicht recht geräumig genug. Aber deine Kinder könnten auf der Insel Robinson spielen. Und wie denkst du über Karpfen? Oder bist du mehr für Karauschen? Und ich will nur gleich damit herausschießen – ich hab' es schon. Das Grundstück nämlich. Obwohl es über einen Morgen groß ist, war es gar nicht so sehr teuer, weil es nämlich ziemlich weit vom Bahnhof liegt. Eine gute halbe Stunde zu gehen. Aber für Menschen wie wir, die eine sitzende Lebensart führen, ist die notgedrungene Bewegung, die diese Entfernung mit sich bringt, ja Goldes wert. Ich kann dies nur für einen weiteren Vorzug dieses Grundstückes halten. Nicht? Was?«

In mir war die Befürchtung aufgestiegen, Hühnchen hätte sich durch diesen, nach seiner Meinung so überaus wertvollen Teich die Augen verblenden lassen und ein Grundstück erworben mit zwar manchen wässerigen, aber wenig irdischen Vorzügen, und dieser Ansicht gab ich schüchtern Ausdruck.

»Thomas!« sagte Hühnchen vorwurfsvoll und dann entrollte er strahlenden Auges ein Papier, das er in der Hand trug: »Sieh her und bleibe deiner Sinne Meister!« rief er dann emphatisch, indem er zwei Bücher auf die Ränder legte, um die Rolle am Zurückschnellen zu verhindern. »Hier erblickst du bereits alles, das Haus, den Teich, die Gartenanlagen, ich habe bis gestern nach Mitternacht daran gearbeitet im Feuer der Begeisterung.«

»Siehst du das Haus? Seinen Grundriß halte ich für ein Meisterwerk, und jeder Architekt würde mich um die Lösung beneiden. Hier in diesem Flügel hat die Familie Hühnchen drei niedliche Zimmerchen. Sie begibt sich dort aufs Altenteil oder, wie man in Bayern sagt, ins Austragstüberl. Siehst du hier meinen Schreibtisch? Wenn ich die Augen erhebe, fallen meine Blicke auf den Teich und seine romanti-

schen Ufer. Und dort wohnt ihr. Siehst du wohl das kleine Vogelstüb-
chen neben deinem Arbeitszimmer? Was sagst du dazu? He? Dort in
jener, von außen mit Rosen überrankten Erkernische hat Frieda ihren
Nähtisch stehen und ihre Blumen. Dort wird sie sitzen wie eine Madonna im Grünen. Oben sind die Schlafzimmer, Kinder- und Frem-
denstuben und sonstiges. Ahnst du, was dieser kleine Raum bedeutet?
Das ist die Apfelkammer, denn in diesem Garten werde ich unermeß-
liches Obst bauen. Hier, das große Gebüsch in der Ecke, zwischen
dem Gartenzaun und dem Teich, das ist der Nachtigallenwinkel. Dort
wird eine Laube von wilden Rosen sein, deiner Lieblingsblume, und
sonst undurchdringliches Buschwerk. Dort wirst du Nachtigallen und
sonstiges vergnügliches Gefieder ansiedeln und an schönen Frühlings-
und Sommerabenden 'n bißchen auf deinem geliebten Pegasus reiten.«
»Was ist denn das dort in der anderen Ecke?« fragte ich. »Da steht
ja: Der Weinberg!‹«
»Ja«, sagte Hühnchen und sah ganz ungemein schlau aus, »das ist
eben der Weinberg. Aber keiner von gewöhnlicher Art, sondern dort
werde ich eine riesige Johannisbeerplantage anlegen. Die Beeren
werden wir keltern und alljährlich ein Faß köstlichen Weines in unseren Keller eintun. Dann, wenn wir unseren Gästen davon vorsetzen,
werden sie fragen: ›Ei, wo habt ihr denn diesen herrlichen Tropfen
her?‹ Und stolz und schmunzelnd werden wir antworten: ›Hm, eigenes
Gewächs.‹ – Von Nachbarschaft werden wir einstweilen nicht belästigt
werden, denn in der ganzen Gegend hat sich noch kein Mensch angebaut. Wir werden dort hausen als die äußersten Pioniere der Kultur.
Doch was schadet das, Berlin wird uns schon nachkommen. Wenn
sich einer mal erst so weit hinausgewagt hat, so wirkt das, als sagte
diese Ansiedlung fortwährend zu den weiter zurückliegenden: ›Tuck,
tuck, mein Hühnchen!‹ und bald lassen sie sich locken und kommen
ihm nach die Häuser und Häuserchen, und siehe da, in ein paar
Jahren ist man eingebaut, fühlt einen erheblichen Stolz als ›ältester
Ansiedler‹ und erzählt der erstaunt horchenden Jugend wunderbare
Geschichten, ›wie es früher war‹.«
Als nach dieser Unterredung zwei Jahre vergangen waren, wohnten
wir wirklich dort und fanden unser Heim über die Maßen wohnlich
und schön, besonders die Kinder, die in dem ländlichen Aufenthalt
herrlich gediehen. In dem Teich befand sich wirklich eine Insel von
drei Meter Durchmesser und eine zierliche Gondel schaukelte auf

seinen Wellen. Er ward bewohnt von sieben Fröschen und fünfunddreißig Karauschen, deren reichliche Vermehrung wir mit Spannung
erwarteten. Die Reusen, um diesen Nachwuchs der wohlschmeckenden
Fische einzufangen und der Bratpfanne zuzuführen, lagen schon bereit.
Der Garten war vollständig bepflanzt, und, wer Augen hat zu sehen,
sagte Hühnchen, der blickt in seine Zukunft wie in ein üppiges Füllhorn. Das einzige, was ihm mangelte, war Schatten, das aber ist ein
Übelstand, sagte wiederum Hühnchen, dem die unverwüstliche
Schöpferkraft der Natur mit jedem Jahr mehr abhelfen wird. Wir
hatten dort einen Weingang, auch »der Poetensteig« genannt, an
dessen Drahtwänden eine Anzahl von jungen Reben ihre ersten
Kletterversuche machten. Wenn Hühnchen durch diesen Steig ging,
so blickte er meist andächtig nach oben, wo nichts zu sehen war als
Draht und Himmel, und als ich ihn einmal fragte, warum er das täte,
sagte er: »O ich sehe im Geiste schon dort die Sonne durch das grüne
Weinlaub schimmern und dazwischen die schwellenden Trauben
niederhängen. Ein herrlicher Anblick!« In dem Garten befand sich
eine Jelängerjelieberlaube, die besonders eingerichtet war zum Genuß
der Abendröte, wenn sie sich in den »Fluten« des Teiches spiegelte.
Sie hieß darum auch die »Abendlaube«. Der »Jelängerjelieber« machte
jedoch seinem Namen noch wenig Ehre und die Laube bestand zumeist
aus Latten und Hoffnung. In einer Ecke, die menschlicher Berechnung
nach im Laufe der Jahre noch einmal die Aussicht hatte, recht schattig
zu werden, stand in einem Kreise düsterer Nadelhölzer die »Philosophenbank«. »Ein nachdenklicher Winkel«, sagte Hühnchen, »hast du
einmal schwierige Probleme auszugrübeln, so verrichte dies Geschäft
hier, des Orts Gelegenheit ist günstig.« –

Auf Wasserkünste hatte Hühnchen in diesem Garten verzichtet,
»denn«, sagte er, »wo die Natur selber in verschwenderischer Fülle
für Wasser gesorgt hat, da würden solche Künste kleinlich wirken.«

Und wiederum vergingen zwei Jahre. – Damit bin ich zu der Grenze
gelangt, wo Vergangenheit und Zukunft sich scheiden, und die Gegenwart beginnt, in der ich diese geringen Erlebnisse niederschreibe. Da
nun die Zukunft ein unbekanntes Land ist, in dem nur Hoffnungen
und Entwürfe wohnen, so ist damit von selber dieser Geschichte ein
Ziel gesetzt. Wir sind eben an den großen Zaun gelangt, wo die Welt
mit Brettern vernagelt ist. Da bleibt mir denn zum Schluß nichts übrig,

als zu berichten, wie es den mannigfachen Leuten, die in dieser harmlosen Geschichte vorkommen, bis dahin ergangen ist, und die Billigkeit erfordert, daß ich zuerst dessen gedenke, der nicht mehr ist, und ihn voranstelle, obwohl er kein Mensch war, sondern nur der Rabe Hoppdiquax.

Dieses menschenfeindliche alte Ungetüm war ebenfalls mit nach der neuen Behausung übergesiedelt und wohnte dort in einem eigens für ihn hergerichteten Käfig, den Hühnchen auf dem Bauplan stets mit dem Ausdruck »Zwinger für wilde Tiere« bezeichnet hatte. Mochte ihm nun die Luftveränderung nicht bekommen sein, oder war es die Folge hohen Alters, er wurde hier nach kurzer Zeit blind, und es ging mit ihm eine Veränderung vor, die auf den, der den Stolz und das hochfahrende Wesen des früheren Hoppdiquax gekannt hatte, einen kläglichen Eindruck machte. Sobald er einen Schritt in der Nähe seines Käfigs vernahm, so saß er mit etwas erhobenen Flügeln und halb geöffnetem Schnabel da und bettelte unter heiserem Krächzen, wie die jungen Vögel zu tun pflegen. Steckte man ihm dann etwas geweichte Semmel in den Schnabel, so ließ er das wenig geschätzte Nahrungsmittel zuerst fallen und sagte nachträglich aber kläglich: »Quatschkopp ... Quatsch ... Quatsch ... Quatsch ... Quatschkopp!« Dann nahm er es mit dem Schnabel tastend wieder auf und verschluckte es mit verächtlicher Gebärde. Gab man ihm dagegen ein Stück Fleisch, da verklärten sich sichtlich seine Züge. Aus der tiefsten Kehle kam es wohlgefällig: »Da ist der Graf!« und alsbald verschlang er es. Allmählich aber ward er immer kümmerlicher, seine Füße wollten ihn nicht mehr recht tragen, und nun saß er oft eine lange Weile auf den Schwanz gestützt, mit gesträubten Federn und brütete vor sich hin. Dazwischen sagte er dann manchmal wie sinnend und in kläglichem Ton: »Ein rätselhafter Vogel! Ein rätselhafter Vogel!« Zuletzt ward er ganz elend, zitterte selbst im warmen Sonnenschein und bekam zuweilen Krämpfe. Als es zu Ende mit ihm ging, nahm Hühnchen ihn heraus und da er vor Frost zu beben schien, wickelte er ihn in ein wollenes Tuch und legte ihn auf das Sofa in eine Ecke. Zuweilen reichte er ihm ein Stückchen zartes Fleisch, das der Vogel mühsam hinunterwürgte. Zuletzt verweigerte er auch dies. Als er dann mit aufgesperrtem Schnabel nach Luft rang und Hühnchen ihn mit sanfter Hand im Nacken kraulte, da raffte der Rabe Hoppdiquax sich noch einmal auf, nahm alle seine Kräfte zusammen und biß Hühnchen in den Finger. Dann mit einem letzten Ausruf: »Quatschkopp … Quatsch …« hauchte er seine schwarze Seele aus.

Bei der Philosophenbank liegt er begraben und eine Eibe ist auf sein Grab gepflanzt. »Er war ein altes rätselhaftes Ungetüm«, sagte Hühnchen später einmal, »aber wer weiß, ob er etwas dafür konnte. Vielleicht haben trübe Schicksale, die wir nicht kennen, schon in früher Jugend sein Herz verbittert. Und wie er auch war, er fehlt mir, wenn ich an ihn denke. Ich hatte mich nun einmal an ihn gewöhnt. Mein alter Hoppdiquax!«

Von Hans Hühnchen ist nur zu sagen, daß er nach längerem Harren sein geliebtes »Feuer« heimgeführt hat und mit ihm in Westfalen wohnt, wo er an einem größeren Eisenwerk sich eine gute und dauernde Stellung erworben hat. Das »Feuer« hat ihm bereits zwei kleine Flämmchen verschiedenen Geschlechtes geschenkt, die nach dem allgemeinen Urteil ebenfalls ganz der Vater und ganz die Mutter sind.

Der Major ist sehr weiß geworden und sein Schnurrbart leuchtet wie Silber. Trotzdem hält er sich sehr stramm und schlägt noch mit derselben Kerbe die Hacken zusammen und erzählt mit derselben schnarrenden Stimme seine Geschichten, die durch ihr ehrwürdiges Alter nicht pointenreicher geworden sind. Seine Frau ist noch immer das feierliche Lineal mit der vornehmen Vergangenheit, als das wir sie zu Anfang kennengelernt haben, und wenn ihr Haupt nicht in Silberschimmer steht wie das ihres Gemahles, so flüstern böse Zungen im Geheimen viel von den Fortschritten der Chemie und den Geheimnissen des Drogenladens.

Die Stunde, wo ich Rache hätte nehmen können an meinem Freund Bornemann für seine Mondscheingeschichte am Polterabend, ist noch immer nicht gekommen. Es scheint, wir haben es hier mit einem eingefleischten und unverbesserlichen Junggesellen zu tun, denn allen Schlingen und Fallstricken, die dem wohlsituierten Mann von weiblicher Seite bis jetzt gelegt wurden, ist er mit großer Schlauheit entgangen. Jedoch betreibt er nicht mehr mit demselben Eifer und Opfersinn wie früher das Studium der Getränke Deutschlands und der umliegenden Länder, denn allzu eifrige Forschungen auf diesem Gebiet haben ihn kürzlich einer Schweningerkur in die Arme geführt, über deren höchst merkwürdigen Verlauf ich wohl ein anderes Mal berichte.

Doktor Havelmüller teilt noch immer seine Zeit zwischen dem aufgeregten Treiben der Weltstadt und seiner Einsiedelei in Tegel. Er hat sich noch immer nicht für den Stil seines zu erbauenden Hauses entschieden, hat aber die Flora und Fauna seines Grunstückes wieder beträchtlich vermehrt und dieses selbst durch angestrengte Arbeit in einen üppigen Garten verwandelt. Infolgedessen hat er in einer dichten Gebüschgruppe einen Mieter bekommen, auf den er sehr stolz ist. Dort wohnt nämlich Hochparterre eine Nachtigallfamilie. Wenn Doktor Havelmüller an diesem Buschwerk vorbeigeht, verfehlt er nie, den Hut zu ziehen und in verbindlichem Ton zu sagen: »Ich habe die Ehre!«

Von Onkel Nebendahl und Frau kann man sagen, daß es ihnen nur allzugut geht und sie blühen und gedeihen, besonders was die Breitenausdehnung betrifft. Sie müssen deshalb in jedem Frühjahr nach der Saatzeit beide nach Marienbad, und wenn sie auf der Rückreise durch Berlin kommen, so sprechen sie mit Genugtuung von dem Viertelzentner, den jeder von ihnen dort gelassen hat. Anzusehen ist es ihnen freilich nicht, denn sie opferten ihn aus der Fülle reichlichen Besitzes.

Von Tante Lieschen weiß ich, daß, trotzdem sie nie zu bewegen gewesen ist, noch einmal nach Berlin zu kommen, doch ihr Besuch des großen Babels eines der wertvollsten Juwelen ihrer Erinnerung bildet, und wenn sie zu der Strübing »im Tee« geht, wie sie zu sagen pflegt und dort ihre andere beste Freundin, die Rönnekamp, trifft, da erzählt sie gern von ihren schrecklichen Erlebnissen und von den schauderhaften ausgestopften Verbrechern, den Richtbeilen und Schwertern, und den entsetzlichen Folterinstrumenten, die sie gesehen hat. Die alten Damen fühlen dann ein schönes wohltätiges Gruseln und nicken mit den Hauben und freuen sich, daß sie beim freundlichen Summen des Teekessels sicher und wohl aufgehoben an einem Ort sitzen, wo dergleichen nicht vorkommen kann.

Was nun Lotte betrifft, so hat sie bereits vor längerer Zeit den Landsmann geheiratet und beide haben mit ihren Ersparnissen einen Obst- und Grünkramkeller aufgetan, mit dem ein schwungvoller Handel in Breslauer Ammenbier, Perleberger Glanzwichse und ähnlichen Spezialitäten, sowie der Betrieb einer Drehrolle verknüpft ist. Sie bedienen ihre Kunden in einem wundervollen Gemisch von Berliner Jargon mit ihrem schon aus Mecklenburg mitgebrachten trefflichen Hochdeutsch und erfreuen sich in ihrer Straße großer Beliebtheit. Es sind auch schon zwei flachshaarige Jungen da von vier und drei Jahren, und es darf nicht verschwiegen werden, daß der älteste, dessen Pate ich bin, merkwürdige Eile hatte, auf die Welt zu kommen. Als ich kürzlich mal vorbeikam, saßen diese beiden rotbackigen Flachsköpfe auf der Kellertreppe und jeder hatte einen kleinen zierlichen Leberfleck auf der Nase, der eine links, der andere rechts. In den Händen trug jeder ein großes Pflaumenmusbrot, in das er sich bereits bis über die Ohren hineingegessen hatte, und man sah es ihnen ordentlich an, wie ihnen solche gedeihliche Nahrung bekam. Lotte und ihr Mann sind es jetzt in Berlin vollständig »an« geworden, besonders seit sie ihren eigenen Herd haben, und sie ihm in anmutiger Abwechslung »Apfel un Getoffel, un Mehlgrütz', un Mehlbutter, un Musgetoffel mit Buttermilch un all solch schönes mäkelburgsches Essent« kocht. Um die Schlachtzeit aber, da gibt es Schwarzsauer mit Backbirnen und Klößen, und sie finden, daß es in Berlin ebensogut schmeckt wie in »Mäkelburg«.

Pauline ist verschollen. Sie schweifte, als sie von uns abging, in schneller Folge durch eine Reihe von Familien, unter großem Aufwand von Täuschung und Zerwürfnis auf beiden Seiten, und entschwand dann unseren Augen. Bornemann behauptet, er habe sie einmal wieder gesehen und sie sei mit einem »Naturforscher« verheiratet, den sie bei seinen mühseligen Forschungen nach Altertümern auf den Feldern um Berlin, wo Müll abgeladen werden darf, unterstütze. Er habe an einem Zaun in einer abgelegenen Gegend vor der Stadt einen Mann gesehen, der seine gesammelten Schätze sortiert habe, die Lumpen für sich, die Knochen für sich und die leeren Flaschen ebenfalls für sich. Neben ihm habe ein noch jugendliches, aber sehr schlampiges Weib gesessen und ihren schreienden Säugling in Schlaf zu singen versucht mit einem Lied, dessen Endreime gelautet hätten:

»Grünkohl, Grünkohl
Ist die beste Pflanze!«

»Wenn das nicht Pauline war«, so schloß Bornemann, »dann will ich ewig Wasser trinken!«

Der junge Kunstgelehrte Erwin Klövekorn ist jetzt als Assistent an irgendeinem Museum angestellt und hat ein ungemein »fleißiges« Buch über die Behandlung der Fingernägel auf den Bildern der italienischen Maler des Quattrocento geschrieben. Das Buch ist stellenweise so tiefsinnig, daß er es selber nicht versteht. Als Doktor Havelmüller es kürzlich bei uns liegen sah, denn der Verfasser hat dem Vater seines Freundes Hans Hühnchen ein Exemplar geschenkt, da schlug er es auf und betrachtete es mit leuchtenden Augen. »Die Literatur«, sagte er dann, »gewährt uns doch Genüsse der verschiedensten Art. Zum Beispiel, wenn ich dies Buch nur sehe, da durchrieselt mich gleich mit sonderbarem Wohlbehagen der Dank gegen die Vorsehung, daß ich nicht nötig habe, es zu lesen.«

Da nun aller der wichtigeren Personen, die in den Geschichten von meinem Freund Leberecht Hühnchen eine Rolle spielen, gedacht worden ist, so möchte ich zum Schluß noch jemanden erwähnen, der nun erst eintritt und dessen Geschicke noch von jenem Dämmer umhüllt werden, mit dem eine unbekannte Zukunft unseren Blick verschleiert.

Als ich ganz kürzlich von einer kleinen Geschäftsreise zurückkehrte, kam mir Hühnchen schon an der Gartenpforte entgegen und ich sah es ihm gleich an, daß sein ganzes Wesen verhaltene Freude war. Er schlang seinen Arm um mich, zog mich in den Weingang und sprach im Weitergehen: »O lieber Freund, die Vorsehung ist gnädig gegen uns gewesen. Es ist jemand angekommen, und was wir alle so innig wünschten, hat sich erfüllt: Es ist ein kleines Mädchen. Gesund, schön und kräftig!« Dann ließ er mich los, ergriff meine Hand und etwas wie Wehmut ging über seine Züge. »Wir tanzen nicht mehr«, sagte er dann, »wir tanzen alle beide nicht mehr. Das ist vorbei. Aber wir freuen uns still und herzinniglich.«

»Und nun komm und begrüße dein Kind!«

Karl-Maria Guth (Hg.)

Erzählungen der Frühromantik

HOFENBERG

Erzählungen der Frühromantik

1799 schreibt Novalis seinen Heinrich von Ofterdingen und schafft mit der blauen Blume, nach der der Jüngling sich sehnt, das Symbol einer der wirkungsmächtigsten Epochen unseres Kulturkreises. Ricarda Huch wird dazu viel später bemerken: »Die blaue Blume ist aber das, was jeder sucht, ohne es selbst zu wissen, nenne man es nun Gott, Ewigkeit oder Liebe.«

Tieck Peter Lebrecht **Günderrode** Geschichte eines Braminen **Novalis** Heinrich von Ofterdingen **Schlegel** Lucinde **Jean Paul** Des Luftschiffers Giannozzo Seebuch **Novalis** Die Lehrlinge zu Sais
ISBN 978-3-8430-1878-4, 416 Seiten, 29,80 €

Karl-Maria Guth (Hg.)

Erzählungen der Hochromantik

HOFENBERG

Erzählungen der Hochromantik

Zwischen 1804 und 1815 ist Heidelberg das intellektuelle Zentrum einer Bewegung, die sich von dort aus in der Welt verbreitet. Individuelles Erleben von Idylle und Harmonie, die Innerlichkeit der Seele sind die zentralen Themen der Hochromantik als Gegenbewegung zur von der Antike inspirierten Klassik und der vernunftgetriebenen Aufklärung.

Chamisso Adelberts Fabel **Jean Paul** Des Feldpredigers Schmelzle Reise nach Flätz **Brentano** Aus der Chronika eines fahrenden Schülers **Motte Fouqué** Undine **Arnim** Isabella von Ägypten **Chamisso** Peter Schlemihls wundersame Geschichte **Hoffmann** Der Sandmann **Hoffmann** Der goldne Topf
ISBN 978-3-8430-1879-1, 408 Seiten, 29,80 €

Karl-Maria Guth (Hg.)

Erzählungen der Spätromantik

HOFENBERG

Erzählungen der Spätromantik

Im nach dem Wiener Kongress neugeordneten Europa entsteht seit 1815 große Literatur der Sehnsucht und der Melancholie. Die Schattenseiten der menschlichen Seele, Leidenschaft und die Hinwendung zum Religiösen sind die Themen der Spätromantik.

Brentano Die drei Nüsse **Brentano** Geschichte vom braven Kasperl und dem schönen Annerl **Hoffmann** Das steinerne Herz **Eichendorff** Das Marmorbild **Arnim** Die Majoratsherren **Hoffmann** Das Fräulein von Scuderi **Tieck** Die Gemälde **Hauff** Phantasien im Bremer Ratskeller **Hauff** Jud Süss **Eichendorff** Viel Lärmen um Nichts **Eichendorff** Die Glücksritter
ISBN 978-3-8430-1880-7, 440 Seiten, 29,80 €

Dekadente Erzählungen

Im kulturellen Verfall des Fin de siècle wendet sich die Dekadenz ab von der Natur und dem realen Leben, hin zu raffinierten ästhetischen Empfindungen zwischen ausschweifender Lebenslust und fatalem Überdruss. Gegen Moral und Bürgertum frönt sie mit überfeinen Sinnen einem subtilen Schönheitskult, der die Kunst nichts anderem als ihr selbst verpflichtet sieht.

Rainer Maria Rilke Die Aufzeichnungen des Malte Laurids Brigge **Joris-Karl Huysmans** Gegen den Strich **Hermann Bahr** Die gute Schule **Hugo von Hofmannsthal** Das Märchen der 672. Nacht **Rainer Maria Rilke** Die Weise von Liebe und Tod des Cornets Christoph Rilke

ISBN 978-3-8430-1881-4, 412 Seiten, 29,80 €

Erzählungen aus dem Sturm und Drang

Zwischen 1765 und 1785 geht ein Ruck durch die deutsche Literatur. Sehr junge Autoren lehnen sich auf gegen den belehrenden Charakter der - die damalige Geisteskultur beherrschenden - Aufklärung. Mit Fantasie und Gemütskraft stürmen und drängen sie gegen die Moralvorstellungen des Feudalsystems, setzen Gefühl vor Verstand und fordern die Selbstständigkeit des Originalgenies.

Jakob Michael Reinhold Lenz Zerbin oder Die neuere Philosophie **Johann Karl Wezel** Silvans Bibliothek oder die gelehrten Abenteuer **Karl Philipp Moritz** Andreas Hartknopf. Eine Allegorie **Friedrich Schiller** Der Geisterseher **Johann Wolfgang Goethe** Die Leiden des jungen Werther **Friedrich Maximilian Klinger** Fausts Leben, Taten und Höllenfahrt

ISBN 978-3-8430-1882-1, 476 Seiten, 29,80 €

Erzählungen aus dem Sturm und Drang II

Johann Karl Wezel Kakerlak oder die Geschichte eines Rosenkreuzers **Gottfried August Bürger** Münchhausen **Friedrich Schiller** Der Verbrecher aus verlorener Ehre **Karl Philipp Moritz** Andreas Hartknopfs Predigerjahre **Jakob Michael Reinhold Lenz** Der Waldbruder **Friedrich Maximilian Klinger** Geschichte eines Teutschen der neusten Zeit

ISBN 978-3-8430-1883-8, 436 Seiten, 29,80 €

Lightning Source UK Ltd.
Milton Keynes UK
UKHW022219240520
363742UK00015B/684

9 783743 717916